Les Vestiges du temps

RACHEL MOORE

LES VESTIGES DU TEMPS

Traduit de l'anglais
par Patrick Imbert

DE SAXUS

Ceci est une œuvre de fiction.
Toute ressemblance avec des personnages, lieux, organisations
ou évènements existant ou ayant existé ne serait que purement fortuite.

AVERTISSEMENT DE CONTENU

ABANDON PARENTAL, ALCOOL, ARME À FEU, CRISE DE PANIQUE, DESCRIPTION DE BLESSURE, ENSEVELISSEMENT, HARCÈLEMENT, SANG, SEXISME, VIOLENCE

Les Vestiges du temps
par Rachel Moore

Us in ruins

Illustration de jaquette (édition reliée) et couverture (édition brochée) : © Luisa Preissler
Illustration des pages de garde : © Emma Gillette
Illustrations de couverture et tranches teintées (édition reliée) : Arche antique © paseven/Shutterstock ;
Lierres © Anton Dzyna/Shutterstock

Conception graphique couvertures, jaquette, tranches teintées et pages de garde françaises :
Eilean Books

Ouvrage publié sous la direction de Camille Loré

100, avenue de Suffren – 75015 Paris – FRANCE
reglement_ue_rsgp@eileanbooks.com

Composition et mise en pages
PCA

Le papier intérieur de cet ouvrage est composé de fibres naturelles, renouvelables, recyclables et fabriquées à partir de bois issu de forêts plantées expressément pour la fabrication de pâte à papier.

ISBN : 978-2-37876-720-4 (broché)
ISBN : 978-2-37876-719-8 (relié)
ISBN : 978-2-37876-721-1 (e-book)

Loi 49-956 du 16 juillet 1949 sur les publications destinées à la jeunesse.

Dépôt légal : juin 2025

1re édition
Relié : 10 9 8 7 6 5 4 3 2 1 – Broché : 10 9 8 7 6 5 4 3 2 1

Achevé d'imprimer en République tchèque par FINIDR en mai 2025

Pour celles et ceux dont les émotions sont toujours trop fortes
– et pour mon père et ma mère, qui ont su faire de la place aux miennes.

« *Omnia vincit amor et nos cedamus amori.*
L'amour triomphe de tout et nous cédons à l'amour. »

Virgile, *Les Bucoliques, X*

« C'est sa main que je souhaite serrer
quand tout ne sera plus que ruines. »

Catherine Avery Hannigan,
Les Reliques du cœur

ITALIE, 1932

Les statues observaient Van descendre dans les vestiges du temple de Vénus.

La chaleur du mois de juin s'était installée sur le golfe de Naples, assez moite pour faire naître de petites perles de sueur sur la nuque de Van, mais ici-bas, l'air était aussi frais qu'immobile. Presque emprisonné. Les bottes du jeune homme crissèrent sur le sol dallé, un panache de poussière se souleva quand il enflamma l'huile de sa lampe.

Derrière lui, Atlas descendait les dernières marches à tâtons, l'œil rivé à son appareil photo. « Les journaux vont adorer ça. »

Le flash se déclencha et Van cligna des yeux. C'était un objet tout récent, noir et chromé, avec une ampoule escamotable. Atlas l'emportait partout avec lui pour mieux documenter les progrès de l'excavation. L'Atlas Exploration Company n'aurait jamais pu voir le jour sans le généreux financement de la famille d'Atlas, fondatrice du Metropolitan Museum of Ancient Art, et cette générosité exigeait la preuve que ce fils prodigue ne considérait pas sa présence en Italie comme une simple promenade.

Dans l'obscurité du temple, la lumière du flash troubla la vision de Van. La ride entre ses sourcils gagna en profondeur.

« Fais attention, protesta-t-il d'un ton sec.

— Détends-toi, mon ami, répondit Atlas avec un rire amplifié par l'écho. Ce n'est pas comme si l'endroit était piégé. »

Il ne l'était plus. Van avait tout désarmé quand il avait emprunté ce passage secret pour la première fois. Les marches l'avaient conduit loin sous la surface.

« Et il nous faut une photo pour accompagner le titre. »

Van ricana. « Quel titre ?

— "De jeunes chercheurs ressuscitent la cité perdue de Pompéi", lança Atlas de sa plus belle voix de commentateur radio.

— Plutôt : "Van Keane découvre le trésor du Vase de la Vénus Aurélia", non ?

— Et moi, j'apparais où ? Tu ne serais pas là sans moi. »

Avec ses cheveux gominés d'un bond laiteux, sa chemise bien repassée et son appareil photo Zeiss autour du cou, Atlas était nettement plus doué pour financer et documenter les fouilles que pour y participer.

Van l'ignora, puis s'enfonça dans les profondeurs du temple, suivant les dalles ébréchées qui donnaient sur un autel de marbre flanqué de sentinelles de pierre. Cinq légionnaires étaient sculptés dans un marbre blanc et sillonnés de veines sombres. Chacun d'entre eux occupait un piédestal gravé d'une inscription latine. En lieu et place de l'habituel *gladius*, ils portaient un arc à l'épaule, ainsi qu'un carquois de flèches en pierre. Les gardiens de Vénus.

Atlas fit le tour des statues, se faufilant entre leurs piédestaux. « *Aqua, Ignis, Terra, Aura* et *Mors*. »

Un pour chaque élément – et un cinquième, la mort. Si les quatre premiers avaient l'allure et l'apparence de soldats larges d'épaules en *paludamentum* et pourpoint, la statue squelettique de la mort arborait une poitrine percée d'une flèche sculptée, plantée dans un cœur sanglant rouge vif.

Simple crâne aux orbites vides, *Mors* semblait observer Van. Comme si la statue percevait la présence du tesson dans sa poche, comme si le trésor dont elle devait assurer la protection était enfin de retour.

« Le dernier à nous barrer la route », commenta Atlas en posant la main sur l'épaule osseuse de *Mors*. *Nous*, grommela Van. « Je me demande quelle sera la nature de l'épreuve, cette fois-ci. »

Sait-il ce que j'ai fait ? Van sentait encore les toiles d'araignées s'accrocher à sa peau. Le froid de cette tombe lui saisissait les membres, il ne parvenait pas à s'en débarrasser.

Un large sourire naïf se dessina sur le visage d'Atlas. « Qu'attends-tu ? »

Van se pencha au-dessus de l'autel. Trois tessons de porcelaine noire avaient été disposés, leurs bords irréguliers soigneusement alignés. Ils s'emboîtaient comme les pièces d'un puzzle. Encore deux, et le Vase de la Vénus Aurélia retrouverait son intégrité.

« Mince, le tesson, gronda Van en secouant les épaules. Il est avec mon journal. » Il posa le doigt sur sa tempe. Distrait. Crédible. « Je l'ai oublié au camp. »

Atlas plissa les yeux. « Ça ne te ressemble guère.

— Vraiment ?

— Tu as même du mal à sortir le nez de ton journal intime. » Un nouvel éclat de rire perçant pénétra Van jusqu'à la moelle.

« Ce n'est pas un… »

Atlas posa la main sur son épaule. « Je vais le chercher. Du côté gauche, sous l'oreiller, c'est bien ça ? »

Van fronça les sourcils. « C'est censé être un secret. »

Jetant un coup d'œil par-dessus son épaule, Atlas s'élança vers l'escalier. « Je croyais qu'on évitait les secrets, entre nous. »

Pour Van, Atlas représentait ce qui se rapprochait le plus d'un meilleur ami, d'un frère.

« Ne fais rien avant mon retour, d'accord ? lui lança Atlas. Promets-le-moi.

— Promis ! » cria Van alors que l'écho de ses pas s'amenuisait.

Puis, il attendit, immobile, jusqu'à ce que la porte du temple se referme avec un claquement. Ses paumes luisaient de sueur. Pouvait-il vraiment faire cela ?

Il se reprit, et sortit le quatrième tesson de sa poche. Puis un cinquième.

L'or dansait à la surface des morceaux du Vase. De délicats coups de pinceau représentant des fleurs de myrte et des vagues arrondies reliaient toute une suite de caractères latins qu'on ne pouvait lire qu'une fois les cinq tessons réunis. Enfin, si Van avait été capable de lire de latin.

Les morceaux posés bien à plat sur l'autel, il ajusta les bords.

Aureus, amor aeternus et cor…

Une fois le dernier fragment bien en place, le Vase brûla le bout des doigts de Van. C'était chaud. Il tituba en arrière, alors que la poterie lévitait, nimbée d'une lumière englobant chaque tesson. De l'or s'écoula des fissures, fusionnant les éclats.

Puis, le phénomène cessa. La lumière s'estompa. Van lutta contre cette soudaine obscurité, comme chaque fois qu'Atlas déclenchait malencontreusement son flash.

C'était tout.

Avant qu'il puisse s'approcher du Vase reconstitué, ce dernier se brisa. Les cinq débris s'entrechoquèrent sur l'autel de marbre, sans pour autant se casser. Van tendit la main et un cri mourut dans sa gorge. Là où ses doigts auraient dû effleurer la porcelaine, il n'y avait plus rien. Les tessons avaient disparu.

C'était absurde. Ils ne pouvaient pas avoir *disparu*. Le Vase de la Vénus Aurélia était un mythe, il n'y avait rien de magique là-dedans. C'était la clé d'un trésor caché. Une montagne d'or, la gloire éternelle, le moyen de devenir enfin *quelqu'un*.

Ils avaient dû tomber sous l'autel. C'était forcément ça. Il y avait toujours une explication logique.

Van voulut faire un pas, mais son pied était lourd. Figé. Le jeune homme se redressa, s'étira. Rien. Il ne pouvait plus bouger. Il jeta un coup d'œil à sa botte : le cuir pâlissait, se décolorait, le brun chaud laissant la place au blanc froid. Comme du lierre, la pierre lui remonta le long des jambes. Très vite, le marbre gagna ses doigts, ses avant-bras, ses épaules et toute sa poitrine.

Van tenta de se débattre ; il poussa un cri que personne n'entendit, puis son cœur se changea en pierre.

1

Margot n'aimait rien tant qu'une bonne histoire. Une irrésistible envie d'action, de grande aventure, de grande révélation, de grands gestes. Et un baiser à la toute fin, évidemment. Un baiser balayé par le vent, sous le soleil, taché de rouge à lèvres. Du genre à faire croire au bonheur éternel.

Tout en arpentant les ruelles pavées de Pompéi, Margot feuilletait un journal relié de cuir, s'imprégnant de chaque ligne manuscrite, comme s'il s'agissait du dernier best-seller du *New York Times*. Les pages s'étaient déformées, froissées, et les bords, datant du siècle dernier, jaunissaient. Une couche de crasse maculait l'écriture aux arêtes vives. Au recto, en lettres épaisses dont l'encre avait bavé, on pouvait lire : *Propriété de Van Keane*.

Chaque entrée remontait à l'été 1932, un beau jour de juin qui n'était pas sans rappeler celui-ci. Van n'avait que 18 ans, à l'époque, mais son équipe comptait certains des premiers archéologues à avoir jamais creusé la terre brûlée de soleil de Pompéi. La jeune fille cessa de lire au milieu du journal, là où les notes griffonnées s'arrêtaient brusquement. Une photo était glissée entre les pages.

Il y en avait d'autres, bien sûr. Des clichés noir et blanc capturant les premiers aperçus de Pompéi, alors que Van déterrait les vestiges de la ville – mais cette photo était la préférée de Margot. Les cheveux de Van étaient clairs, coupés court sur les côtés, plus longs sur le haut, à la fois coiffés et négligés. Le jeune homme évoquait une sculpture aux lignes dures, aux reliefs prononcés. Il serrait les lèvres en fronçant les sourcils. Séduisant. Sombre. Tout à fait le genre de Margot.

C'était la dernière photo de Van. Il ne le savait pas sur le moment, mais plus tard dans la soirée, alors qu'il grattait plusieurs siècles de dépôts à la lumière d'une lampe à huile, le sol s'était mis à trembler. Soudain instable, le site de fouilles s'était effondré. Van s'était enfoncé trop profondément alors que le plafond cédait, le piégeant sous les décombres sans lui laisser la moindre chance. Il n'y avait pas que les citoyens de Pompéi enterrés ici. Les ossements de Van s'y trouvaient également, quelque part.

Il avait trouvé la mort en écrivant l'histoire.

Dans sa dernière note, il avait inscrit : *Il n'y a que les éléments, ici – le soleil, la terre, une brise florale, une mer si étincelante qu'il n'est pas difficile d'imaginer Vénus elle-même surgir de l'écume, avant d'élire cette terre comme domicile.*

Margot leva la tête pour contempler la ville, laissant l'air salé agiter ses boucles qui lui arrivaient au menton. Les bons jours, ses cheveux étaient indisciplinés, mais l'humidité du mois de juin italien les rendait incontrôlables. Elle les avait éloignés de son visage en nouant un foulard en satin derrière ses oreilles. Aujourd'hui, l'atmosphère était chargée des fragrances des cyprès et de la noix de coco artificielle des crèmes solaires *Banana Boat*. Pourtant, Margot pouvait presque marcher sur les traces de Van en arpentant la même terre.

Toutefois, elle aurait dû faire attention où elle mettait les pieds. Il était trop tard pour faire autre chose que de se préparer à l'impact, et Margot heurta de plein fouet une camarade de classe. Elle rebondit, recula, puis trébucha, avant de basculer directement dans un océan de bâches en plastique.

D'accord, aïe. Encore des bleus, à coup sûr. Elle cligna des yeux vers le plafond orné de fresques, où les chérubins décrivaient des cercles vertigineux au-dessus d'elle.

Celle qui apparut dans son champ de vision n'était autre qu'Astrid Ashby. Sa peau claire n'avait aucune chance contre le soleil estival italien, et ses cheveux d'un blond immaculé avaient été ramenés en queue-de-cheval, laissant une frange encadrer son visage. À l'instar des étudiants présents sur le site de fouilles, elle portait un T-shirt blanc avec l'inscription *Académie Radcliffe Archéologie* brodée sur la poche poitrine, aux couleurs marron de leur école.

Astrid croisa les bras, puis aboya : « Regarde un peu où tu vas, Rhodes. »

Un autre visage apparut, aux yeux bruns écarquillés, avec une ride permanente entre les sourcils. La directrice des études classiques de Radcliffe était une femme blanche très bronzée, dont les cheveux bruns refusaient d'obéir au chignon transformant sa coiffure soignée en bouquet de vrilles bouclées, partant dans toutes les directions. La Dre Hunt parut au moins s'inquiéter de l'état de Margot en lui tendant la main. « Ce n'est pas exactement ce que j'avais en tête quand je vous ai dit qu'on s'intéresserait de très près à l'Histoire, mademoiselle Rhodes. »

Toute la classe ricana en observant Margot se hisser hors du gouffre. Un tourbillon d'embarras lui engloutissait la poitrine, un véritable tsunami. Elle reprit son souffle, puis se força à sourire. Elle essaya, du moins. Le regard laser d'Astrid menaçait de la désintégrer à tout moment.

« Elle compromet l'ensemble de nos fouilles », récrimina Astrid. Avait-elle vraiment tapé du pied ? Elles ne tarderaient plus à entamer leur dernière année de lycée. Plus personne ne tapait du pied. « Elle n'a rien à faire ici. »

La Dre Hunt apaisa Astrid d'un *tsss*. « Tous les élèves sélectionnés pour ce voyage ont dû rendre le même travail. Margot mérite autant sa place que les autres.

— Elle n'a jamais suivi le moindre cours d'archéologie, fulmina Astrid.

— Heureusement qu'il s'agit d'un cours d'été, intervint Margot. Pour apprendre.

— Certains d'entre nous prennent ça très au sérieux. » Hautaine, Astrid repoussa une mèche de cheveux derrière son oreille. « Et d'ailleurs, tout le monde a *suivi* les instructions du devoir. Personne n'a osé rendre une fanfiction autocentrée. »

La tension artérielle de Margot monta si haut qu'elle sentit son pouls battre dans ses oreilles. Elle planta ses ongles dans le creux de ses paumes, désormais certaine d'y laisser des marques permanentes. « Ce n'est pas parce que tu as remporté ce prix débile...

— Le Prix Pline Junior de la réussite linguistique en langue latine.

— ... que tu dois te sentir supérieure aux autres ! » Une colère impuissante gagna Margot ; elle refoula les larmes qui menaçaient de lui inonder les yeux. Tout le monde s'attendait à cette réaction de sa part.

Margot était trop douce. Trop émotive. Trop bruyante. Trop *tout*.

Astrid sourit, une méchante grimace aux dents parfaitement alignées. Une véritable pub pour un cabinet d'orthodontie. « Pas aux autres, non. Seulement à toi. »

Quand Margot ferma les yeux, elle vit le sourire facile de Van. Seigneur, tout ce qu'elle pourrait accomplir avec la confiance infaillible d'un homme blanc. Lui se contenterait probablement d'en rire. Les remarques d'Astrid n'auraient même pas ébréché son armure.

Margot n'était pas comme ça, elle. Le regard narquois d'Astrid se grava dans les replis de son esprit, marquant sa peau au fer rouge. Elle ignorait comment s'en débarrasser[1], pour reprendre les sages paroles de Taylor Swift.

---

1. Allusion à *Shake it Off*, chanson de Taylor Swift qui signifie littéralement : « S'en débarrasser » (Note du traducteur).

Elle ouvrit la bouche, une réplique acerbe prête à jaillir, mais avant qu'elle ajoute quoi que ce soit, la Dre Hunt intervint, les paumes levées. Chaque fois que Margot avait eu affaire à elle, leur professeure avait agi comme la tante cool de la famille, mais là, tout de suite, elle se comportait plus en femme d'affaires. « Je vais partir du principe que le décalage horaire vous tape sur les nerfs, aussi vais-je vous donner l'occasion de résoudre ce problème. Rhodes, Ashby, vous voilà partenaires pour l'été. » Elle se tourna vers les huit autres étudiants sélectionnés pour ce séjour à l'étranger, avant d'ajouter : « Les autres, mettez-vous par deux. Règle numéro un : toujours appliquer le principe du binôme. »

Un murmure parcourut les élèves, mais la Dre Hunt ne quitta pas Margot des yeux.

« Et rangez-moi ce cahier pour l'instant, dit-elle en baissant la voix. Tâchez de ne pas détruire un site classé au patrimoine mondial de l'UNESCO dès notre premier jour de fouille. »

Margot acquiesça. De toute façon, elle ne pouvait rien dire, pas avec cette boule dans la gorge.

Au cours des six dernières années, Margot avait essayé d'innombrables versions d'elle-même. Le ballet, l'aquarelle, la comédie musicale, six mois de cours de violon – comme une Barbie qu'on habille. Rien ne durait jamais. Et Astrid avait raison sur un point. À mesure que la classe s'organisait en binômes, Margot reconnaissait la plupart des élèves, aperçus sur le campus ou pendant les soirées passées à organiser l'annuaire de l'école, mais pas grâce aux cours proprement dits. Margot n'avait jamais mis les pieds dans un cours d'archéologie.

Cela faisait à peine quelques semaines qu'elle avait décidé de s'essayer à cette discipline, après avoir trouvé sur le tableau d'affichage de la bibliothèque un prospectus mentionnant le voyage d'études de la Dre Hunt. Six semaines au sud de l'Italie, à profiter du soleil, à découvrir des objets antiques, à résoudre des mystères millénaires. Et bien sûr, *saluuuut*, les beaux gosses italiens.

Trois nuits de suite, elle s'était recroquevillée sur son ordinateur portable, sous perfusion de caféine, martelant son clavier pour remplir page après page son dossier de candidature. Quelques centaines de trous de ver de Google plus tard, elle avait suivi un cours accéléré sur l'Antiquité romaine. Elle avait vérifié ses marges à trois reprises, opté pour un double interligne, puis déposé sa dissertation au bureau de la Dre Hunt à peine une heure avant la date limite.

Mais ces étudiants-là se connaissaient tous, ils se donnaient des coups de coude et faisaient des blagues qui lui passaient largement au-dessus de la tête.

Astrid empoigna par le bras la seule autre fille du voyage.

« Suki, fais équipe avec moi. »

Suki Takeda était grande et mince, avec une peau brun clair. Elle tripotait distraitement les extrémités de ses tresses marron foncé. Elle n'avait pas perdu de temps pour découper aux ciseaux son T-shirt de classe, et opté pour une paire de Doc Martens à la place des bottes brunes que tous les autres portaient. « Bien essayé. Je suis avec Rex.

— Il m'a l'air un peu... occupé », dit Margot. Elle regarda par-dessus l'épaule de Suki, où Rex Yang affrontait Topher Kitsch, un garçon noir aux cheveux coiffés en *box braids*, avec des pelles en guise d'épées de gladiateur.

Suki glissa deux doigts dans sa bouche et siffla si fort qu'un oiseau s'enfuit des branches, juste au-dessus. Rex et Topher se mirent au garde-à-vous. Ils se précipitèrent vers Suki et l'encadrèrent promptement.

« Rex, lança Suki, tu es avec moi. »

Rex haussa les sourcils si haut qu'ils disparurent sous sa frange de cheveux noirs. Rex se déplaçait avec une grâce élastique, dont Margot connaissait l'origine – des heures et des heures d'entraînement de chearleading. Il sourit. Facilement, avec confiance. « Si tu le dis. Désolé, Toph, débrouille-toi tout seul. »

Astrid, qui évitait manifestement Margot comme Mary Typhoïde, pivota. Elle haussa les sourcils vers Topher en signe de supplique silencieuse.

Topher leva les deux mains. « Pas question. Je vais voir si Calvin a besoin d'un partenaire. » Puis, comme s'il prenait conscience de la présence de Margot, littéralement juste à côté de lui, il ajouta : « Sans vouloir t'offenser, Margot, tu n'as pas...

— L'étoffe d'une archéologue ? » proposa Astrid. Sa voix avait le petit ton enjoué d'une peste. « Qui porte du rouge à lèvres rouge sur un site de fouilles, de toute façon ? »

Astrid prit Suki par le bras, et les deux garçons les suivirent. Toute remarque mourut sur la langue de Margot.

Et alors ? Elle n'avait pas pour père un grand conservateur de musée de la côte ouest, comme Suki. Peu importait qu'elle ne soit pas issue d'une longue lignée d'archéologues, comme Astrid. Margot avait grandi dans une ville de Géorgie, suivi des cours d'étiquette avec Mlle Pénélope au lieu d'apprendre par cœur le nom de chaque couche de sédiments, et donc ? Quelle honte y avait-il à essayer quelque chose de nouveau ? Et la mention de son rouge à lèvres n'allait *certainement* pas l'embarrasser. Une vraie meneuse a toujours un signe caractéristique – un parfum signature, un grain de beauté. Pour Margot, c'était un rouge à lèvres au rouge parfait.

La Dre Hunt les conduisit plus loin dans le site d'excavation – une coquille de murs de pierre avec un plan labyrinthique, et suffisamment de fosses couvertes de bâches pour porter les casques fournis par l'école. La première porte s'ouvrait sur un large foyer. Des fresques craquelées jonchaient les murs. Les bleus délicats se mêlaient aux roses pastel.

Ces décorations avaient dû être d'une beauté éblouissante lors de leur exécution, mais le temps en avait fané toute couleur.

« Cet été, votre partenaire et vous documenterez vos découvertes, puis rédigerez un rapport sur la signification desdites découvertes et les raisons de leur importance à l'époque de leur création. » La Dre Hunt fit se retourner toute la classe, révélant une cour jonchée de tentes et cinq parcelles de fouilles délimitées par des barrières. Des pins émergeaient du sol dur, des haies entouraient des fontaines qui avaient dû jadis faire jaillir des filets d'eau claire. Du lierre coulait le long des murs, comme la glace sur un cornet par une chaude journée. « Rassemblez vos outils et mettons-nous au travail. »

Margot ramassa deux kits complets de fouille : des brosses, un piquet, un très chouette appareil de mesure, des outils aux allures de pelles. Rex et Suki s'agenouillèrent à l'emplacement E, puis creusèrent la terre durcie.

Astrid, quant à elle, boudait au bord de la parcelle D.

Apparemment, le *D* de la parcelle D signifiait qu'elle allait *Définitivement péter les plombs*. Les yeux d'Astrid lançaient des fléchettes, toutes dirigées vers Margot.

« Tiens, dit cette dernière en lui tendant l'autre kit d'outils. J'en ai pris un pour toi.

— Pas besoin », répondit Astrid.

Suki gloussa dans la paume de sa main. D'une pochette en cuir, Astrid tira une pelle dorée avec un manche en bois brillant, gravé d'un insigne que Margot n'arriva pas à distinguer. Astrid souffla sur le métal, avant de l'essuyer sur la manche de sa chemise.

La pelle en trop retomba au sol, après avoir glissé des doigts de Margot.

En plissant ses yeux d'un bleu glacé, Astrid demanda : « Pourquoi as-tu volé la place d'un autre, pour ce voyage ? »

Margot s'affaissa. « Je n'ai rien volé à personne. Tu as entendu la Dre Hunt, elle…

— Pitié. Pasha Manikas a obtenu 99 % à l'examen final d'archéologie classique au dernier trimestre. On devait partager la même chambre. » Astrid renifla, fronça les sourcils comme si elle avait senti un parfum frelaté. « Ton dossier n'aurait jamais dû être retenu. C'était de la fiction, bon sang.

— La Dre Hunt n'est pas d'accord, apparemment », rétorqua Margot, mais le regret s'insinua en elle, et s'enfouit dans ses entrailles.

Les dissertations de candidature des élèves sélectionnés pour ce voyage avaient été publiées sur le site web de l'école.

Il y avait celle de Suki – « L'obole de Charon : enquête sur l'au-delà romain ».

Astrid avait intitulé la sienne « Les langues éternelles et ceux qui les parlent ».

Puis, tout en bas, *vraiment* tout en bas, il y avait le travail de Margot : « Toutes les Rhodes[2] mènent à Rome ».

Oui, peut-être s'agissait-il d'une fanfiction un peu autocentrée, après tout. Si l'on s'en tenait à la définition littérale de l'expression. Margot avait écrit sur la découverte du Vase de la Vénus Aurélia, en y ajoutant des détails tirés du journal de Van. Le Vase était le plus grand trésor de Pompéi, béni par Vénus elle-même pour accorder à celui qui le reconstituerait une richesse et une notoriété inimaginables, ainsi que la promesse d'être aimé par tous ceux qui croiseraient sa route. Si Margot le trouvait, elle ne serait plus jamais rejetée pour son côté trop *girly*, trop indécis, trop irrationnel ; elle serait enfin respectée, comprise, appréciée. Aimée.

Mais, selon la légende, Vénus avait brisé le Vase – estimant son pouvoir trop grand pour de simples mortels. Quiconque parvenait à réussir les cinq épreuves serait récompensé d'un tesson du Vase à chacune d'entre elles. Petit souci, il s'agissait seulement d'un mythe.

Il n'existait aucune carte. Pas la moindre flèche clignotante indiquant *Épreuve de Vénus, plein nord !* Et personne n'avait jamais vu les cinq tessons. Personne, jusqu'à Van.

« Tu ne trouveras jamais ce Vase débile, s'emporta Astrid. Ça fait deux mille ans qu'on le cherche. »

---

2. Rhodes, le nom de famille de Margot, a la même sonorité que le mot *roads*, qui signifie « routes, chemins » en anglais. (N.d.T.)

Margot haussa les épaules en battant des cils. « Peut-être ne sait-on pas où le chercher, tout simplement…

— Alors que toi, si ? l'interrompit Astrid en gloussant. Tu ne fais même pas la différence entre une truelle et une bêche. Laisse tomber. Pas question de bousiller ma moyenne à cause d'une fille qui se prend pour Lara Croft. »

Margot s'accrocha au journal de Van comme à une bouée dans une mer déchaînée.

Son cœur martelait sa cage thoracique, son émotivité remontait en flèche. Son père disait toujours qu'elle ressentait trop les choses. Qu'elle pensait avec le cœur plutôt qu'avec la tête. Ce n'était pourtant pas sa faute si son cœur disposait d'un mégaphone alors que son cerveau souffrait d'anxiété.

Avant de se mettre à crier ou pleurer – ou les deux à la fois –, Margot se précipita hors de la tente puis escalada le muret de pierre, avant d'atterrir dans une ruelle. L'écho lointain du rire d'Astrid la poursuivit, mais le mont Vésuve se profilait au loin. Par un jour comme celui-ci, avec un ciel bleu et un vent léger qui soulevait les cheveux de Margot sur sa nuque, il était difficile d'imaginer cette montagne ensevelir toute une civilisation sous la cendre et la terre. Pendant des siècles, cette ville et ses rues avaient été enfouies. Abandonnées, oubliées.

Aujourd'hui, les rues pavées et les colonnades étaient arrachées à leur gangue de terre, exposées de nouveau. Margot pouvait presque imaginer les lignes d'encre délavées des cartes d'altitude que les premiers explorateurs avaient dû tracer à leur arrivée, comme si tous les endroits où Van était passé luisaient dans la lumière dorée de l'après-midi.

Margot se laissa glisser sur les fesses, ramena ses genoux contre sa poitrine, puis dégagea les bretelles de son sac à dos. Elle sortit le journal de Van, qui s'ouvrit à la dernière entrée. Le dos du carnet était strié de plis, tant elle en avait parcouru les pages. Son index suivit l'écriture de Van, sentant les sillons de son stylo sur le papier.

Assise ici, elle pouvait presque l'imaginer à ses côtés. Ses cheveux fauves, sa mâchoire affûtée comme un couteau, la façon dont sa chemise en lin s'étirait sur ses larges épaules. Les héros des romans d'amour sentaient toujours le bois de santal, et lui aussi, très certainement. Le bois de santal, une touche de sel et de résine – le parfum intangible d'une journée passée à l'extérieur, sous les conifères.

Lui aussi avait cherché ce Vase, même si personne ne croyait à son existence. C'était comme croire aux âmes sœurs ou au monstre du Loch Ness, deux choses dont Margot se réjouissait secrètement de la réalité, quelque part. Van aurait compris Margot. Elle en était persuadée.

Elle ouvrit son sac à dos jaune moutarde, y déposa le carnet de Van, entre un roman de poche fatigué et un carré de lin qui avait miraculeusement traversé la sécurité de l'aéroport. Elle se retint de respirer en déballant l'artefact.

De l'argile rouge, peinte en noir. Des traînées d'or, des fleurs de myrte, un fragment de latin inscrit sur le pourtour extérieur, dont le dernier mot se brisait. Le fragment d'un objet spectaculaire, comme du verre avant la mosaïque.

Un tesson du Vase de la Vénus Aurélia.

2

Techniquement parlant, Margot n'avait pas commis d'effraction en découvrant le tesson. Les archives de la bibliothèque de son école étaient strictement interdites, à moins d'avoir l'autorisation écrite de la bibliothécaire en chef. Ce qui était le cas.

En principe, elle était censée faire des recherches pour son devoir d'anglais de fin d'études, une composition thématique sur son roman préféré de tous les temps, *Les Reliques du cœur*, de Catherine Avery Hannigan.

Dans ce livre, deux archéologues rivaux, Isla Farrow et Reed Silvan, parcouraient la Méditerranée à la recherche d'un artefact qui relevait plus de la légende qu'autre chose : le Vase de la Vénus Aurélia. Leurs aventures – de longues nuits ensemble à chercher le Vase, pour finalement se trouver l'un l'autre – avaient captivé sa mère. Et quand Margot l'avait lu pour la première fois, après l'avoir déniché dans un carton que cette dernière avait oublié, elle avait été envoûtée à son tour.

Son exemplaire avait connu des jours meilleurs. La copie de la romance populaire avait des bords rugueux et des angles cornés à force d'avoir été lue et relue. Margot se souvenait encore de sa mère penchée sur ce livre, allongée dans le hamac du jardin qu'elle installait dès le mois de juin. Quand Margot en feuilletait les pages, elle retrouvait la senteur de ces étés-là : la crème solaire parfumée à la noix de coco, les boules de glace à la fraise, les draps en coton fraîchement lavés et séchés au soleil.

Ce n'était donc pas la faute de Margot si son pied avait trébuché sur l'échelle roulante de la bibliothèque, dans la section mythologie romaine. Le journal de Van se trouvait pile à l'endroit où elle avait atterri. Et ce n'était pas non plus sa faute si, derrière le cahier, enveloppé dans une mousseline délavée, Margot avait repéré quelque chose de curieux. Quelque chose qui n'était pas répertorié – et qui ne manquerait donc à personne si elle le glissait dans sa poche.

La bibliothèque de Radcliffe débordait d'antiquités – des œuvres d'art inestimables, des gravures uniques et de nombreuses éditions originales. Personne ne s'attardait beaucoup sur la façon dont ils remplissaient cette bibliothèque, et les pratiques douteuses de développement des collections n'avaient pas vraiment d'importance pour Margot. Mais elle ne s'attendait pas à tomber sur un tesson de Vase, comme si elle avait pénétré dans les pages des *Reliques du cœur*.

Hélas, les escapades archéologiques d'Isla et de Reed ne mentionnaient pas la terre sous les ongles, la sueur collante sur la nuque et les coups de soleil que même la crème *Supergoop !* ne parvenait à prévenir. Et c'était sans compter le trajet proprement dit jusqu'en Italie. De retour à l'hôtel, les membres de Margot avaient la consistance des pâtes trop cuites. Le décalage horaire et la chaleur accablante avaient de quoi mettre K.-O. n'importe qui.

La veille, à leur arrivée à l'hôtel Villa Minerva – un établissement si minuscule qu'on pouvait à peine le considérer comme un hôtel, et encore moins une villa –, la Dre Hunt avait attribué les chambres, mais Margot connaissait déjà son destin. Leur groupe ne comptait que trois filles, une chambre les attendait donc à coup sûr avec trois lits.

En l'occurrence, la chambre 320. La suite située au troisième étage était couverte de papier peint couleur sarcelle, avec un lustre de travers accroché au plafond comme si sa vie en dépendait. Des bouquets de fleurs en soie et de faux lierre drapaient le sommet d'une armoire en cèdre. Tout cela donnait un petit côté vieillot chic à la pièce, avec une douce odeur de naphtaline et de détergent fraîcheur citron.

Il y avait un lit simple et deux couches superposées. Sans cérémonie, Astrid avait planté sa valise sur le lit simple, tel un drapeau sur la lune, laissant à Suki et Margot le soin de jouer à pierre, feuille, ciseaux pour choisir leur lit superposé.

« J'aimerais vraiment..., avait commencé à dire Margot.

— Je suis somnambule. »

Margot avait cillé. « Tu es somnambule ? »

Suki avait battu ses cils longs comme dans une pub Lancôme. « Une fois, je suis allée jusqu'au *In-N-Out*[3] du coin, Margot. Tout en rêvant, j'ai commandé un double cheeseburger. Il me faut la couchette du bas. »

Et voilà, affaire réglée. Mieux valait s'écraser que d'être écrasée, avait-elle songé.

Mais ce soir, Margot s'effondra sur sa couchette avec un *ouf* de soulagement. D'accord, cela la gênait sans doute un peu que son matelas ne semble être qu'une couche de briques piètrement dissimulée sous un drap, mais vu son état d'épuisement, elle savait qu'elle ne resterait pas éveillée assez longtemps pour s'en préoccuper.

Suki et Astrid arrivèrent après avoir souhaité bonne nuit à Rex, Calvin et Topher, de l'autre côté du couloir.

« Tu sais, Margot, commença Astrid, je n'aurais jamais cru que tu tiendrais tout l'après-midi.

— Merci de t'en soucier, souffla Margot, lovée contre son oreiller.

— Je suis sérieuse. » La paume sur le cœur, Astrid croyait-elle vraiment que Margot allait se laisser avoir par cette fausse sincérité ? « J'ignore comment tu vas faire pour survivre tout l'été. »

---

3. Chaîne de restauration rapide aux États-Unis. (Note de l'éditeur.)

Margot se hissa péniblement sur les coudes, l'irritation gagnant chacun de ses nerfs. Plus question de dormir, tout à coup.

Astrid soupira. « Tu pourrais te casser un ongle, Dieu nous en préserve.

— Ne t'inquiète pas pour moi. J'ai apporté mon kit de manucure. »

Le sourire d'Astrid était tout sauf sincère. Le genre de sourire sucré qui accompagne une expression de fausse sympathie. « Je n'en doute pas. »

Suki se pencha sur le montant du lit. « Tu as apporté quelles couleurs ?

— Suki ! s'emporta Astrid.

— Quoi ? demanda Suki. Une manucure gratuite. »

Astrid leva les yeux au ciel, si haut que Margot s'étonna qu'elle ne se froisse pas un muscle. « En tout cas, tu survivras à ce cours uniquement parce que nous sommes partenaires. Sans moi, tu serais complètement démunie. »

Il n'existe aucune façon élégante de se retourner sur un lit pour se défendre. Margot ressemblait plus à un poisson hors de l'eau qu'autre chose. Quand elle se redressa enfin, elle rétorqua : « Je sais que mon pedigree d'archéologue n'est pas long comme le bras, mais en attendant, je suis là.

— Pitié, railla Astrid. Tu ne sais pas distinguer une amphore d'un cratère. Moi, je parie que tu ne passeras pas la semaine. »

Margot se laissa tomber de l'échelle, puis redressa les épaules. La chaleur lui tirait la peau, sa température corporelle augmentait.

« Tu ne sais rien de moi. »

Astrid ne recula pas. « J'en ai assez vu. Tout le monde a une expérience de terrain. Pas question que tu me gâches l'été – soit tu laisses tomber et tu rentres chez toi la queue entre les jambes, soit je m'occupe de faire comprendre à la Dre Hunt que tu n'as rien à faire ici. Et c'est elle qui te renverra chez toi. »

Margot ne prit pas la peine de s'excuser pour aller aux toilettes. Dès le premier picotement au fond de sa gorge, elle avait compris que les grandes eaux n'allaient pas tarder. Elle claqua la porte derrière elle, provoquant tout un fracas de l'autre côté. La culpabilité lui tordit les côtes – ses réactions excessives avaient toujours un prix –, mais elle ne pouvait pas s'en empêcher.

Ses cils s'agglutinèrent, mouillés de larmes. Elle passa ses mains sous l'eau glacée, laissant le froid saisir la peau douce de son poignet. Son thérapeute lui avait assuré que cela l'aidrait à apaiser son système nerveux central, à désactiver le mode combat/fuite. Ce dont elle avait bien besoin en ce moment. Le rouge grimpa le long de son cou, comme si le fait d'avoir côtoyé Astrid tout l'après-midi lui avait donné une crise d'urticaire.

Elle avait bien du mal à l'admettre, mais Astrid n'avait peut-être pas tout à fait tort. Ce n'était que le premier jour. Sa manucure était *déjà* fichue. Comment tiendrait-elle six semaines complètes ?

Une forte expiration secoua les poumons de Margot. Elle ne pouvait pas pleurer. Pas maintenant. C'était toujours la même histoire – elle sautait la tête la première dans sa nouvelle passion, exaltée et déterminée, puis retournait vers la rive dès que les eaux s'avéraient plus profondes qu'elle l'avait imaginé. Mais pas cette fois, non.

En fouillant dans sa poche, Margot saisit le tesson du Vase. Du bout des doigts, elle caressa les traînées dorées. Un excellent moyen de chasser l'énergie maléfique d'Astrid. Quand Margot observa le morceau d'argile, le sol redevint solide.

Elle était arrivée jusque-là. Et peut-être avait-elle sa place ici.

Tel un coup de feu, le téléphone filaire âgé de plusieurs milliards d'années qu'elle avait aperçu sur la table d'appoint sonna avec vigueur. Margot sursauta, puis passa la tête par la porte de la salle de bains. Accroupie au sol, Astrid ramassait les fragments d'une tasse à café noire, brisée en petits éclats de porcelaine – elle avait dû la lâcher quand Margot avait claqué la porte.

« Doucement, gronda Astrid en déposant les morceaux sur la commode. Évite de te la jouer Hulk, à l'avenir. » Puis, se tournant vers Suki, elle lança : « Tu comptes répondre, ou quoi ?

— Tu me prends pour une réceptionniste ? » Suki attrapa le téléphone qui hurlait toujours, puis répondit par un « Quoi de neuf ? » bourru. Alors que la personne à l'autre bout du fil entamait la conversation, Suki fixa Margot. Elle pointa le doigt vers elle en remuant silencieusement les lèvres : *C'est pour toi.*

Mais ça ne pouvait pas être pour Margot, non. Personne ne savait qu'elle était ici.

Suki hocha la tête, comme si son interlocuteur pouvait la voir, puis demanda : « Vous cherchez Margot ? Margot Rhodes ? »

Margot secoua désespérément la tête. Les yeux écarquillés, suppliants.

« Et comment je peux savoir que vous n'êtes pas un harceleur pervers ? » Une pause. « Oh. Vous êtes son père ? »

Foutue. Margot était définitivement foutue. Elle serra les mains devant sa poitrine, à la manière d'un *namasté,* puis supplia d'un murmure : « S'il te plaît, ne lui dis pas que je suis là. Ne dis rien sur moi. Prétends que tu n'as jamais entendu parler de moi. »

Un bref calcul mental lui permit de situer l'heure locale à environ 13 heures, à Dogwood Hollow, en Géorgie. C'était l'heure du déjeuner pour son père qui, entre deux réunions, s'offrait un panini burrata balsamique au café *Evelyn's*. Il était assez tard pour qu'il se rende compte que Margot ne répondait pas à ses textos lui demandant si elle voulait de la salade de pommes de terre en accompagnement – un signe évident, parce que Margot voulait *toujours* de la salade de pommes de terre en accompagnement. Elle avait tout orchestré, pourtant – ce n'était pas si difficile de disparaître pendant six semaines. Comment une telle chose avait-elle pu se produire ?

Suki écouta encore quelques secondes. « Oui, d'accord. Elle est juste là. »

Tout le corps de Margot s'affaissa. « Tu te moques de moi ?

— Il a dit qu'il allait rappeler l'école pour te désinscrire. » Suki couvrait le combiné de la paume de sa main en haussant les épaules jusqu'aux oreilles. « En plus, ton père est super sexy, non ?

— Suki, siffla Margot.

— Je dis ça comme ça. »

Le téléphone brûlait quand Margot le porta à son oreille. Sa voix était raide, pincée. « Saluuuuuuut.

— Salut, Gogo », répondit son père à l'autre bout du fil, et son cœur se serra en entendant son surnom. Derrière lui, elle percevait le gazouillis des oiseaux et le faible bourdonnement des instruments à cordes du quatuor de rue – ils se réunissaient toujours sur la place centrale le vendredi après-midi. Rupert Rhodes pouvait difficilement faire dix pas sans dire bonjour à quelqu'un. Quand on est la version locale du magnat de l'immobilier dans une petite ville du Sud profond, on connaît tout le monde. « Tu peux m'expliquer ce qui se passe ?

— Qu'est-ce que tu veux dire ? J'ai l'impression que tu es en retard pour ta réunion avec ton prochain client. Je peux peut-être te rappeler après le travail... »

Son soupir fut perceptible depuis l'autre côté de l'Atlantique. « Tu veux dire aujourd'hui, ou dans six semaines ? » Toutes les cellules cérébrales de Margot passèrent à la vitesse supérieure. La veille au soir, alors qu'il faisait visiter une maison à Copper Springs, elle avait laissé un mot sous sa tasse de café, décrivant les détails de son vol. Sauf qu'elle annonçait son départ pour New York afin de passer l'été avec sa mère à Manhattan pour faire... tout ce que sa mère faisait sans elle. Ses parents n'étaient pas franchement en bons termes. Il n'y avait aucune raison que cela se retourne contre elle *aussi* rapidement.

Mais il avait réussi à la joindre. Sur un téléphone à fil datant du dernier millénaire.

« Tu as parlé à maman ? » demanda-t-elle en se mordillant l'intérieur de la joue. Décèlerait-il immédiatement la façon dont sa voix devenait plus aiguë ? Le problème de Margot – incarnation humaine des changements d'humeur –, c'était qu'elle ne parvenait jamais à dissimuler ses émotions. Et pas question de mentir à son père. Elle avait orchestré tout cela pour ne pas *avoir* à mentir, justement. Du moins, pas en face.

« En quelque sorte, se hérissa son père. Je lui ai laissé un message vocal, et j'ai reçu un texto m'affirmant qu'elle ignorait tout de ta venue pour l'été, et que si on l'avait prévenue, elle n'aurait pas planifié deux mois de randonnée dans les Appalaches.

— C'est vraiment bizarre, parce que…

— Dis-moi la vérité, Gogo, l'interrompit-il. Pourquoi a-t-on transféré mon appel à un réceptionniste nommé Giuseppe quand j'ai contacté ton école ?

— Parce que je suis en Italie. »

Même à 4 300 kilomètres de là, elle visualisait parfaitement la façon dont les sourcils de son père se haussèrent d'un coup, séparés au milieu par une ride qui ne disparaissait jamais complètement. « À Little Italy[4], tu veux dire ? »

Margot se gratta la lèvre inférieure, écaillant des petits bouts de rouge à lèvres.

« Non, euh… la grande. »

À l'autre bout du fil, une voiture klaxonna – sans doute parce que son père avait dû piler au milieu de la rue, abasourdi. Elle l'aurait parié. Dans la tête de son père, les rouages s'étaient remis à tourner.

« Les fouilles de la Dre Hunt. Tu es à Pompéi alors que je t'ai expressément interdit d'y aller. Je savais que t'envoyer dans cet internat était une énorme erreur.

— Papa, je…

— Je n'arrive pas à croire que tu aies fait ça. Et encore moins à comprendre comment tu as réussi. »

Simple question rhétorique, paria Margot. Son père ne tenait pas particulièrement à savoir qu'elle avait imité sa signature sur le formulaire d'autorisation pour le rendre à temps. Ni qu'elle avait pris un job à temps partiel au café du campus, passant ses soirées à préparer des cafés latte vanille pour des dernière année aux yeux fatigués, économisant centime après centime pour s'offrir son billet d'avion sans avoir à lui demander de l'aider.

4. Quartier de New York qui signifie « Petite Italie ». (N.d.T.)

C'était entièrement sa faute si elle était ici. Le Vase de la Vénus Aurélia permettrait à Margot d'être aimée par tout le monde, y compris Rupert Rhodes.

« J'ai mérité ma place, papa. » Au grand dam du visage renfrogné aux cheveux blonds qui écoutait commodément cette conversation, à l'autre bout de la pièce. Margot baissa d'un ton, juste pour faire bonne mesure. « Ce n'est pas une phase, cette fois.

— C'est toujours pareil avec toi, Gogo. Mais là, ça va trop loin. Je te prends tout de suite un billet de retour.

— Tu n'es pas sérieux.

— Bien sûr que si ! Comment être *autre chose* que sérieux en ce moment ? J'aimerais que tu essaies, de temps en temps. Tu me rappelles beaucoup ta mère, tu sais. » Un souffle de colère grésilla dans le haut-parleur, à l'autre bout du fil. « À la seconde même où tu poses le pied sur le sol américain, tu es punie jusqu'au siècle prochain. »

Margot s'effondra sur le rebord de la fenêtre. Le cordon beige et collant du récepteur s'enroula autour d'elle alors qu'elle posait son menton sur sa main. Les dernières gouttes de soleil éclaboussaient tout d'un orange Aperol. Aperol qu'elle n'aurait pas le droit de boire avant la fin de l'été (en Italie, il fallait avoir 18 ans pour boire de l'alcool !) Sauf qu'elle ne serait plus là pour en profiter, si ça ne tenait qu'à son père. Il y eut un bruissement d'air de l'autre côté de l'Atlantique, et Margot sentit presque la morsure de la clim dans le bureau de son père, au centre-ville. Elle n'avait plus le temps de le convaincre.

Serrant le combiné si fort que ses doigts lui donnèrent l'impression de se déchirer, Margot plaida sa cause : « Je travaille sur un projet de recherche très important qui va complètement changer ma vie. Si tu me laisses rester… deux semaines… ou même une semaine, papa, je te promets que je ne laisserai plus jamais la vaisselle traîner dans l'évier.

— Qu'est-ce que c'est que ça ? Attends. » Il y eut un souffle, le bruit de sa main couvrant le téléphone, et un va-et-vient étouffé. « Margot, je dois y aller. Urgence client. Je t'achète un billet. Tu rentres à la maison. Pas la semaine prochaine. Maintenant. Fin de la conversation. »

C'était toujours pareil. Rien de ce que faisait Margot ne lui suffisait jamais.

Depuis ces six dernières années, il n'y avait qu'eux deux. Sa mère avait disparu après tant de disputes qu'ils en sortaient tous meurtris, vaincus, et son père était devenu le père célibataire d'une fille unique. Il représentait la seule personne à qui Margot pouvait s'accrocher, mais il se retranchait dans son travail, systématiquement inaccessible quand elle avait le plus besoin de lui.

Avant le divorce, il avait toujours su la calmer en posant ses deux mains sur ses épaules, leurs fronts collés l'un contre l'autre, comme s'il lui transmettait par osmose une partie de son sang-froid. Elle ne pouvait s'empêcher de rire quand ses yeux se brouillaient, d'aussi près.

Mais ces derniers temps, c'était comme s'ils parlaient deux langages différents. Il courait partout en ville, occupait ses journées avec des appels d'acheteurs et ses nuits avec de la paperasse. Depuis peu, il s'intéressait à elle seulement pour lui signifier qu'elle avait fait une bêtise ou qu'elle réagissait de façon excessive.

Margot connaissait son père mieux que personne – comment il prenait son café, comment il était persuadé qu'il existait une chaussette gauche et une chaussette droite, pourquoi il refusait de regarder un film qui finit mal –, mais on aurait dit qu'il ne la connaissait pas du tout, elle. Ou, pire encore, qu'il la connaissait et qu'il ne parvenait pas à l'aimer.

Le Vase de la Vénus Aurélia arrangerait tout ça. Oui, ça *fonctionnerait*. Il le fallait.

Suki et Astrid observèrent Margot reposer le récepteur sur son combiné.

« Alors ? » demande Suki.

Il n'y avait vraiment qu'une seule chose à faire. Margot afficha un sourire qui n'atteignit pas ses yeux. Pathétique excuse pour un nouveau mensonge.

« Vous êtes coincées avec moi, on dirait bien. »

3

Margot n'arrivait pas à dormir, et cela n'avait rien à voir avec le boucan que faisait Astrid en ronflant comme un bûcheron.

Elle avait remonté les couvertures au-dessus de sa tête, la lampe de poche de son téléphone nichée entre son menton et *Les Reliques du cœur*. Les mots s'estompaient à mesure que la conversation avec son père passait en boucle dans sa tête, prenant le pas sur le badinage d'Isla et de Reed. C'était vraiment pénible, car Margot arrivait tout juste au moment où Reed embrassait Isla pour faire diversion, au milieu du roman, et la scène était torride avec un grand *T*.

Son père avait dû être très accaparé par son travail. Aucun billet d'avion ne s'était manifesté dans sa boîte de réception, mais Margot n'osait pas trop rêver s'en tirer à si bon compte. Rupert Rhodes courait toujours d'une réunion à l'autre, mais même lui n'oublierait pas une chose pareille. En ce moment même, il était sans doute en train d'appeler le service client de la compagnie aérienne tout en visitant une autre maison témoin.

S'il l'avait vraiment écoutée, il aurait compris que Margot n'était pas venue en Italie uniquement pour les *gelati*. Van avait documenté son voyage au cours de cet été fatidique. Chaque fausse piste, chaque petit effort de dernière minute, chaque victoire. Son journal n'était pas seulement un texte historique, c'était une véritable carte. Margot n'avait qu'une chose à faire, retracer ses pas, et elle était certaine de retrouver les autres tessons du Vase.

Hors de question qu'elle reste allongée là, à écouter les sinus obstrués d'Astrid pendant les huit prochaines heures, surtout si ses derniers instants en Italie lui échappaient. Il était presque minuit, la seule lumière provenait des étoiles et des lampadaires. Personne ne se rendrait compte de son absence.

Margot se débarrassa de ses draps rugueux, puis descendit de la couchette du haut. Elle cala ses mouvements sur les inspirations d'Astrid pour couvrir le grincement impie de l'échelle. Près de la porte, elle glissa ses pieds dans ses chaussures montantes, enroulant les lacets autour de ses chevilles avant de faire un double nœud. Elle ignorait ce qui l'attendait dans les ruines. Des sables mouvants ? D'énormes rochers roulants ? Un grand, sombre et beau garçon dont elle se ferait un ennemi, puis un allié, puis un amant ? Il fallait s'attendre à tout.

Sans crier gare, Astrid roula sur elle-même en agitant les bras. Margot se figea, la jambe en l'air, mais sa colocataire enfouit simplement son visage dans l'oreiller, contente de ronfler jusqu'au lendemain matin.

Passant son sac à dos sur ses épaules, Margot empocha la clé de la chambre. Elle la glissa dans sa veste en jean, juste à côté du tesson du Vase et du journal de Van. Elle ne prit pas la peine d'enlever son pyjama – un short à rayures multicolores et un haut boutonné assorti –, mais elle rangea son rouge à lèvres dans la poche latérale de son sac pour faire bonne mesure.

L'ascenseur sonna quand Margot atteignit le hall d'entrée. De toute évidence, il n'avait pas reçu le mémo indiquant qu'il s'agissait d'une opération secrète. Elle se faufila derrière une épaisse colonne, le dos appuyé contre la pierre pour inspecter son environnement.

À l'une des extrémités du hall (couvert d'une affreuse moquette) se trouvait une porte d'entrée voûtée. Entre Margot et la douce liberté, il y avait la réception – où Giuseppe, le réceptionniste, bâillait en tapotant distraitement sur son téléphone. C'était un grand type très maigre, avec une moustache tout aussi fine et des cernes si marqués que la jeune fille se demandait s'il avait déjà connu une vraie nuit de sommeil dans sa vie.

Elle ne pouvait pas vraiment lui demander de la conduire aux ruines. La navette de l'hôtel ne pouvait pas la transporter non plus, car le site de Pompéi avait fermé ses portes quelques heures plus tôt. Un taxi ferait l'affaire – mais le chauffeur risquait de la kidnapper, de lui arracher les entrailles et de la picorer comme un vautour en quête de son dîner. Non, merci. Marcher lui ferait une excellente séance d'entraînement, cependant elle préférait éviter tout risque d'enlèvement ou de mutilation.

Ce dont elle avait besoin, c'était de se débrouiller toute seule.

Margot redressa les épaules, puis leva le menton en s'approchant de Giuseppe. Elle n'avait qu'une chose à faire : attirer son attention loin du bureau. Elle attraperait une clé et serait à mi-chemin de Pompéi avant même qu'il se rende compte qu'il lui manquait quelque chose.

Lors de ses cours d'étiquette, Mlle Pénélope lui avait toujours dit qu'il y avait trois étapes pour faire bonne impression. Sourire. Établir un contact visuel. Parler avec assurance. Margot afficha donc son plus beau sourire de concours de beauté, regarda Giuseppe droit dans ses yeux noir café, puis dit : « J'aimerais un autre oreiller en plumes. »

Giuseppe leva les yeux de son téléphone avec la lenteur d'un paresseux.

« S'il vous plaît », ajouta Margot.

Il s'esclaffa si fort qu'un peu de salive s'échappa de ses lèvres. Margot se mit hors de portée des postillons.

« C'est un non ? » demanda-t-elle. Puis, avec espoir : « Ou un peut-être ? »

Giuseppe baissa le nez. « Nos oreillers ne sont pas en plumes. »

Bien sûr que non. L'hôtel Villa Minerva n'était pas exactement un établissement luxueux.

« Deux oreillers, alors, proposa Margot. Ma colocataire ronfle comme une damnée. Un oreiller supplémentaire nous aiderait toutes à mieux dormir. »

Le réceptionniste éteignit son téléphone, puis se leva pour mieux dominer Margot. Il pinça les lèvres et plissa les yeux. « Vous dormez avec votre veste ? »

Margot avait dû abandonner les cours de comédie musicale parce qu'elle ne pouvait s'empêcher de rire en récitant son texte. Les tirades ressemblaient trop à des mensonges, quand elle les récitait. Au lieu de répondre quoi que ce soit à Giuseppe, Margot haussa les épaules, hocha la tête, puis haussa les sourcils en toute innocence.

Giuseppe céda. Ses lourdes épaules s'affaissèrent encore plus. Il se résigna à se rendre dans la buanderie. Pendant qu'il sortait des oreillers en polyester qui se trouvaient sous une pile de draps double-épaisseur, Margot contourna le bureau sans le quitter des yeux.

« Clés, où êtes-vous ? » chuchota-t-elle en fouillant dans les tiroirs et les armoires. Il fallait bien qu'elles soient quelque part par là. Du ruban adhésif, trois agrafeuses, une poignée de blocs-notes trop gribouillés. Une réserve de pastilles contre la toux, trente-cinq stylos-billes, un tas de notes autocollantes. Mais aucune clé. Nulle part.

Une étiquette s'étalait sur le dernier tiroir : *Servizio di Parcheggio*.

Parking ? Margot l'ouvrit d'un coup, et les clés glissèrent dans le tiroir, toutes avec une breloque en forme de diamant, les armes de l'hôtel Villa Minerva. Jackpot ! Elle en saisit une, puis referma le tiroir aussi silencieusement que possible. Les mendiants n'ont vraiment pas le luxe de choisir.

Elle fila de l'autre côté du bureau à peine quelques secondes avant la réapparition de Giuseppe, les bras chargés d'oreillers. D'un ton très clairement agacé, il demanda : « Autre chose ?

— Non, juste... » Une pile de brochures au bout du bureau attira l'attention de Margot. Des guides sur Pompéi, Naples, Pise. Parfait. « Une carte.

— Je mets ça sur le compte de…

— La chambre 320, merci ! » répondit Margot en reculant.

Elle agita la main – celle qui tenait la clé –, mais l'empocha rapidement avec un sourire. Si Giuseppe l'avait vue ou parvenait à s'en soucier, compte tenu de son évident manque de sommeil, Margot préférait ne pas s'attarder pour le découvrir. Elle se hâta vers les portes d'entrée.

Dehors, la soirée pastel s'était transformée en nuit marine. L'air était encore chargé d'humidité, mais une brise tourbillonnante agita les boucles de Margot, les collant à la couche huileuse de gloss sur ses lèvres. Plusieurs scooters jaunes étaient alignés le long du mur, à l'arrière de l'hôtel. Et quand Margot appuya sur le porte-clés, l'un d'entre eux bipa.

Son carrosse l'attendait.

Sur la route, chaque kilomètre lui faisait peu à peu remonter le temps. La pleine lune jetait un voile d'argent sur les bardeaux d'argile. Margot passa devant plusieurs épiceries fines et des orangeraies miniatures, par des rues tranquilles où des Pompieiani modernes fermaient boutique, alors que le Vésuve lui-même se profilait au loin, comme une tache sur l'horizon noir de la nuit.

Quand Margot s'engagea dans une rue secondaire, près des ruines, elle coupa les phares un peu au hasard, en appuyant sur tous les boutons et en actionnant chaque levier. Les bâtiments exigus laissèrent peu à peu la place à des champs clairsemés, à mesure qu'elle approchait l'arrière de l'ancienne métropole. La route se terminait brusquement, mais Margot ne s'arrêta pas.

Le scooter s'enfonça dans le champ en soulevant de la terre et des panaches de poussière, les pneus creusant des ornières dans l'herbe. La Vespa n'avait pas toutes les qualités requises pour rouler en tout-terrain. Quand ses roues refusèrent d'avancer, Margot ôta la clé du contact.

Elle chassa quelques mèches de son visage. Sa coiffure n'avait plus beaucoup d'importance. C'était le prix à payer pour l'aventure.

Tirant la carte de Pompéi de sa poche, elle se mit sous la lumière de la lune et passa son doigt le long des ruelles imprimées, examinant les différentes possibilités qui s'offraient à elle. Le journal de Van n'évoquait pas de gardiens de nuit – parce que ces derniers n'existaient pas au siècle dernier. Il était plus que probable que chacune des portes principales grouille de gardes. Il lui faudrait plus qu'une simple prière pour entrer sans être repérée.

Il fallait trouver un autre moyen.

Elle repéra un endroit près de la porte de la nécropole de Porta Vesuvio. La cinquième région n'avait manifestement pas fait l'objet de fouilles importantes ; elle était en grande partie intacte et recouverte de plantes. Cela signifiait que les gardes n'avaient rien à surveiller. Si Margot cherchait à s'introduire dans le périmètre sans se faire prendre – puis se faire arrêter par Interpol et expulsée du pays –, c'était la meilleure option.

Les bosquets de chaparral lui griffèrent les jambes et s'accrochèrent au satin de son short alors qu'elle traversait les petites collines. Les pins et les palmiers s'entrecroisaient au-dessus de sa tête, la dissimulant dans l'ombre, alors qu'elle approchait des ruines. Sur le chemin de terre, chacun de ses pas soulevait un panache de poussière dans son sillage, et la ligne des arbres s'interrompit quand la nécropole se dressa devant elle.

Là, le faisceau d'une lampe de poche la figea sur place. Des gardes.

Un pas de plus, et elle finissait sa vie menottée (ou du moins clouée chez elle, punie pour l'éternité à mourir d'ennui). La seule chose qui séparait Margot de Pompéi était un simple grillage à poules bordant les limites de la ville. Contourner la clôture n'était clairement pas possible ; le seul moyen d'entrer sur le site consistait… à l'enjamber.

Ses mains griffèrent la dentelle de métal. *Au moins,* pensa-t-elle avec aigreur, *ce n'est pas électrifié.* Une fois arrivée tout en haut du treillis, Margot n'avait plus le luxe de réfléchir ou d'hésiter. Elle sauta. Puis roula, roula encore. La terre durcie par le soleil lui fit vibrer les os, les articulations, et chaque recoin rempli par trop de bonbons d'Halloween.

Mais quand elle se redressa enfin, aucune sirène ne retentit. Pas d'alarme, rien. Elle n'avait pas déclenché de capteur infrarouge secret chargé de la surveillance du périmètre.

L'immortelle Pompéi s'étalait autour d'elle – le passé, le présent, tout à la fois. Si Margot fermait les yeux, elle pouvait imaginer le crépitement des feux qui s'éteignaient après une longue journée, le bruit des pieds chaussés de sandales qui frappaient le sol alors que les enfants rentraient chez eux en courant, l'odeur des rameaux d'olivier et des citronniers, de la cendre et de la terre – pas si différente de celle d'aujourd'hui.

Dans l'obscurité, Margot se souvenait à peine des ruelles tortueuses que la Dre Hunt leur avait fait emprunter l'après-midi. Le patchwork des bâtiments en pierre était identique. Elle était peut-être complètement perdue, mais Van savait où aller, lui. Margot chercha les premières entrées de son journal. Il avait écrit :

L'amour n'est peut-être pas à la surface. Le temple où le Vase sera restitué, un palais pour une déesse dorée – il était sous mon nez depuis le début, dissimulé aux yeux de tous. Tout le monde a sous-estimé ce lopin de terre, malgré les preuves claires et évidentes dont nous disposions, certifiant qu'on avait célébré des cérémonies en ce lieu. J'entendais presque les ardentes prières dans le vent. Même les fleurs de myrte pointaient dans cette direction.

Pour entrer dans le temple de Vénus, il me suffit de demander à la porte.

Le cœur de Margot s'emballa en lisant ces mots. Si Van était présent, il lui ouvrirait la voie, s'élançant courageusement dans la mêlée, comme n'importe quel héros. Mais il n'était pas là. Et Margot était coincée, contrainte à déchiffrer ses énigmes très romantiques, mais terriblement complexes.

Non, mais franchement, il n'aurait pas pu simplement écrire *X désigne l'entrée* ?

Du regard, Margot balaya les alentours, à la recherche de quelque chose évoquant vaguement un temple. La ville entière n'était qu'un amas de terre. Elle glissa le journal de Van dans son sac à dos en se faufilant dans les ruelles étroites. Tout se ressemblait, ici. Partout, du marron. Rien de notable. L'ensemble à moitié détérioré. Des murs de pierre s'élevaient autour d'elle dans toutes les directions, mais rien qui criait : *Vénus était là.*

Sauf… quelques fleurs d'un blanc tendre sur de rares arbustes de myrte. Elles emplissaient l'air de leur doux parfum, et Margot se contenta d'en suivre la piste, tel un limier. Leurs branches s'étiraient vers le clair de lune en ruban, la guidant vers l'avant, toujours vers l'avant.

Elle fit un pas, puis un autre, jusqu'à courir entre les vestiges antiques. Sa tête pivotait d'avant en arrière, d'arrière en avant – elle craignait presque d'en desserrer les boulons, au point de la faire tomber. L'adrénaline lui inondait les veines, elle était exaltée et nerveuse, parfaitement consciente des ennuis qu'elle s'attirerait si l'un des gardes la surprenait ici, bien après les heures d'ouverture.

Margot courut jusqu'à ce que sa poitrine lui fasse mal et que ses poumons la brûlent. Enfin, elle ralentit pour s'arrêter à un carrefour, puis se glissa dans l'ombre alors qu'un garde passait en sifflotant. Il ne paraissait pas particulièrement investi dans sa patrouille et balançait négligemment sa lampe de poche, la rattrapant d'une main, tout en pianotant sur l'écran de son téléphone. Margot ne reconnut pas la mélodie qu'il fredonnait. Ses gestes étaient précis, routiniers. Il n'y avait absolument rien d'extraordinaire à voir ici.

Plus loin, une grande butte herbeuse coiffait le flanc de la colline. Des myrtes en fleurs l'entouraient. Ça pouvait être ça – ou autre chose. Soudain, le garde pivota sur sa gauche et Margot fit un bond vers la droite, cachée par un autre pan de ruines.

Si elle parvenait à atteindre cette zone.

Margot compta ses respirations, attendant que le garde tourne à l'angle suivant. Au bout de dix, elle s'élança. Ses pieds battirent le pavé. Elle ne pouvait que prier pour que le garde ne se retourne pas. Quand elle atteignit le sommet de la colline, il n'y avait rien.

Rien pour se mettre à couvert. Et pas le moindre temple. À peine quelques colonnes à moitié décomposées et des parcelles de fleurs sauvages.

Elle s'appuya contre l'un des affleurements de pierre, aspirant l'air à pleins poumons. Dommage qu'elle n'ait jamais eu de phase d'athlétisme.

Réfléchis, Margot, réfléchis. Van avait reproché à ses collègues excavateurs de ne pas voir ce qui se trouvait juste sous leur nez. Qu'avait-elle loupé ? Van avait écrit qu'il suffisait de demander.

« Hé, Vénus, s'empressa-t-elle de chuchoter, y a-t-il la moindre chance pour que tu me dises où se trouve ton temple ? »

Seul le vent lui répondit. Pas très efficace, la commande vocale.

Quelques autres structures de pierre tordues dépassaient de la terre – des vestiges de piliers, un morceau de sol carrelé, des demi-murs et des foyers. Margot se faufila dans une cour pour enquêter. Si elle était la déesse de l'amour, où cacherait-elle son temple ?

Un autre faisceau d'une lampe torche apparut au bord de la cour. Puis un autre. Pas bon, pas bon du tout. Ici, elle n'avait aucun moyen de s'enfuir, sauf en descendant. Et les gardes patrouillaient à la base de la colline en décrivant de paresseux arcs de cercle – des mouvements routiniers, mais qui se rapprochaient à chaque pas.

Margot se réfugia derrière un mur de pierres lisses, brûlées par le soleil. Le centre avait été découpé. Presque comme un four, ou une cheminée. Un trou pas tout à fait assez grand pour qu'elle s'y engouffre, mais suffisamment pour essayer.

Sa tête heurta le plafond alors qu'elle se mettait en boule. Quelque chose se logea dans sa rate. Passer l'été en Italie était censé être un milliard de fois plus glamour que ça.

Le temps qu'elle ose jeter un coup d'œil autour du pilier, les gardes s'étaient regroupés au pied de la colline, mais il faisait trop sombre pour savoir s'ils l'observaient directement, ou s'ils regardaient autre chose. Son cœur palpitait comme s'il craignait la réponse. L'orange de la prison ne lui irait *pas du tout* au teint.

Margot recula dans l'ombre, mais les pierres lui donnèrent un nouveau coup sur le flanc. En se tordant, elle se rendit compte qu'une des dalles était légèrement sortie. Elle s'agenouilla pour la remettre en place, les genoux plantés dans le sol de l'alcôve. La pression parut changer. Le sol trembla, gémit.

Euh…

Margot regarda derrière elle, puis déglutit. Le centre de la placette s'ouvrait, telle une bouche béante. La jeune femme passa la tête entre le pilier de pierre et ce qui était de toute évidence l'entrée du monde souterrain.

L'amour n'est peut-être pas à la surface, avait écrit Van. Elle ignorait s'il fallait le prendre aussi… littéralement. *J'entendais presque les ardentes prières dans le vent. Même les fleurs de myrte pointaient dans cette direction. Pour entrer dans le temple de Vénus, il me suffit de demander à la porte.*

Margot n'avait rien demandé. Mais elle s'était agenouillée. Comme pour prier. Le poids de ses genoux avait dû déclencher un levier, ce qui avait entraîné l'ouverture du temple, en mode Rube Goldberg[5].

Elle se pencha pour mieux scruter les ténèbres inflexibles. Une bouffée d'air rance chassa les mèches de son visage, avec une note de fleur et de fumée. Une cage d'escalier s'ouvrait juste en dessous. Super glauque et inquiétant.

Mais Margot avait déjà fait tout ce chemin, pas question de faire demi-tour maintenant.

---

5. En lien avec la machine de Rube Goldberg, qui fonctionne avec une série de réactions en chaîne pour effectuer des tâches simples. (N.d.É.)

4

La cage d'escalier aurait eu besoin d'un bon coup de balai. Des volutes de poussière s'élevaient à chaque pas. Margot colla la manche de son pyjama en satin sur son nez et sa bouche, se fiant à la faible lumière de la lampe de son téléphone pour avancer. Sa batterie plafonnait à 7 %.

Plutôt 6 %.

La porte se referma derrière elle, engloutissant toute trace de lumière lunaire, dans un bruit sourd qui ne provoquerait pas *du tout* une crise cardiaque. Si Van avait été là, il aurait allumé une torche avant de s'élancer dans l'obscurité, fendant les toiles d'araignées de sa flamme vacillante. Margot se contenta de garder sa petite LED pointée vers l'avant, priant pour que toutes les araignées soient mortes et qu'elle ne les rejoigne pas.

« D'accord, Margot », se dit-elle, et les murs froids absorbèrent le son. Le silence lui écrasait les tympans, alourdi par le poids du néant. « Tu es venue pour ça. »

La cage d'escalier descendait et descendait, une véritable succession infinie de marches. Aux murs, des gravures érodées par le temps côtoyaient les pigments écaillés de fresques antiques. Margot imaginait Van à côté d'elle, lui montrant le chemin. Il avait sans nul doute étudié plusieurs années pour devenir un archéologue de ce calibre, à un si jeune âge – il parlait couramment toutes les langues classiques, avait une connaissance encyclopédique de l'iconographie romaine, et possédait une capacité quasi surnaturelle à repérer les bons endroits où creuser.

Comme Margot l'avait craint, une toile d'araignée s'accrocha à ses jambes. Un cri jaillit de sa poitrine. Elle s'adossa au mur, en équilibre, pour mieux s'extirper de la toile collante. Les mots exacts de Van concernant ce temple lui revinrent en mémoire : *L'obscurité n'a fait que céder la place à des ténèbres encore plus lourdes, jusqu'à faire disparaître l'idée même de lumière.* La vache, il n'avait pas exagéré !

« Mon Dieu, détends-toi. » Margot prit une grande inspiration, avant de se secouer. « Si Van a réussi, tu réussiras toi aussi. »

Sauf que... ce n'était peut-être pas si vrai. Tant de choses pouvaient changer, en cent ans. Déjà, l'Atlas Exploration Company n'aurait jamais engagé une jeune fille comme Margot. Cette dernière n'aurait jamais pu non plus porter un pantalon sans provoquer tout un scandale.

Pire encore, les plaques tectoniques pouvaient s'ébranler de nouveau – celles-là mêmes qui avaient enterré Van. Les murs s'effondreraient. Les décombres bloqueraient toutes les issues. Et sa seule porte de sortie s'était déjà refermée alors qu'elle descendait les escaliers.

Chaque pas la plongeait un peu plus dans ses propres pensées. Elle entendait presque le dédain de son père, de l'autre côté de l'Atlantique. *Tu en fais toujours trop, Gogo.*

Et il avait raison.

Elle faisait une bombe quand les autres mouillaient à peine leurs orteils. En général, ça impliquait que Margot devait fournir deux fois plus d'efforts – non, trois fois plus – pour parcourir la même distance. Ça impliquait aussi des sessions tardives de travail à la bibliothèque, dans les vapeurs du moka frappé, parce qu'elle avait passé toute la semaine à se noyer dans un vortex de recherches sur certains mystères non résolus, au lieu de se pencher sur ses examens de mathématiques et de poésie.

Mais cette fois, elle était vraiment dépassée par les événements. Une trentaine de mètres de terre la séparaient de la surface.

La panique lui serrait la poitrine, désormais. Une angoisse nichée au creux de ses côtes, telle une marée noire. Qu'est-ce qui lui avait pris de s'aventurer ici toute seule ? L'instant d'avant, elle avait l'impression d'avoir atteint le sommet d'une montagne, et voilà qu'elle se retrouvait encore plus bas que la fosse des Mariannes. Un va-et-vient qu'elle ne pouvait ni anticiper ni gérer. Son téléphone devint glissant.

Pourquoi n'avait-elle pas pensé à le recharger avant de quitter l'hôtel ? Elle n'avait vraiment pas besoin d'être piégée sous terre sans pouvoir jouer à Candy Crush, alors qu'elle mourait lentement de faim. La cage d'escalier s'incurva et Margot reprit ses esprits. L'air était glacial, beaucoup trop froid malgré la douceur de la soirée, à la surface. Quand Margot leva les yeux, elle se retrouva nez à nez avec Vénus elle-même.

Ou, du moins, une fresque grandeur nature, quasiment intacte.

Des bleu pervenche, des vert pastel et des rose layette tourbillonnaient ensemble pour mieux représenter la déesse. Elle était vêtue d'écume de mer et tenait un vase doré en équilibre entre ses paumes. Un sourire à la Mona Lisa lui relevait la bouche, et ses yeux étaient fermés, ses cils effleurant le haut des joues. Quand Margot se retourna, des éclats de verre crissèrent sous ses pas. Une lampe à huile. Son souffle se bloqua dans sa poitrine. Était-ce celle de Van ? Elle essaya d'imaginer le chemin de ce dernier, de suivre chacun de ses pas. Le minuscule faisceau de la lampe de poche peinait à percer l'obscurité du temple, alors que les semelles de Margot claquaient sur le sol de pierre, résonnant dans la salle vide à mesure qu'elle s'y enfonçait.

Alors, ouais. Astrid pouvait manger son chapeau. Margot avait bel et bien découvert un temple ancien top secret. Ça lui permettrait sûrement d'obtenir sa carte de membre du Club des Archéologues Très Sérieux.

Les colonnes – doriques ? Ioniques ? Elle n'en avait aucune idée – s'élevaient à l'infini au-dessus de sa tête. Même en penchant le cou en arrière, elle n'arrivait pas à distinguer le plafond dans l'ombre. Jusqu'où était-elle descendue ? Ce temple était une véritable caverne, dépourvu de la lumière et de la vie qu'il avait abritées plusieurs siècles auparavant. Si Margot émettait plus qu'un murmure, elle était sûre que sa propre voix lui répondrait.

Et plus elle avançait dans la nef, plus l'air sentait bon. Comme au rayon parfumerie d'un grand magasin, l'odeur était prenante – nectar et sel de mer, encens et ambre… Elle l'entraînait vers l'avant. Dotés d'une vie propre, ses pieds remontaient d'eux-mêmes le couloir. À l'autre bout du temple, un piédestal de marbre vide émergeait d'un mur de sédiments, un peu comme une exposition au musée. Ou un autel sacrificiel. Et tout autour, en demi-cercle, se tenaient cinq gardiens de marbre.

Ciselés, massifs, ces hommes la dominaient de très haut. Ils tenaient des arcs dans leurs doigts serrés. Les flèches saillaient des carquois sculptés dans leur dos. Margot parcourut l'espace qui la séparait de la statue la plus proche. Le visage de pierre était stoïque, comme on pouvait s'y attendre. Les lèvres pincées en ligne droite, un nez romain proéminent divisant les traits en symétrie parfaite, des paupières à capuchon, à la fois scrutatrices et désintéressées.

Un frisson parcourut l'échine de Margot. Il était un peu trop réaliste.

De près, le marbre était moucheté d'un rouge profond qui se répandait jusqu'au bout des doigts, tel un réseau de veines. Margot le suivit jusqu'à la poitrine de la statue, où un orbe rouge sang coulait, pile à l'endroit où le cœur aurait dû se trouver. Le décalage horaire avait sérieusement dû la perturber, car on aurait presque dit que la tache cramoisie palpitait comme une mer miniature, avec des flux et des reflux, des pulsations, des battements.

Margot se frotta les yeux. Elle avait trop d'imagination.

Sur le piédestal de la statue, on pouvait lire *Ignis*. Il avait déjà encoché une flèche, un œil fermé, l'autre braqué sur une cible imaginaire. Des flammes de marbre léchaient ses avant-bras. À côté de lui se tenait *Aura*, balayé par le vent, main sur le front, comme s'il cherchait quelque chose. Puis, *Aqua*, entouré d'eaux mouvantes, et *Terra*, dont la végétation grimpante sculptée dans un surprenant luxe de détails s'enroulait autour de ses pieds nus, avant de remonter ses mollets gainés de plaques protectrices.

Le dernier gardien, *Mors*, avait de quoi donner des cauchemars à Margot jusqu'à la fin de ses jours. Là où les autres gardiens étaient des hommes, *Mors* se réduisait à un squelette, une flèche en marbre plantée dans la poitrine.

Un frisson remonta le long de l'échine de Margot.

« Beurk, ça a dû faire mal, ça. »

En s'écartant du piédestal, elle essaya d'ignorer l'impression que ses orbites vides la scrutaient. Margot ne parvenait pas à se débarrasser de la lance de peur froide coincée entre ses côtes. Sa veste en jean était une bien mauvaise armure.

Elle fit glisser ses doigts le long de l'autel. La surface lisse était fraîche sous sa peau, comme tout ce qui se trouvait ici, épargnée par la chaleur de l'été. Elle serra le poing autour du tesson, dans sa poche, et l'argile se réchauffa entre ses doigts. Comme s'il appartenait à cet endroit, et qu'il le savait.

Alors que Margot le soulevait vers l'autel, quelque chose grinça derrière elle.

« Bordel de... » Du coin de l'œil, Margot aperçut une silhouette qui fit bondir son âme hors de son corps.

Le tesson lui échappa, mais elle ne se retourna pas pour vérifier s'il s'était brisé, elle n'entendit même pas l'impact. Instinctivement, elle leva les bras pour protéger son visage, comme elle l'avait appris lors de sa brève expérience de taekwondo au collège – oui, encore une phase. Pile entre le moment où elle racontait à tout le monde qu'elle comptait devenir vétérinaire et celui où elle apprenait la basse pour intégrer un groupe punk appelé *Tight Jeans*[6].

Une giclée d'adrénaline – brûlante, insistante – lui inonda le corps alors qu'elle pivotait sur elle-même, les yeux écarquillés, luttant pour distinguer quelque chose dans les ténèbres. Le faisceau ridicule de sa lampe éclairait à peine le temple. Son pouls s'apaisa un peu quand Margot prit conscience que la forme en périphérie n'était pas un tueur en série caché, mais une simple statue de plus. Parce qu'apparemment, cinq gardiens ne suffisaient pas. Merci pour la crise cardiaque, Vénus.

Margot ramassa le tesson, le glissa dans la poche intérieure de sa veste, puis suivit les mosaïques vers l'endroit où la statue solitaire se dressait dans l'ombre.

Chaque dalle s'ornait d'une fleur aux détails époustouflants, des myrtes blancs rehaussés d'or. Beaucoup trop belles pour marcher dessus. Avancer à cloche-pied suffirait bien.

Plus Margot s'approchait de la statue, plus les fleurs se flétrissaient. Les couleurs, d'abord, abandonnaient les pétales. Puis, ces derniers se ratatinaient peu à peu. L'un d'entre eux tombait, suivi d'un autre. Les tiges inclinaient la tête, comme pour prier. Quand Margot atteignit les pieds de la statue, les fleurs étaient mortes.

Et cette statue portait... des bottes.

Il ne faisait aucun doute que le marbre avait été travaillé d'une main de maître. Chaque repli de pierre reproduisait le cuir. Bon sang, même les ferrets des lacets étaient bel et bien là. On pouvait suivre le coton strié des chaussettes, là où elles disparaissaient sous l'ourlet rugueux d'un pantalon bien usé.

Une main s'enfonçait à moitié dans une poche, l'autre se tendait vers un objet disparu depuis longtemps. La statue portait même une montre. Le sculpteur avait gravé de délicats chiffres sur le cadran analogique, les aiguilles indiquant 11 h 36...

6. Jean serré, en anglais. (N.d.T.)

Tout cela n'avait aucun sens. C'était totalement anachronique. Bien sûr, les Romains avaient inventé des tas de choses qui avaient fait date. La plomberie intérieure, les routes pavées. Les pâtes à la carbonara. Mais pas les Rolex, non.

Margot suivit la trace des manches en marbre jusqu'aux bretelles, en passant par le cou, où une veine saillait sur le côté. Le visage de pierre la fit vaciller. Elle recula devant les lignes acérées de la mâchoire, l'arête tordue du nez, l'inclinaison de la bouche, comme si la statue détenait un secret. Reconnaissable au premier coup d'œil, même dans la pierre froide de la nef.

Van Keane ?

Impossible. Qui aurait traîné un bloc de marbre dans ce temple oublié pour y ciseler un monument à la mémoire de Van Keane ? Mais chaque cil, chaque fossette, était sculpté avec amour. Sa bouche se repliait, les lèvres à peine entrouvertes. Une fissure partait en diagonale de l'arcade sourcilière, passait par la courbe du nez, puis descendait jusqu'au menton.

Margot leva son téléphone pour mieux éclairer la statue. En fouillant dans son sac à dos, elle attrapa l'un des pinceaux que la Dre Hunt avait distribués cet après-midi. Pour voir ça de plus près, rien d'autre.

Elle s'intéressa à la main de l'homme. Les doigts fléchis. On l'avait sculpté comme s'il désirait quelque chose – comme s'il en avait besoin – sans jamais pouvoir l'atteindre. Un court instant, Margot ressentit sa douleur comme si elle lui appartenait. Les manches de sa chemise boutonnée étaient remontées sur ses avant-bras, négligemment froissées. Un étui d'outils d'excavation était gravé sur sa hanche droite. Aucun détail n'avait été oublié.

Il était si réel. Exactement comme sur les photos. Une décharge d'électricité parcourut les veines de Margot.

Elle se hissa sur la pointe des pieds, atteignant à peine le menton de la statue. Son pinceau parcourut son épaule, puis s'attarda sur sa mâchoire. Ensuite, avec précaution, la jeune fille balaya les poils le long de la fissure dans le marbre, à l'endroit même où elle s'ouvrait. Sur son sourcil arqué, son nez, ses joues. En plissant les yeux, Margot aurait juré distinguer des taches de rousseur dans le marbre blanc et lisse. Ses doigts remontèrent le long des bras de pierre froide, s'enroulèrent autour de sa nuque, puis elle se redressa pour mieux fixer ses yeux vides. « Qu'est-ce que vous faites ici ? » murmura-t-elle à la statue, dans un souffle.

Peut-être était-ce la façon dont son cœur tambourinait dans sa poitrine, mais elle sentait presque ses battements à lui.

Du bout des doigts, elle suivit les dures rides de son visage. Une infinité de questions se bousculaient dans sa tête, mais cette statue avait indéniablement été sculptée par *quelqu'un* pour ressembler à Van Keane. Margot avait presque tendance à croire que Vénus s'en était chargée elle-même.

Le marbre frémit sous ses doigts. Une petite fracture à la racine des cheveux se détacha du sillon de la joue. Margot sursauta en jurant. Elle recula d'un pas hésitant – était-ce sa faute ? C'était tout à fait son genre, toucher une statue sans réfléchir et la détruire en moins d'une seconde.

Un autre tremblement secoua le marbre, fissurant l'arête du nez de pierre. Les sillons se creusèrent encore, s'infiltrèrent dans les fondations mêmes de la statue. Le marbre s'écailla sur les pommettes et les épaules.

Un rayon de lumière jaune apparut sur la statue, emplissant chaque interstice de pierre, brûlant comme en plein jour, tandis que Margot plissait les yeux, puis les protégeait d'une main.

Dans cette explosion de lumière, Margot observa les fissures se multiplier. Un millier de petites lignes s'étendaient sur le visage de la statue, toutes noyées d'or. L'ensemble ne tarderait pas à se désintégrer. La statue serait détruite. À cause de Margot.

Le moment aurait été idéal pour découvrir que tout cela n'était qu'une farce élaborée. Une blague fomentée par Astrid et les garçons pour lui prouver qu'elle n'avait pas sa place ici et qu'elle ne connaissait rien à rien.

« Non ! » haleta Margot. Ses mains s'agrippèrent désespérément aux fragments qui dégringolaient. Elle tenta de les remettre en place, mais plus elle essayait, plus les morceaux s'éparpillaient.

Le marbre s'effondra dans une mare de lumière en fusion. Margot cilla pour faire disparaître les taches dans sa vision, alors que les ténèbres reprenaient possession de la salle. Dans l'étroit faisceau de la lampe, deux yeux trop verts scrutaient la jeune fille.

Son cœur battait la chamade, noyant toute pensée logique. La pierre se déplaça, puis éclata, révélant la peau en dessous.

Dans un crissement, la statue se débarrassa des derniers restes de marbre, puis étira ses bras au-dessus de sa tête, les repliant derrière elle.

Un souffle rauque s'échappa de ses poumons, manifestement inusités depuis un siècle.

Ce n'était pas une statue de Van Keane.

C'était Van Keane.

5

Margot hurla. Van hurla à son tour.

Et franchement, ce n'était pas comme si Margot était la plus fervente des rationalistes. Toutes ses décisions venaient du cœur, jamais de la tête. Elle croyait aux contes de fées, aux fins heureuses. Aux signaux envoyés par l'univers, au père Noël, aux âmes sœurs. En fait, elle croyait à peu près en tout ce qu'il était possible de croire. Que valait la vie sans un peu de magie ?

Mais *ça* ? Dans quel univers les statues se transformaient-elles en personnes bien réelles ? Certainement pas le sien. L'esprit de Margot se court-circuita. Plus elle le regardait, moins elle y croyait.

Il ressemblait très exactement à sa photo – ses cheveux fauves ébouriffés, comme s'il s'en fichait, une mâchoire avec laquelle on aurait pu couper un steak, et des bretelles tendues sur les épaules les plus larges que Margot ait jamais vues.

Et il paraissait… furieux. Contre elle, en particulier.

« Pourquoi vous criez ? s'exclama-t-elle d'une voix stridente. C'est moi qui suis censée crier. »

Van voulut dire quelque chose, en inspirant profondément, mais sa tentative s'acheva en quinte de toux. Rien d'étonnant, avec toute cette poussière. Il la regarda fixement, le visage de plus en plus rouge. Le manque d'oxygène, certainement.

Margot avait l'impression d'avoir avalé d'un trait un litre de boisson énergisante. Le sang lui montait à la tête et lui donnait le vertige. Tout cela la rendit audacieuse. Elle se rapprocha. « C'est vraiment vous, n'est-ce pas ? Van Keane ? »

Ses yeux durs la transpercèrent. « Qui... êtes vous ? finit-il par cracher.

— Je m'appelle Margot Rhodes. » Elle sourit, puis lui tendit la main.

« Margot Rhodes. » Il prononça son nom comme s'il venait de goûter la coriandre et de comprendre que ça avait un goût de savon. Il jeta un coup d'œil à sa main tendue - un simple coup d'œil - avant de décider de ne pas la lui serrer. Son refus inonda de chaleur la nuque de Margot. « Vous pouvez m'expliquer ce que vous faites dans mon temple... en pyjama ?

— Votre temple ? » fit Margot. À sa grande surprise, sa voix avait un petit air enjoué, taquin. « Vous ne ressemblez pas du tout à la déesse de l'amour.

— Ceux qui entrent les premiers ont la priorité. » Van fit rouler son cou, comme pour huiler ses charnières, vérifiant d'éventuels craquements. L'agacement empesait chacun de ses gestes. Comme si on le dérangeait alors qu'il était en retard à un rendez-vous très important. « Et donc, qu'êtes-vous ? Une secrétaire ? Une journaliste ?

— Je suis archéologue », répondit Margot en plissant les yeux.

Van pivota si vite que Margot faillit s'empaler sur un arc en marbre affûté, brandi par l'un des gardiens. Elle tressaillit alors que son regard calculateur la toisait de haut en bas. « Je connais tous les archéologues du sud de l'Italie et vous n'en faites pas partie. »

Margot se hérissa. « Vous n'avez aucun moyen de le savoir.

— En ce cas, avec qui travaillez-vous ? répliqua Van. Speichler ? Charles et deWolfe ? » Puis, secouant la tête comme s'il avait déjà trois longueurs d'avance de ce côté de la conversation, il ajouta : « Aucune importance. Atlas sera bientôt de retour, et vous serez partie depuis longtemps.

— Non, il est... »

Van arqua un sourcil. Et quand Margot s'interrompit, coupée dans son élan par le poids de son regard, Van combla l'espace qui les séparait, soudain penché au-dessus d'elle. « Aucun autre que moi ne sait comment trouver cet endroit. Même Atlas ne sait pas ouvrir la porte du temple, j'y ai veillé. Comment êtes-vous entrée ? »

La réponse de Margot se figea dans sa gorge. Ses joues rougirent, lui rappelant son embarras. Parce que... eh bien... Comment lui avouer que c'était *lui*, la raison pour laquelle elle avait cherché ce temple ?

Van s'approcha suffisamment d'elle pour qu'elle sente son souffle, chaud contre son oreille. « Je vous repose la question une dernière fois. Que faites-vous ici ?

— La même chose que vous, rétorqua-t-elle, une pointe d'obstination et de détermination dans la voix. Je cherche le Vase de la Vénus Aurélia.

— Pourquoi voulez-vous chercher le... »

Van s'écarta d'elle pour se diriger vers l'autel. Ses paumes heurtèrent la pierre polie. La tête penchée sur la poitrine, il ravala un gémissement de déception. Quand il se retourna vers Margot, cette dernière regretta de ne pas avoir pris plus au sérieux les leçons de taekwondo de maître Park.

« Qu'en avez-vous fait ? » La voix de Van était ferme, sans la moindre trace d'humour. Et laissait deviner son impatience.

« Je n'ai rien fait à quoique ce soit », souffla Margot. Un argument bien mince pour une accusation tout aussi vague.

Un rire creux secoua la poitrine de Van. « Par pitié. Les tessons du Vase étaient tous là, il y a à peine quelques instants. Je n'ai pas besoin de les *chercher*, je les ai *déjà* trouvés. »

Margot s'avança lentement, comme on s'approche d'un animal sauvage blessé. « Vous savez ce qui vous est arrivé ? »

Comment révéler à quelqu'un qu'il a loupé l'invention d'Internet, l'arrivée des femmes sur le marché du travail, l'essor, le déclin, puis le douloureux retour des jeans taille basse ?

Van ne recula pas. « *J'étais* en train d'assembler le Vase de la Vénus Aurélia, mais il semble qu'on m'ait dérobé les tessons.

— Non. *Non*. Je n'ai rien volé du tout. Ils n'étaient pas là à mon arrivée ; ils ont disparu depuis très, très longtemps. Mais vous… vous n'en savez rien. » Devant l'expression de Van, mélange de confusion et d'irritation croissante, Margot soupira. « Je veux dire, évidemment que vous ne pouvez pas le savoir. Comment auriez-vous pu ? Ici-bas, vous avez probablement l'impression d'être encore à votre époque, et que rien n'a changé. »

Van poussa un juron. Il se passa une main agitée dans les cheveux tandis que l'autre fouillait ses poches. « Pourriez-vous arrêter de jacasser, fillette ? J'ai des problèmes plus urgents que l'aspect de ces ruines. »

Fillette. Ce mot s'insinua sous la peau de Margot. Cette politesse de façade qu'elle avait pris l'habitude d'afficher quand les gens la sous-estimaient. Pas cette fois, non.

Sa voix se hérissa d'épines. « Les tessons ont disparu.

— Qu'est-ce que vous ne me dites pas ? » Le poing de Van se referma sur le col de la veste de Margot.

D'aussi près, elle voyait parfaitement le vert pâle de ses yeux, le contour d'un nez qui avait été cassé au moins une fois, et là, sur ses joues plutôt claires, des taches de rousseur dues à une trop longue exposition au soleil.

Son traître de cœur battit un peu plus fort. Ce n'était pas le moment. Quand elle avait imaginé Van Keane, elle l'avait considéré comme un noble explorateur, un homme curieux et motivé. En lieu et place, elle découvrait un abruti qui avait beaucoup de choses à prouver.

« Je n'ai pas vu les tessons », expliqua Margot. Sa voix était douce. Même si Van était un crétin, elle ne pouvait pas nier la façon délicieuse dont sa joue se repliait, le muscle se contractant sous l'effet de la frustration et de la déception. Tout ce à quoi il tenait avait disparu. Elle percevait son désespoir comme si c'était le sien. « Personne ne les a jamais vus tous ensemble. Personne, sauf vous. »

Ses phalanges effleurèrent la peau du cou de Margot, la serrant un peu plus fort. Ses lèvres formèrent une ligne. Si de la vapeur avait jailli de ses oreilles, cela n'aurait pas surpris Margot plus que ça.

« Regardez autour de vous, poursuivit la jeune fille. Les tessons ont disparu. » Son ton reprit un peu de mordant alors qu'elle posait la main sur ses articulations, tentant d'extirper le col de sa veste. Peu importait le prestige de Van, et tant pis si son unique fossette était si charmante quand il souriait. Margot n'était pas une poupée de chiffon qu'on pouvait secouer comme ça, pour le plaisir. « Si vous preniez le temps de m'écouter deux secondes, vous sauriez qu'à mon arrivée ici, vous étiez aussi raide que ces statues, et ce depuis le siècle dernier. »

Il n'en fallut pas plus pour qu'il desserre complètement son étreinte. « Développez.

— Ça fait quatre-vingt-seize ans que vous êtes entré dans ce temple, et vous êtes la seule personne à avoir rassemblé les tessons du Vase de la Vénus Aurélia, ce qui est déjà énorme, donc bravo. Tout le monde vous croyait mort, mais apparemment, vous étiez juste là, pétrifié, et votre équipe s'est séparée après l'accident, et puis quelqu'un a découvert votre journal intime, qui a fini dans la bibliothèque de mon école, et... » Margot reprit son souffle. « Et maintenant, vous êtes là. Avec moi. Mais sans le Vase. »

Ce n'était qu'un tout petit mensonge, mais Margot distinguait encore la courbe de sa lèvre, inclinée vers le haut en sourire traître. Il fallait espérer que Van ne puisse lire en elle comme dans un livre ouvert. En tout cas, pendant toutes ces années à jouer les statues de marbre, il n'avait pas développé de vision surnaturelle à rayons X – qui lui aurait permis de déceler l'éclat d'argile enfoui profondément dans la poche de la jeune fille.

Lui en parler maintenant réduirait à néant son seul avantage. Elle ne pouvait pas se le permettre.

Van lâcha enfin le col de Margot, désormais complètement froissé, mais tant pis. Ses pieds retrouvèrent le sol avec un bruit sourd.

Van toucha le creux entre ses sourcils. « Comment ?

— Comment quoi ? demanda Margot en se relevant.

— Comment ai-je été transformé en statue ? Comment le Vase a-t-il disparu ? Pourquoi tout cela a-t-il mal tourné ? » Il s'était affaissé contre l'autel. La tête enfoncée entre ses paumes, les épaules repliées sur elles-mêmes. Avant que Margot puisse dire ou faire quoi que ce soit pour le consoler, Van se redressa d'un coup sec. Composé, calme. Comme si certains de ses souvenirs lui étaient revenus d'un seul coup. « C'est ça.

— C'est-à-dire ? » Margot haussa les sourcils. « Vous savez où sont passés les tessons ? »

Dans la tête du jeune homme, les engrenages tournaient à plein régime, elle le voyait dans son regard. Il se concentrait sur quelque chose de caché, il cherchait à comprendre. Il ne l'écoutait pas du tout. « Ils se réinitialisent. Il faut les mériter de nouveau », chuchota-t-il pour lui-même.

Cela ne fit que renforcer la détermination de Margot. « Je les trouverai. Le reste du Vase, les autres tessons.

— Non, vous ne les trouverez pas. »

Bon, il avait apparemment l'ouïe très sélective.

« Si, je les trouverai. » Margot redressa les épaules, raidissant la courbe de sa colonne vertébrale pour le regarder droit dans les yeux. « Il le faut. C'est la raison de ma présence ici, et vous allez m'aider. »

Van rit une fois, un aboiement monosyllabique. « Je n'accepte aucun partenariat. Plus maintenant. Et pas question de travailler avec vous. »

Margot redressa encore un peu plus les épaules. « Et pourquoi pas ? »

Le regard calculateur de Van la transperça. Toutes les insécurités de Margot se reflétaient au centre de ses yeux ténébreux. « Vous n'avez pas les qualifications requises.

— Lesquelles ? demanda-t-elle en croisant les bras pour se contenir.

— Une tenue correcte, par exemple.

— J'ai d'autres vêtements à mon hôtel, souffla-t-elle. Ce n'est même pas un bon argument. En plus, vous ne les retrouverez jamais sans moi.

— Je tente ma chance », dit Van, un brin fanfaron.

Margot aurait aimé être au-dessus des supplications, mais ce n'était pas le cas. « Je vous assure que vous avez besoin de moi autant que j'ai besoin de vous.

— C'est pour ça que vous n'avez pas pris la peine de vous habiller correctement ?

— C'est une tenue de nuit très mignonne et parfaitement respectable ! » gémit Margot en s'approchant. Elle posa un doigt accusateur sur sa poitrine. « Si je n'étais pas venue ici, vous seriez encore une grosse pierre de deux tonnes. Ça ne vous tuerait pas de dire *merci*, vous savez. Je ne suis pas une... »

La batterie du téléphone de Margot décida que c'était le moment idéal pour mourir.

L'obscurité les enveloppa aussitôt d'une lourdeur suffocante. Puis, d'un coup sec, un globe orange s'enflamma au bout d'une allumette. Van rangea la boîte d'allumettes dans sa poche, puis attrapa une torche accrochée à un pilier voisin. Il l'embrasa. Des ombres agitées sillonnèrent le temple, contrastant avec la lumière soudaine.

La nef s'illumina, plus haute et plus large que Margot n'aurait pu l'imaginer. Les ruines en surface n'avaient aucune commune mesure avec la grandeur de ce temple souterrain.

Chaque mur était couvert de peintures brillantes, des couleurs que le soleil n'avait pas réussi à effacer. De riches et généreux pigments soulignaient chaque surface, montrant des champs vallonnés avec des fleurs sauvages ouvertes, des mers tranquilles. De chaque côté, des escaliers jumeaux menaient à des balcons torsadés qui ceinturaient les murs du temple. Un palais digne d'une déesse.

Van le remarqua à peine. Cet endroit n'avait rien de nouveau pour lui.

« Je survivrai très bien sans vous », dit-il. Pas arrogant, juste... sûr de lui.

Margot voulut crier en levant les yeux vers lui. Lui assurer qu'il se trompait sur elle, lui prouver qu'elle était à la hauteur, à lui et à tous ceux qui pensaient toujours qu'elle n'y arriverait pas. C'est à ce moment précis, alors que Margot se sentait capable d'affronter tout ce qu'on lui proposerait, certaine de survivre seule, qu'une flèche leur siffla sous le nez.

Avec un craquement sec, le projectile de marbre s'encastra dans le mur.

Margot pâlit. Lentement, elle pivota vers les statues qui montaient la garde autour de l'autel. La corde de l'arc d'*Ignis* vibrait encore.

Les gardiens étaient vivants.

6

Les cinq gardiens encochèrent de nouvelles flèches, toutes pointées sur la poitrine de Margot. Chaque fibre de son corps se contracta. Van, lui, ne tarda pas à se transformer en héros de film d'action. Il se glissa entre *Mors* et *Terra*, puis s'empara d'une flèche dans le carquois fixé au dos de *Terra*. Le tranchant de la flèche brandit comme un couteau, il sectionna la corde de l'arc d'*Ignis*.

Le trimestre précédent, Margot était trop occupée par l'astronomie et son envie d'intégrer l'équipe d'aviron pour suivre le cours de la Dre Hunt, mais elle était presque sûre qu'on n'enseignait pas le combat contre des statues vivantes en archéologie classique.

« Vous devriez déguerpir », lui lança Van.

D'accord. *D'accord.*

Margot se baissa au moment où les archers libéraient leurs flèches. Des fragments poussiéreux s'égrenaient au-dessus de sa tête alors que leurs projectiles s'entrechoquaient. Elle se mit à quatre pattes sur le sol de pierre glacée pour mieux se faufiler hors du tir croisé.

Les gardiens pivotèrent sur leurs socles, suivant chacun de ses mouvements. Voir une statue bouger avait quelque chose de déconcertant, car elles se déplaçaient avec gravité, plus lentes et plus lourdes que les humains, tout en se contentant de se tordre sur place, les pieds collés à l'endroit où on les avait sculptées.

« Au moins, commenta Margot, elles ne peuvent pas desc… »

Aqua fut le premier à quitter son piédestal. Sa cape de vagues se déplaça avec lui, alors qu'il faisait quelques pas tonitruants, lourds comme du marbre.

Margot déglutit. « Je n'ai rien dit. »

Les autres gardiens suivirent le mouvement et s'élancèrent. Droit sur elle. Leurs pas résonnèrent sur les dalles. Chaque martèlement ébranla les fondations du temple, comme si l'ensemble menaçait de s'effondrer.

Le long des murs, Van colla la flamme de sa torche sur une corniche ceinturant la base du temple. Une traînée de feu serpenta sur l'ensemble du périmètre, s'épanouissant en une lumière orange qui chassa les ténèbres.

Hélas, ce surcroît de lumière ne fit que faciliter la tâche des gardiens qui poursuivaient Margot.

Dans sa tête, l'instinct de combat et celui de fuite alternaient à un rythme effréné. Fuite : courir vers l'escalier tout au fond, puis creuser à mains nues s'il le fallait, sans jamais regarder en arrière, sans jamais se demander ce qui aurait pu se passer si elle était restée. Combat : prouver à Van qu'elle n'avait rien d'une petite fille stupide dépassée par les événements, puis le convaincre de travailler avec elle pour retrouver les tessons manquants.

« Vous n'auriez jamais dû venir ici », lui lança Van de l'autre côté du couloir. Il troqua sa torche contre le ciseau et la truelle qu'il portait à la hanche, les maniant comme deux lames jumelles.

Combat, donc.

Van avait peut-être raison. Si elle détruisait les armes des gardiens, il leur serait au moins un peu plus facile de s'échapper. Elle n'avait qu'à faire comme lui, rien d'autre.

Partout où Margot courait, les gardiens se déplaçaient vers elle. Elle sauta, les dix doigts tendus, puis s'empara de l'une des flèches du carquois d'*Aura*. La statue pivota sur ses talons, lentement pour un humain, mais bien plus vite qu'une statue normale – ce qui, d'après Margot, n'aurait jamais dû se produire du tout. Malheureusement, leurs flèches ne semblaient pas affectées par cette lenteur.

Le visage pâle, si proche du sien, prit Margot au dépourvu, et elle trébucha. La flèche qu'elle venait de dérober cliqueta au sol, juste hors de portée. Elle s'éloigna d'*Aura* en rampant, juste au moment où il encochait une autre flèche, ce qui la fit reculer jusqu'à se retrouver dos au mur. Ça ne se passait pas du tout comme prévu.

Aura visa, la corde de son arc en marbre s'étirant avec une élasticité surnaturelle. Derrière lui, Van sprinta, puis glissa, plantant son ciseau dans le dos du gardien. La lame émoussée ne suffit pas à lui infliger de dommages durables, mais c'était suffisant pour que Margot ne finisse pas empalée.

« Qu'est-ce que vous fabriquez ? » vociféra Van. Il réussissait à donner l'impression de ne pas trop s'inquiéter que des *statues vivantes* les *attaquent*, comme s'il s'agissait d'une journée de travail ordinaire, pour lui.

« J'essaie de ne pas me faire tuer par ces Cupidons géants et maléfiques », répondit-elle, sarcastique.

Van secoua la tête, presque imperceptiblement. Margot savait à quoi ressemblait la déception. Il ne lui tendit pas la main ni quoi que ce soit d'autre. « Essayez plus fort. »

Il n'attendit pas sa réponse – il s'élança vers l'avant de la nef et laissa Margot se démener pour le rattraper. Non mais sérieux, quelle était la longueur de ses jambes ? Les pieds de la jeune fille claquaient à chaque pas, la pierre résonnant dans chacune de ses articulations.

Mors lui barra la route et Margot s'arrêta net. Le crâne énucléé du squelette pivota vers elle – portant la main vers sa poitrine, il retira la flèche de son cœur rouge et palpitant.

Margot devait agir, sinon, elle ne survivrait pas assez longtemps pour faire quoique ce soit.

Allez, ceinture verte ! Ne me laisse pas tomber maintenant.

Margot porta son genou à sa poitrine, puis libéra son pied d'un coup sec. Sa semelle heurta la main de la statue, qui laissa la flèche lui échapper. Celle-ci tomba suffisamment fort pour se briser en deux. Surprise, Margot ne put retenir un rire exalté.

« Oh, mon Dieu, vous avez vu ça ? » cria-t-elle, mais Van avait déjà parcouru la moitié de la cage d'escalier.

Pas question de rester seule en bas. Elle se précipita pour le rattraper. Ses poumons la brûlaient, lui cisaillant la taille. Deux flèches, trop proches pour être anodines, sifflèrent à ses oreilles alors qu'elle grimpait les marches deux par deux.

« Il n'y a pas de sortie, haleta-t-elle en rejoignant Van à mi-chemin. C'est verrouillé de l'extérieur. »

Cette fois, il ne prit même pas la peine de secouer la tête. « Il y a toujours un moyen.

— Je vous dis que je n'ai pas vu de... »

À trois reprises, Van frappa une brique dans le mur. Au troisième coup, elle s'enfonça et le sol trembla. Le plafond se rapprocha, mais quand Margot fut persuadée de finir écrabouillée, il coulissa de côté, puis glissa dans un compartiment au sommet du mur. Un mécanisme parfaitement conçu.

Margot n'avait jamais été aussi soulagée de voir le clair de lune.

À la surface, Van enjamba la base du pilier creux où Margot s'était agenouillée. Alors qu'elle se hissait pour le rejoindre (il ne lui tendit même pas la main), elle reconnut l'endroit – la petite niche pour les bougies. Cette cour déserte avait dû abriter un sanctuaire pour les fidèles de Vénus, un lieu de rassemblement sacré. Une façade pour le véritable temple souterrain. La pression du pied de Van déclencha la porte, qui se referma derrière eux.

Hélas, les agents de sécurité avaient remplacé les gardiens de pierre.

Les faisceaux des lampes de poche rebondirent autour du monticule. Tous visaient directement Margot et Van. Sous les lumières vives, Margot voyait très bien à quoi ils ressemblaient. Elle, avec son pyjama rayé et sa veste en jean, Van, tout droit sorti d'une publicité *L.L.Bean*[7] des années trente, tous deux recouverts de la tête aux pieds d'une épaisse couche de poussière, une gangue si épaisse qu'il faudrait à Margot trois douches pour se nettoyer. Il devait y avoir un moyen de s'en tirer vivant et sans menottes.

Margot ne prit même pas le temps de réfléchir. Elle saisit la main de Van et le tira vers la gauche, dans la pente de la colline. Ils plongèrent dans l'obscurité du site, les ruines dressées autour d'eux dans toutes les directions. Derrière, les gardes poussèrent des cris – faibles, de plus en plus estompés à mesure qu'ils s'éloignaient. Margot n'avait aucune idée de ce qu'ils disaient. Son italien se limitait à *Scusi !* et aux spaghettis – le strict nécessaire.

Van se dégagea de sa main dès que ses pieds foulèrent le pavé antique. Il se dirigea vers l'entrée principale, mais Margot lui attrapa les bretelles – pour le pousser vers le nord, vers la nécropole. Coupé dans son élan, Van fut déséquilibré, ses bras pivotèrent vers elle pile au moment où le faisceau d'une lampe torche les balayait.

Margot se laissa tomber avec lui, atterrissant sur son torse. Son torse ferme et musclé. De si près, il sentait le cuir brut et le pin, les longs après-midi au soleil. Exactement comme elle l'avait imaginé.

« Lâchez-moi », ordonna-t-il.

Bon, pas *exactement* comme elle l'avait imaginé.

Le rouge monta aux joues de Margot. Elle s'efforça de se redresser, puis chassa une mèche de cheveux de son visage. « J'essayais juste de m'assurer qu'aucun de nous ne se fasse arrêter ce soir. »

Van se leva en s'époussetant. « Pourquoi nous ferions-nous arrêter ?

---

7. Chaîne de magasins spécialisées dans la vente de vêtements et accessoires de plein air. (N.d.É.)

— Eh bien, pour commencer, nous sommes entrés par effraction. » Margot replaça la boucle rebelle derrière son oreille, attentive à l'approche des gardes. « Je suis presque sûre qu'on peut aussi nous accuser de dégradation. Et sans doute de tentative de vol. Je veux dire, nous sommes des chasseurs de trésors, après tout. »

Ça, c'était sa phase *La Revanche d'une blonde*, quand elle avait suivi un juge local pendant quatre jours.

De toute évidence, Van n'était pas convaincu. Il négocia un virage vers l'entrée principale, et Margot se précipita pour lui barrer la route.

« Ne faites pas ça, dit-elle. Croyez-moi, il y a des gardes partout. La porte de Nola est à proscrire. Dirigez-vous vers le nord, jusqu'à cet effrayant cimetière. J'ai un véhicule pour nous enfuir. »

Les yeux de Van faillirent sortir de leurs orbites. « Vous savez *conduire* ?

— Une bande de statues viennent d'essayer de nous assassiner, et c'est ça qui vous choque ? » Incroyable. Margot secoua la tête. « Je retiendrai les gardes et je vous rejoindrai devant la porte dès que la voie sera libre. J'ai laissé une Vespa jaune à proximité, mais attendez-moi. »

Margot lui tourna le dos, puis reprit contenance en inspirant lentement. Non loin d'ici, elle entendait l'écho des pas des gardes dans les allées, leurs cris. Elle y arriverait. Dans toutes les histoires d'évasion, il y a une diversion.

Portant ses mains à sa bouche, Margot s'écria : « Je suis là ! »

Derrière elle, Van demanda tranquillement : « C'est ça, votre idée pour les retenir ? »

Margot se retourna, et ses joues s'enflammèrent quand elle vit Van exactement là où elle l'avait laissé, les mains dans les poches, ses yeux verts et sceptiques braqués sur elle dans la lumière blafarde. « Est-ce vraiment le bon moment pour critiquer mes méthodes ? » demanda-t-elle.

Van inclina la tête pour mieux la jauger. Son expression était indéchiffrable, comme s'il avait enfoui en lui tout ce qu'il pouvait ressentir, et que Margot devrait l'extirper pour espérer un jour le comprendre. Puis, sans un mot, il sortit de sa chemise une boussole attachée autour de son cou pour vérifier sa position, avant de tourner les talons pour se diriger vers la nécropole.

Margot prit une nouvelle inspiration, désormais prête au moment où la sécurité la repérerait. Elle les mènerait en bateau, laissant à Van le temps de prendre de l'avance, puis elle les sèmerait dans la cinquième région, sautant la clôture comme elle l'avait fait à son arrivée. Exactement comme Isla et Reed, en Crète, quand ils échappaient aux Durham sous le feu de leurs armes, dans le chapitre dix-huit des *Reliques du cœur*. Diviser pour mieux régner. Facile.

« Vous cherchez quelqu'un ? » cria Margot.

Une poutre solitaire reposait dans l'angle, à l'autre bout de la ruelle. Margot ne bougea pas d'un pouce. Il fallait attendre le bon moment et donner à Van le plus de temps possible pour quitter le périmètre des ruines.

« *Signorina, fermati adesso !* » ordonna l'un des gardes. Margot n'était pas en mesure de disséquer la hiérarchie sociopolitique des gardiens du site, mais à coup sûr, c'était le chef. Il avait une tête couronnée de cheveux noirs et un visage aussi ridé qu'un T-shirt oublié au sèche-linge.

Sauf que Margot ne pouvait pas *fermati adesso*, quoi que cela veuille dire.

« Désolée, répondit-elle. Je n'ai pas encore atteint ce niveau sur Duolingo ! »

Trois nouveaux faisceaux de lampes de poche apparurent. Puis trois autres. Non, cinq autres. Margot se mit à trembler, puis vacilla vers l'arrière, les paumes devant son visage. Les gardes parlaient, s'interrompaient les uns les autres en aboyant des ordres que Margot ne pouvait comprendre.

À l'angle de la rue, une nouvelle brigade d'agents de sécurité se matérialisa pour mieux l'encercler. Margot se figea, clouée au sol par une soudaine pointe de terreur.

Bon, d'accord. Van avait peut-être raison. C'était une mauvaise idée. Très mauvaise, même.

Les gardes s'approchèrent. Elle s'était arrêtée entre deux bâtiments, dans un cul-de-sac. Qu'avait dit Van, déjà ? *Il y a toujours un autre moyen.*

Margot chercha de nouvelles issues en examinant la rue antique. Il devait bien y avoir quelque chose, mais les ruines s'appuyaient les unes sur les autres, pierre contre pierre. Une fenêtre béait sur l'une des façades, et le toit de tuiles était remarquablement préservé, l'argile rouge pâle à peine estompée.

Quand la porte est fermée, on passe par la fenêtre.

Margot s'élança vers la fenêtre et s'y hissa à pieds joints. Elle atterrit n'importe comment, roulant sur elle-même dans un enchevêtrement de membres. Après s'être remise debout, elle sprinta dans la maison, contournant les murs couverts de chérubins au visage rougeâtre, qui ne ressemblaient en rien aux gardiens du temple, en contrebas.

À l'arrière de la maison, Margot enjamba un mur à moitié détruit. Ou, du moins, elle essaya. Les graviers plantés dans la douceur de ses paumes, elle glissa, ses baskets dérapèrent, et ses genoux s'écorchèrent contre la pierre.

D'accord, aïe. Ça ne devait pas la ralentir. Elle lança la jambe en haut du mur, passa par-dessus, puis descendit de l'autre côté.

Les allées étaient si étroites, ici. Si Margot s'attardait, les gardes la coinceraient en trois secondes. À l'aide d'une fenêtre qui lui servit de point d'appui, la jeune fille tendit les deux mains vers le toit d'argile. Elle se hissa avec un gémissement.

Une fois en haut, Margot aperçut Van. Il avait dépassé le cimetière et se dirigeait vers la lueur jaune de la ville, tel un papillon de nuit attiré par une flamme. Margot courut sur les toits, en équilibre, les deux bras écartés. D'antiques tuiles se détachèrent, puis se brisèrent au sol alors qu'elle criait un tardif « Désolée ! » Sous elle, les gardes et leurs lampes torches suivaient chacun de ses pas. Ce qu'ils criaient lui échappait, mais elle se disait que ça devait beaucoup ressembler à « *C'est vraiment interdit* » et « *Descendez de ce toit !* »

Heureusement pour les gardes, et malheureusement pour Margot, il ne restait plus beaucoup de toits. Les bardeaux s'évaporèrent, s'écaillant au bord d'une cour. Jetant ses bras sur les côtés pour conserver son équilibre, elle s'avança sur le mince rebord du mur de soutènement, comme sur une poutre de gymnastique, alors que les gardes s'engouffraient dans le bâtiment en contrebas.

À l'autre bout de la cour, Margot descendit, puis fonça vers la périphérie de la ville, laissant les ruines derrière elle. Les vastes champs de la cinquième région ondulaient dans le vent léger. Elle sauta la clôture avec si peu de grâce qu'elle fut soulagée que personne n'ait eu l'occasion de la voir.

Une seconde… il n'y avait personne, en effet.

Devant elle, sa silhouette visible au clair de lune, Van arpentait le flanc de la colline. Quelle partie de l'expression *attendez-moi* n'était pas claire ?

Même en courant aussi vite que possible, Van paraissait incroyablement loin. « Moins vite ! » lui cria Margot.

Van ne regarda même pas par-dessus son épaule. Margot avait la capacité pulmonaire d'une choriste du fond de la salle, pas d'une Elphaba ou d'une Eliza Schuyler, et son corps réclamait de l'air quand elle le rattrapa enfin. Les deux mains sur les genoux, la poitrine gonflée, elle laissa son cœur ralentir pour retrouver un rythme de fonctionnement normal.

« C'est par là. » Margot le dirigea vers l'ornière dans l'herbe, près de l'impasse où se trouvait le lampadaire vacillant. Chassant l'adrénaline résiduelle de ses bras, elle lui dit : « C'était incroyable. J'avais l'impression d'être une vraie Indiana Jones. »

Le front de Van se plissa. « Qui ?

— Il… Ça date d'un peu après votre époque. » Les mains dans les poches, Margot passa son pouce sur la face lisse du tesson, comme un talisman. « Alors, c'est quoi, la prochaine étape ?

— Je vous ai déjà répondu, pas de partenariat. Je n'ai pas besoin de quelqu'un dont je doive me préoccuper.

— De quoi vous parlez ? Vous m'avez sauvée, mais je vous ai sauvé aussi. Nous sommes quittes.

— Aucune importance. » Van ne ralentit pas son rythme. « Je ne m'associe pas avec une fille à problèmes au cerveau plein de mauvaises idées.

— Je vous l'ai déjà dit, protesta Margot. Vous avez besoin de moi. » Et cette fois, elle savait qu'elle avait le dessus. « Vous ne connaissez rien au XXIe siècle. Nous avons Internet sans fil, des bars à chats, Uber Eats. Vous ne survivrez pas sans carte de crédit, sans papiers d'identité ou sans forfait téléphonique. Vous n'avez même pas de voiture.

— J'ai autre chose. » Van sortit la main de sa poche, laissant pendre un porte-clés en diamant frappé du logo de l'hôtel Villa Minerva. « Au revoir, Margot Rhodes. »

Margot vérifia la poche latérale de son sac à dos où elle croyait – non, elle *savait* – avoir caché la clé. Vide, bien sûr. « Comment avez-vous... Hé ! Rendez-moi ça ! Vous ne pouvez pas me laisser ainsi ! »

Van ne s'arrêta pas. N'hésita pas. Ne fit pas demi-tour. Il ne ralentit pas plus quand Margot fonça vers lui. Il inséra simplement la clé dans le contact du scooter, puis alluma les feux de route. Le petit moteur geignant à plein régime, il s'élança dans les rues sinueuses bordées d'agrumes et de stuc.

Sans elle.

7

Les ampoules de Margot avaient des ampoules. Ses os protestèrent douloureusement à chaque pas vers la parcelle D.

La veille au soir, elle avait passé les huit kilomètres qui la séparaient de l'hôtel à se demander pourquoi Van ressemblait si peu à Van. Ses écrits sur Pompéi évoquaient une aventure spectaculaire, quelque chose d'envoûtant. Il était censé être fringant, curieux, un vrai Reed Silvan. Oh, bien sûr, il l'aurait poussée dans ses retranchements, mais uniquement parce qu'il la savait capable de grandes choses, et non parce qu'il ne croyait pas en elle.

Son Van à elle ne l'aurait jamais abandonnée au beau milieu de la nuit en Italie, sans téléphone de surcroît.

Son Van à elle n'existait pas du tout.

À la parcelle D, l'accueil des autres fut aussi chaleureux qu'elle l'avait imaginé. Astrid et Suki étaient toutes deux déjà descendues pour le petit-déjeuner quand elle s'était extirpée du piège mortel des draps de la couchette du haut. Elle avait presque failli ne pas mettre de rouge à lèvres. Presque.

À la lumière du jour, les ruines étaient plus nettes et plus imposantes. Aucune trace de magie dans les rues, rien à voir avec la nuit dernière. Il n'y avait que de la pierre, antique, impitoyable, exhumée de son lieu de repos pour être fouillée par des esprits curieux.

À présent, les élèves étaient assis en tailleur devant leurs parcelles de fouilles, et la Dre Hunt faisait des allers-retours tout en donnant son cours.

« Vénus était la déesse patronne de Pompéi ; on la considérait donc comme la principale gardienne de la ville, les habitants la vénéraient. Bien sûr, nous connaissons Vénus comme la déesse de l'amour, mais la ville de Pompéi s'est aussi rapidement imposée comme un important comptoir commercial, et sa renommée dans tout l'Empire en a fait un lieu de villégiature pour les Romains, tout cela grâce à la générosité de la déesse. » Elle désigna la fresque ornant le mur de la cour. Cette représentation de Vénus était fort peu vêtue, ce qui exigeait un niveau de maturité qui dépassait de loin tout ce dont Rex et Topher étaient capables. « Les dieux et les déesses possèdent de nombreux noms différents – on appelle ça des épithètes –, et la Vénus de Pompéi était adorée sous le nom de Vénus heureuse, Vénus chanceuse, parfois sous le nom de Vénus Aurélia.

— La Vénus d'Or », dit rapidement Astrid, sans attendre que la Dre Hunt lui donne la parole, malgré son bras tendu.

Margot jeta un coup d'œil sur le site des fouilles. Pas besoin d'être érudite en latin pour savoir ça.

« Précisément », répondit la Dre Hunt, un doux sourire aux lèvres.

Margot leva la main, et la Dre Hunt hocha la tête, l'encourageant à parler. « Et le Vase de la Vénus Aurélia ? Pourquoi pensez-vous que personne ne sait où se trouvent ses tessons ? »

Rex répondit : « Parce que tout archéologue digne de ce nom sait que ce Vase est mythologique. Genre une histoire inventée, tu vois. »

La Dre Hunt pencha la tête. « En fait, monsieur Yang, de nombreux mythes ont un fond de vérité. Achille n'a peut-être pas participé à la guerre de Troie, mais la guerre de Troie a bel et bien eu lieu. Quant aux tessons, Vénus était notoirement impitoyable. À l'instar de la descente aux enfers de Psyché, je soupçonne que les épreuves liées au Vase soient tout aussi exigeantes. Impossibles, même.

— Si on les réussissait toutes, intervint Suki, le Vase ferait-il vraiment en sorte que tout le monde tombe amoureux de nous ?

— Pas étonnant que Margot veuille tout savoir là-dessus, ricana Astrid. Elle en a bien besoin. »

Les épaules de Margot s'affaissèrent. Essayer d'exister à côté d'Astrid, c'était comme utiliser du fil barbelé en guise de fil dentaire.

La Dre Hunt ne réagit pas au commentaire d'Astrid, Dieu merci. Elle s'avança d'un pas rapide et déclara : « Le mythe manque de clarté, comme beaucoup d'autres. Certains chercheurs suggèrent que le Vase était censé enrichir quiconque réussissait les épreuves. D'autres affirment que le héros serait *favorisé* par le sort, éternellement aimé, doté du don de Vénus. C'est une énigme linguistique.

— Pensez-vous que ce Vase est vraiment là, quelque part ? » demanda Margot, malgré Astrid qui ricanait de plus belle dans son dos.

Songeuse, la Dre Hunt posa le doigt sur son menton. « Je pense que l'Histoire trouve toujours un moyen de nous surprendre. Voilà pourquoi nous creusons. Que tout le monde prenne ses bêches et se mette au travail. »

Le téléphone de Margot bourdonna dans son sac à dos. Elle attendit que la Dre Hunt se dirige vers la parcelle A pour le sortir de sa poche.

Un message de son père. L'estomac de Margot se retourna quand elle ouvrit le message du pouce.

> Gogo, j'ai vu sur l'itinéraire en ligne que ta classe se rendait à Rome demain. J'ai réservé un vol sans escale de FCO à ATL le soir même, à 19 heures. Je t'envoie les infos.

Une autre notification apparut en haut de l'écran. Un courriel. D'American Airlines.

Sa poitrine lui fit mal juste derrière le sternum – le nerf vague, comme l'avait appelé son thérapeute. Elle appuya les deux mains sur l'os pour tenter de calmer le tourbillon d'émotions, avant qu'il se transforme en tempête incontrôlable.

Comment parviendrait-elle à retrouver quatre autres tessons en *trente-six heures* ? C'était une tâche herculéenne.

Les jambes de Margot se redressèrent d'elles-mêmes. Elle était tirée par une corde invisible qu'elle ne pouvait – ni ne souhaitait – combattre. Elle était venue ici pour une raison précise. Et cette fois, elle n'abandonnerait pas.

« Où tu vas ? lui lança Astrid, narquoise.

— Je... J'ai quelque chose à faire », répondit Margot à mi-voix. Elle avait surtout besoin de s'enfuir. De sortir de là. De trouver les autres tessons du Vase avant qu'il soit trop tard.

Margot n'avait pas Van sous la main, mais elle avait son journal. Et ce garçon était tout sauf désorganisé. Les entrées étaient datées, bien classées, fidèles à chaque étape de sa quête du Vase de la Vénus Aurélia.

Hélas, il écrivait aussi par énigmes.

Mystérieux et intrigant ? Oui, tout à fait. Un problème de confiance ? Peut-être. Irritant et odieusement gênant ? Absolument.

Commencez par le haut du forum, puis dirigez-vous vers l'est pendant trois hachures.

Google Maps n'acceptait pas les hachures comme unité de mesure. Margot se tenait sous un pin qui s'étendait jusqu'à la moitié du ciel, projetant des pans d'ombre sur le forum triangulaire. Elle s'efforçait de donner un sens à la carte. Elle se fraya un chemin à travers la foule de touristes en tennis blanches sur la Via del Tempio d'Iside, qui tournait vers le Vicolo del Menandro, qui tournait vers... une autre bifurcation.

Tournez à droite, sur dix-huit battements de cœur.

À quel rythme cardiaque, Van ?

Margot marcha jusqu'à ce que l'allée se sépare de nouveau, tout en cherchant désespérément à déchiffrer les instructions. Seul un tourniquet argenté séparait les ruines de Pompeii de la ville moderne et animée de Pompéi (avec un i). Penchée sur l'écriture soignée de Van, Margot lut et relut ses mots, vérifiant trois fois ses indications.

En avant sur trente-sept quarts de kilomètres, dos à la mer.

Quelque part derrière elle, les vagues bleu-vert devaient scintiller au soleil du matin. C'était le bon chemin. Elle ne s'attendait tout simplement pas à quitter l'enceinte de l'antique cité.

Dès qu'elle eut franchi le portail, les ruines firent place à des portes couvertes d'auvents et à des balcons en fer forgé, à des terrasses jonchées de menus plastifiés, à des fenêtres cintrées laissant entrevoir l'intérieur des pubs et des pizzerias. Les bâtiments étaient tous peints couleur saumon ou pêche, or ou blanc immaculé. Margot se dépêcha de traverser la rue, galvanisée par le journal de Van.

À droite aux myrtes pleureurs, puis tout de suite à gauche après la statue à laquelle il manque deux membres.

Suivre le périmètre nord de la piazza, le long de l'allée d'arbres.

Perpendiculairement au mont Vésuve sur seize pas.

Margot ralentit pour s'arrêter devant un panneau indiquant *Martines Cucine*. Un restaurant de forme irrégulière, à la façade rouge et or, avec des fenêtres à volets rouges et des jardinières débordant de larges fleurs orangées. À l'extérieur, des couples levaient leur verre de vin et faisaient tourner des pâtes crémeuses autour de leurs fourchettes tout en riant, appuyés l'un sur l'autre. C'était pittoresque, presque un vieux film, intemporel et romantique.

À part les hurlements.

Attirée par le vacarme, Margot jeta un coup d'œil dans une ruelle exiguë. À côté d'un tas de caisses empilées, un homme vêtu d'un tablier rayé et coiffé d'une énorme toque blanche agitait les bras en s'adressant à quelqu'un d'invisible.

Une voix lui répondit. Une voix que Margot reconnut.

« Je n'essaie pas de voler votre pain, criait Van. Je n'en veux pas, de votre pain !

— Vous n'avez pas le droit de pénétrer en cuisine. L'accès est interdit pour les clients. » L'homme gratta sa monstrueuse moustache. « Comment dire ça poliment ? Vous n'êtes pas le bienvenu, ici. Passez par l'entrée. »

Margot s'approcha, puis s'adossa au stuc de la façade. La voix de Van semblait jaillir d'un carton de citrons bien mûrs. « Je ne veux pas passer par l'entrée. Je dois avancer de seize pas vers l'est. Ici, *c'est* l'est. »

Seize pas. C'était l'instruction suivante de Margot. Bien sûr, Van cherchait lui aussi les tessons.

En se glissant entre les caisses, elle put le voir d'un peu plus près. Van portait les mêmes vêtements qu'hier, il avait l'air lamentablement débraillé avec ses bretelles et son pantalon kaki, surtout par une journée d'été aussi étouffante. Il avait retroussé les manches de sa chemise et ses yeux étaient rougeâtres, conséquence de sa nuit blanche.

« Voilà, c'est ça, mettez-vous à l'aise mais *dans* le restaurant. Luna vous trouvera une table.

— Pas à l'aise. *À l'est.* » L'agacement de Van se manifestait dans chacun de ses mots. Il se redressa, comme pour repousser le chef par la seule force de sa volonté. « Je n'ai pas le temps de…

— Te voilà enfin ! » lança Margot en agitant la main. Elle plaqua un sourire sur son visage, joyeux et enthousiaste. Pour ne pas se faire prendre en flagrant délit de mensonge, la clé consistait peut-être à dire la vérité. « Je me demandais où tu étais passé.

— Vous êtes là, dit Van, le corps irradiant de chaleur. Excellent. »

Le chef leur jeta un coup d'œil à tous les deux, sa toque vacillant sous l'effet du mouvement. « Une table pour deux, donc ? »

Margot prit Van par le bras, ramenant sa main dans le creux de son coude. Elle pencha doucement la tête, comme si elle l'avait déjà fait des centaines de fois. Le biceps de Van se tendit sous sa joue. Tout son corps était tendu, en fait. En réponse, elle resserra les doigts.

« Je crois que nous nous sommes juste un peu perdus », expliqua Margot. Elle augmenta son débit méridional de 100 %, puis battit des cils pour faire bonne mesure. « Nous sommes vraiment navrés pour le dérangement, n'est-ce pas, *mon cœur* ? »

Comme Van ne disait rien, Margot lui flanqua un coup de coude dans les reins. En serrant les dents, il ajouta : « Oui, terriblement.

— Mon petit ami, ici présent, n'est pas doué pour l'orientation. Vraiment pas. » De la tête, Margot désigna la porte de la cuisine où les sauces bouillonnaient, embaumant l'air d'origan et de romarin. « On ne voudrait pas vous déranger pendant le rush du midi.

— *Grazie* », dit le cuisinier. Puis, regardant Van, il ajouta : « Tenez votre petit ami en laisse, à l'avenir. »

Une fois le chef disparu derrière la porte battante, Van se dégagea de Margot et pivota vers elle. Il la toisa. D'assez près pour qu'elle remarque les taches dans ses yeux – des paillettes d'or dans le vert et l'ambre, comme dans un fossile. « Petit ami ? » fulmina-t-il.

Margot sourit. « Ça a fonctionné comme sur des roulettes.

— Comment m'avez-vous retrouvé ? » Son regard se porta sur sa main, s'attardant sur un carnet relié de cuir très familier. « Vous m'avez volé mon journal ? » siffla-t-il, tranchant comme un couteau de boucher.

Margot recula d'un pas. Ses deux mains s'agrippèrent au journal. « Je n'ai rien volé. Je l'ai emprunté. À la bibliothèque. »

Il pinça les lèvres et plissa les yeux. « Et vous voilà, ce qui signifie que vous l'avez lu. »

Margot pâlit, puis bégaya : « Eh bien… écoutez. Je veux dire, oui, mais c'est vraiment… bien écrit ?

— Rendez-le-moi.

— Mais je ne savais pas que c'était votre journal. C'est un texte historique, OK ? »

Van affichait une expression de plus en plus exaspérée. « Ce n'est pas un simple journal. C'est un journal *intime*. Le mien. »

Il tendit la main, impatient.

« Non, non ! » Margot retira son sac à dos, puis rangea le carnet tout au fond, avant de le fermer jusqu'au bout. Pas question qu'il le récupère. « Je ne peux pas vous le rendre. Si la bibliothécaire découvre que je l'ai pris et que je ne le rends pas, je suis grillée.

— Donc, vous l'avez volé ?

— Là n'est pas la question.

— Donnez-moi ça. »

Margot recula d'un pas supplémentaire, mais elle se heurta aux caisses de fruits. « Je ne peux pas. »

Van posa la main sur la caisse derrière elle, pour mieux l'acculer. Chacun de ses mouvements était raide, comme s'il avait dormi sur un sol dur. « Parce que vous espérez l'utiliser pour retrouver le Vase de la Vénus Aurélia. »

Margot releva le menton pour le regarder dans les yeux. « Est-ce si difficile à croire ? demanda-t-elle.

— Oui, répondit-il, comme si c'était évident. Vous n'avez aucune chance. Ce n'est pas pour les amateurs.

— Je ne suis pas une amatrice... »

Van fronça les sourcils. « Vraiment ? Parce que vous agissez comme telle. »

Margot croisa les bras. « Non, je ne suis pas une amatrice.

— Si, vous l'êtes.

— Non, je ne suis pas... OK, et *maintenant*, qui agit comme un amateur ? »

Van recula. Il agita la main, secouant ses doigts engourdis, comme s'il les avait serrés trop fort. « Voilà pourquoi je n'ai pas besoin de partenaire.

— Je comprends, concéda Margot. Je suis moi-même coincée avec une partenaire avec laquelle je n'ai aucune envie de travailler, mais n'ai-je pas déjà prouvé mon utilité ? »

Van soupira en se passant la main sur le visage. Son éclat ne s'était pas vraiment estompé, plutôt usé, sa détermination se dissolvant comme le limon dans le lit d'une rivière. « Vous pourriez faire un peu moins de bruit ? Je réfléchis.

— Faire taire les femmes, c'était peut-être cool dans les années trente, mais de nos jours, c'est un faux pas.

— Je n'essaie pas de faire taire *les femmes*, railla Van. J'essaie de vous faire taire *vous*.

— Je n'ai pas vu ce restaurant dans votre journal, c'est tout ce que j'ai à dire. »

Le bout de ses doigts s'enfonça dans ses tempes – elle ne doutait pas qu'il la rende responsable de cette migraine. Non, cela n'avait rien à voir avec le fait qu'il avait passé la majeure partie du siècle dernier changé en pierre et qu'il était maintenant dépassé par les événements.

C'est alors que le déclic se produisit. « Vos instructions sont erronées. »

Van se redressa, sur la défensive. « Certainement pas. »

Un sourire suffisant se dessina sur le visage de Margot. « Elles étaient sans doute justes il y a cent ans, mais plus maintenant. Certains de ces bâtiments sont récents, n'est-ce pas ? Et à présent, vous ne savez plus où aller.

— Vous vous trompez. » Sa bouche tressaillit. « Je sais exactement où je vais. »

Margot jeta un coup d'œil dans les deux sens de la ruelle. Une impasse. « Mais vous ignorez *comment* y aller. »

Une ampoule métaphorique s'alluma derrière les yeux de Van. Son regard passa du haut de *Martines Cucine* au bas de la rue, balayant de gauche à droite. Margot pouvait pratiquement le voir télécharger des informations, analyser les options qui s'offraient à lui.

Son attention s'arrêta sur la tour de caisses en bois.

Sans mot dire, il ramassa la caisse de citrons et la replaça contre le mur du restaurant. Puis, revenant sur ses pas, il empila un carton de tomates par-dessus. Une tour. S'il ne pouvait pas passer à travers les bâtiments, il passerait par-dessus. Même si elle détestait son arrogance, Margot devait bien admettre que c'était une bonne idée.

Elle souleva la caisse suivante.

« Qu'est-ce que vous faites ? » s'emporta Van.

Le poids faillit la faire basculer en avant, mais elle parvint à déposer le carton sur celui qu'il venait de déplacer. « Je vous aide.

— Certainement pas. » Il saisit ensuite deux caisses. Comme s'il voulait se faire comprendre.

Les épaules de Margot s'affaissèrent. « Vous plaisantez ? Je viens de vous tirer des griffes d'un Gordon Ramsay italien. Et je n'ai même pas droit à un peu de reconnaissance ? » De la jambe, elle écarta la dernière caisse. « Vous croyez vraiment que le parkour me fait peur ? J'ai fait trois mois de gymnastique. Je suis faite pour ça. Je vous accompagne, et vous ne pourrez pas m'en empêcher. »

Le visage de Van se crispa, entre agacement et amusement. Il n'escalada pas la tour qu'ils avaient érigée. En lieu et place, il garda le silence alors qu'il soulevait une plaque d'égout métallique dissimulée par les caisses, puis la laissait rouler au sol avec fracas.

Après avoir descendu quelques barreaux de l'échelle qui s'enfonçait dans les entrailles de la cité, il finit par dire : « C'est ce qu'on va voir. »

8

Margot avait gravement sous-estimé la puanteur épouvantable du réseau d'égouts.

Les exhalaisons lui bouchaient le nez, tellement immondes que la jeune fille en venait à croire qu'elle ne sentirait plus jamais rien d'agréable. Ni son parfum cannelle-vanille préféré, ni l'odeur d'un bouquet de pivoines fraîches, ni celle des cookies tout juste sortis du four. À la place, des effluves d'œufs pourris jusqu'à la fin de ses jours.

Mais pas question de laisser Van lui prouver qu'elle avait tort à cause d'un infime risque bactériologique.

Van jeta un coup d'œil par-dessus son épaule pour vérifier qu'elle était toujours là. Elle plaqua un sourire Colgate sur son visage. Il était temps de prouver que son appareil dentaire avait servi à quelque chose. Mais à la seconde même où Van reportait son attention devant lui, progressant péniblement dans la fange brunâtre, le visage de Margot se crispa de nouveau de dégoût.

Aucun doute, ce n'était clairement pas sa façon préférée de passer l'après-midi.

Ici, les parois se recourbaient au-dessus de leurs têtes. Van devait marcher au centre du conduit, dans la partie la plus profonde, pour éviter de s'écorcher le cuir chevelu au plafond.

Tous les quelques mètres, des filets de lumière pâle filtraient d'en haut, par les collecteurs d'eaux pluviales. Un détail très rassurant. Cela signifiait qu'ils ne pataugeaient pas dans un égout *d'eaux usées,* mais seulement dans un collecteur d'eaux de pluie. Margot s'en tenait malgré tout au mur latéral, où une margelle émergeait du canal, là où seules ses chaussettes étaient trempées.

« Je n'ai pas souvenir d'avoir lu ce passage dans votre journal », grommela-t-elle.

Van soupira par le nez. « Il me semble vous l'avoir déjà dit. C'est un journal intime, pas un mode d'emploi, et je ne vous ai pas demandé de m'accompagner. Je crois même avoir explicitement réclamé le contraire. »

Elle lui tira la langue, puis la rétracta alors qu'il se tournait de nouveau vers elle. « Je vous ai sauvé. Une fois de plus. Ça fait deux à un.

— On compte les points ? demanda Van.

— Seulement parce que vous refusez d'admettre que je suis une excellente complice. »

Le nom des rues était gravé sur les murs de pierre, et Van les suivit comme un fil d'Ariane. Les tunnels tournaient à droite, comme l'indiquait son journal – *tourner dans le sens des aiguilles d'une montre au prochain carrefour.* Au moins, ils étaient sur la bonne voie. L'idée d'ajouter un nouveau tesson à sa collection rendait *l'absence* de pince-nez un peu plus supportable.

Alors que Van ouvrait la marche, Margot dégagea son sac à dos de ses épaules, puis en ouvrit la poche principale. Enveloppé dans un linge en lin, le premier tesson était bien rangé dans un compartiment à fermeture éclair, mais le journal de Van... Le journal de Van aurait dû être ici.

« Qu'est-ce que vous avez fait de...

— Vous cherchez ceci ? » demanda Van. Il agita son journal d'une main, puis le glissa dans sa poche arrière. Mais sa tête était tournée vers le bas, les yeux braqués sur quelque chose.

Quelque chose de bien précis. Margot vérifia son sac à dos – les trousses de maquillage, les serviettes hygiéniques de secours, les biscuits Biscoff qu'elle avait piqués dans l'avion –, le livre n'était pas là.

Van ne s'était pas contenté de récupérer son journal. Il s'était emparé des *Reliques du cœur*.

« C'est une sale habitude, vous savez », protesta Margot, choquée.

Van refusa de répondre. Il avait beau avoir été transformé en pierre avant l'application des droits Miranda[8] par la Cour Suprême, c'était un pro du silence.

Margot tendit la main pour s'emparer de son livre, manquant de déraper sur la margelle, mais Van le garda hors de portée, concentré sur un autre chapitre. Maudits soient-ils, lui et ses longs bras. Il feuilleta les pages et Margot se prépara à la suite. Elle avait déjà tout entendu. *La romance, ce n'est pas de la véritable littérature. Pourquoi ne lis-tu pas quelque chose d'utile ? Quel gâchis de papier !* Comme si l'ouvrage qui lui avait permis de reprendre espoir après l'échec du couple formé par ses parents ne valait pas son pesant d'or.

Après ce qui lui parut être une éternité à examiner l'ouvrage, page après page, Van demanda : « Vous cornez les pages de vos livres ? Franchement ? »

Margot en resta bouche bée.

« Il faut vraiment être un homme de Néandertal pour ignorer les marque-pages, continua-t-il.

— Ça n'est pas interdit, que je sache. »

Van écarquilla les yeux en surjouant la surprise. « Et vous écrivez dans les marges ?

— Ce ne sont pas vos affaires ! » protesta Margot.

---

8. Les droits Miranda sont un avertissement systématique lors d'une arrestation de faire valoir à l'individu son droit de garder le silence et de bénéficier d'un avocat. (N.d.É.)

Il haussa un sourcil. « Ah bon ? Comme quand vous lisez mon journal intime, vous voulez dire ? »

Elle lui lança un regard consterné, mais cela n'empêcha pas son doigt de parcourir d'autres pages.

« *L'amour, un premier baiser à l'heure dorée* », déclama-t-il en inclinant le livre de côté pour mieux lire les notes qu'elle avait griffonnées. « Ici, vous avez souligné trois fois *ressasser l'intérêt amoureux*. »

Margot tendit de nouveau la main vers le livre et, cette fois, ses doigts effleurèrent le bord recourbé de la couverture. Mais ce n'était pas suffisant. Elle lâcha prise, et Van laissa échapper le roman.

Les Reliques du cœur plongea dans l'eau sale.

« Espèce d'imbécile ! » s'écria Margot, plus un halètement qu'une véritable phrase. Elle arracha le livre à la boue des eaux usées et le secoua dans tous les sens, priant pour qu'il soit juste trempé et non irrémédiablement fichu. « Vous l'avez fait exprès. »

Van hésita. Il écarta les doigts et fit craquer ses jointures. « Je… Non, pas du tout.

— Mais oui, bien sûr, gémit-elle.

— J'ai passé les quatre-vingt-seize dernières années en statue. Soyez indulgente. » Sa voix était si tendue qu'elle eut presque envie de le croire.

Les pages étaient collées les unes aux autres, Margot les feuilleta pour s'assurer qu'elles ne sèchent pas comme ça. Si elles adhéraient entre elles, le livre ne s'en remettrait pas. Des larmes piquèrent les yeux de la jeune fille quand elle vit l'encre noire couler, dégoulinant d'une page à l'autre.

Le livre *Les Reliques du cœur* n'était pas qu'une simple histoire d'amour. C'était le seul souvenir de sa mère que son père ne lui avait pas dissimulé. Et s'il avait su que Margot le garderait, il aurait certainement tenté de l'en empêcher.

Quand sa mère les avait quittés, elle n'avait rempli qu'une valise et un sac fourre-tout. Tout le reste avait fini dans la chambre d'amis, en sommeil, jusqu'à la fin des formalités administratives. Alors que l'encre des signatures était encore en train de sécher, son père avait tout entassé à l'arrière de sa voiture, direction l'association caritative la plus proche – il avait effacé cette femme de leur vie comme une tache de vin sur une nappe blanche, avec une bouteille d'eau de Javel.

Les Reliques du cœur était la seule chose que Margot avait récupérée dans ces cartons. Elle ne pouvait pas s'en séparer.

Elle savait bien qu'elle aurait dû en vouloir à sa mère d'être partie. Et pendant longtemps, cela avait été le cas. Mais Parker Rhodes n'avait pas d'amant secret, elle n'avait pas fondé une autre famille. Elle était partie à l'aventure, pour une vie plus grande que tout ce que Dogwood Hollow, Géorgie, avait à offrir.

Et ça, au moins, Margot l'avait compris.

Elle rangea *Les Reliques du cœur* dans son sac à dos, puis ralentit pour s'arrêter à côté de Van, alors que le tunnel se séparait en deux. À droite, la pierre avait séché ; à gauche, les ombres s'accrochaient à la courbe des égouts et les eaux semblaient plus sombres, plus profondes.

Le regard de Margot passa de l'un à l'autre. Tunnel effrayant et funeste, ou tunnel agréable, clair et *sec*. Elle savait lequel choisir. « Allons par là.

— *Dirigez-vous vers le sud, jusqu'à la patte d'oie, puis regardez sous la dernière colonne.* » Margot reconnut immédiatement la dernière ligne des indications de Van. Il ajouta d'un ton détaché : « Le sud. C'est par là. »

Margot fit la moue : « Et pourquoi ce chemin-là ne pourrait-il pas aller vers le sud ? »

Van chercha la chaîne de sa boussole, sous sa chemise. Un emblème que Margot n'eut pas vraiment le temps de voir était gravé sur la face en or jaune, et quand il ouvrit le clapet comme un médaillon, la petite flèche blanche pointait vers le sud. Il tapota le verre de l'index. « Parce que ce n'est pas le cas.

— Oui, mais la *vibe* est bien meilleure ici. » Margot s'engagea dans le tunnel sec, appréciant la fermeté du sol sous ses pieds.

Van ne bougea pas. « La *vibe* ? »

Margot acquiesça. « Vous savez, ce chemin me paraît maudit, alors que celui-là, pas du tout.

— Fort heureusement, répondit Van, le nord et le sud ne sont pas tributaires de votre soi-disante *vibe*, et moi non plus. » Il s'enfonça dans le couloir le plus sombre.

Margot étouffa un juron, puis lui emboîta le pas. Ici, l'obscurité était encore plus étouffante, l'odeur plus épaisse. Van n'était plus qu'une silhouette devant elle. Les mains moites, elle se laissa gagner par la nervosité.

Le chenal se remplissait, et si Van pataugeait jusqu'aux hanches, Margot en avait déjà à hauteur de poitrine. Elle remonta son sac à dos aussi haut que possible, puis le brandit au-dessus de sa tête, tâchant de le protéger. « Quand vous avez réuni tous les tessons la dernière fois, demanda-t-elle, comment avez-vous fait ? »

La réponse de Van fut rapide, sur la défensive. « J'ai réussi les épreuves.

— Bien sûr. » Margot marcha sur quelque chose de visqueux et d'invisible dans l'eau trouble – *beurk*. Elle évita d'imaginer la myriade de choses ignobles que cela pouvait être. « Mais personne d'autre ne l'avait jamais fait avant vous. Comment avez-vous su où chercher ? »

Il tourna à droite, et Margot suivit la cadence. À la façon dont le coin de la bouche de Van se soulevait, puis s'abaissait de nouveau, elle voyait bien qu'il pesait le pour et le contre, sans bien savoir s'il pouvait lui faire confiance. Van Keane ne faisait probablement jamais rien sans y avoir mûrement réfléchi, passant en revue chaque éventualité.

« Ça ressemble aux mythes antiques : les dieux mettaient systématiquement tout à l'épreuve. Les héros se voyaient donc confier des tâches. » Avec son analyse froide, il ôtait toute magie à cette histoire. Margot avait du mal à croire que quelqu'un d'aussi bourru, d'aussi inflexible, ait réussi à déjouer la déesse de l'amour. « Comme des instructions. Je les ai suivies.

— Et c'était dangereux ? » demanda Margot.

Van leva les yeux au ciel. « Si je vous réponds oui, vous abandonnerez et me laisserez tranquille ?

— Non », lâcha Margot en haussant les épaules.

Il soupira de tout son corps, accompagné par le clapotis autour de sa taille. « C'était dangereux, oui, mais je ne peux pas vraiment me permettre de fuir le combat.

— Il y a une récompense si on réunit tous les tessons, n'est-ce pas ? » s'enquit Margot alors qu'ils s'enfonçaient dans les ténèbres. L'eau se retira peu à peu alors qu'ils dépassaient l'angle du conduit, revenant sur la terre ferme. « Vous l'avez... vous l'avez trouvée ? »

Elle ne formula pas sa vraie question : pourquoi ça n'a pas fonctionné ? Parce que, de toute évidence, ça n'avait pas fonctionné. Van avait été changé en statue, le Vase avait disparu, et le jeune homme était aussi sympathique qu'un escargot. Il n'était pas *éternellement aimé*. Peut-être manquait-il tout simplement de sensibilité pour que la magie de Vénus opère sur lui.

Van se pencha par-dessus son épaule pour mieux la toiser. « Vous semblez en savoir beaucoup sur ce Vase. »

Elle s'empressa de répondre : « Je l'ai étudié en cours, voilà tout.

— Je croyais que personne d'autre que moi ne les avait jamais vus, ces tessons. »

Une pointe de causticité s'était glissée dans les replis de ses mots.

Margot déglutit. Si elle disait quoi que ce soit, sa faible tentative de mensonge ne rendrait que plus évident le fait qu'elle avait dissimulé un tesson aussi profondément que possible dans son sac à dos.

Elle ne faisait pas assez confiance à Van, et elle n'avait pas un brin de muscle. Donc, autant se taire.

« Oui, concéda-t-il, il y a une récompense. D'après l'inscription sur le Vase, en tout cas, une phrase en latin. Elle signifie que de l'or attend celui qui recollera les tessons. »

Margot haussa un sourcil : « Vous voulez dire que celui qui les recollera sera *favorisé*. Vous savez, genre, aimé de tous. »

Van s'esclaffa. Un son si impensable provenant de lui que la jeune fille tressaillit. « Vous n'êtes pas sérieuse. » Puis, devant l'expression figée de Margot, il cessa de rire. « Vous êtes sérieuse.

— Vénus était la déesse de l'amour, poursuivit-elle, comme si cela expliquait tout.

— Et elle donnerait son pouvoir à n'importe qui ? La récompense, c'est de l'or. Il n'y a pas d'autre explication logique. » Les mots de Van étaient mesurés. Comme s'il ne discutait pas, mais qu'il enseignait. Ce qui déclencha chez Margot un sentiment de désespoir et de colère.

« Admettez-le. Vous n'avez pas compris le véritable sens de cette phrase, et Vénus sait très bien qu'elle gaspillerait son pouvoir en vous le confiant. Vous devriez vraiment me prendre un peu plus au sérieux que… »

Van l'interrompit brusquement. « Quel est ce bruit ? »

Margot tendit l'oreille : le lent ruissellement de l'eau sous la ville, la réverbération des voitures filant dans les rues, à la surface. Et puis, par-dessus ce bruit de fond, comme un grattement. Tout proche, de plus en plus proche.

On aurait presque dit…

Un gros rat gris se faufila dans l'égout. Van poussa un cri assourdissant. Il s'élança vers Margot qui, instinctivement, l'entoura de ses bras. Le rat remonta le tunnel, peu soucieux de cette soudaine agitation.

La poitrine et les épaules de Van s'agitaient sous l'effet d'une respiration frénétique. Margot et lui restèrent ainsi, poitrine contre poitrine, jusqu'à ce que leurs souffles s'accordent. Puis, comme si Van émergeait d'une transe, il se dégagea de son emprise. Il se racla la gorge, toussa, puis déclara : « La vermine véhicule toutes sortes de maladies.

— Comme vous voudrez, monsieur le dur à cuire. » Margot éclata de rire. Il était plus facile d'être courageuse quand la personne que l'on voulait impressionner venait de couiner à la vue d'un rongeur. « Avouez-le, dit-elle sans cacher son sourire suffisant, vous avez besoin de moi.

— Je n'avouerai rien de tel. »

Margot croisa les bras. « Nous désirons la même chose, vous et moi. Pourquoi ne pas la chercher ensemble ?

— J'ai quelques bonnes raisons en tête », rétorqua Van en reprenant sa progression.

Margot ne bougea pas. « Lesquelles ?

— Vous êtes impulsive, imprévisible. Émotive. Vous n'avez pas la bonne formation. Vous ne savez pas comment vous orienter, vous n'avez manifestement jamais fait de fouilles de votre vie. Je n'ai aucune envie de travailler avec quelqu'un qui mettrait en péril mes chances de réussite. »

Ces mots frappèrent Margot comme un coup en pleine poitrine. Les traits de Van ne faiblirent pas, ne cédèrent pas. Il avait énoncé les insuffisances de Margot avec une précision clinique. Et son cœur se fendit, comme si Van avait ouvert les parties les plus profondes d'elle-même pour mieux les laisser là, à vif.

Sa lèvre trembla, elle se détesta pour ça. Elle haïssait le fait de ne jamais pouvoir enfermer ses sentiments dans une petite boîte. Elle haïssait qu'il ait raison à son sujet. Sur tous les sujets.

Elle aurait voulu courir, se cacher, panser ses plaies à l'abri des regards. Une partie d'elle-même, la plus bruyante, voulait céder, abandonner. Abandonner comme elle le faisait toujours quand les choses se corsaient ou devenaient monotones. Abandonner et s'enfuir pour essayer autre chose ailleurs, n'importe quoi, là où elle n'avait pas encore échoué.

Mais elle ne pouvait pas. Pas cette fois.

« Vous vous trompez à mon sujet. » Sa voix se brisa, chargée d'émotion. « J'ai besoin de vous parce que vous savez où localiser toutes les épreuves, mais je me tue à vous dire que vous avez aussi besoin de *moi*. »

Fouillant dans les profondeurs de son sac à dos, Margot en sortit son arme secrète. Le tesson pesait lourd dans sa paume. Van voulut s'en saisir, comme si sa main s'animait d'un esprit propre. « Le tesson de l'épreuve d'*Ignis*. Comment avez-vous... »

Margot écarta le tesson, hors de portée. Elle le rangea dans sa toile de lin, puis le remit dans la poche intérieure, là où même Van ne pourrait pas s'en emparer. « Je sais que vous ne comprendrez pas, mais si je ne retrouve pas ce Vase avant que mon père me ramène en Amérique, ma vie est *finie*. »

Van fixait toujours le sac à dos, l'air perplexe.

« Laissez-moi vous aider, poursuivit Margot, je ferai n'importe quoi. »

Van pinça les lèvres, une attitude que Margot avait rapidement appris à reconnaître comme de la réflexion – certaine qu'un ronronnement analytique émanait de son cerveau de robot pour peu qu'on écoute avec attention. La jeune fille n'était pas très sûre de ce que cela impliquait pour elle. En moins de vingt-quatre heures, elle avait commencé à comprendre les manières de Van. (Était-elle observatrice ? Ne pouvait-elle pas s'empêcher de le scruter, qu'elle le veuille ou non ?) Au bout d'un moment, Van demanda : « N'importe quoi ?

— Tout ce que vous voudrez », répondit-elle.

Van s'arrêta près d'une échelle décrépite, la main sur le barreau du milieu. « Moi, je convoite le trésor. Vous pouvez garder le Vase. »

Margot plissa les yeux. « Et s'il n'y a pas de trésor ?

— Il y aura un trésor. Il y en a toujours un.

— Mais si c'est...

— Le pouvoir de l'amour ? » enchaîna Van d'un ton vaguement moqueur. Il leva les yeux au ciel. « Je vous le laisse. Mais la moindre once d'or me revient.

— D'accord. Très bien. Absolument. » Les mots sortirent d'elle en rafale.

Car Van se trompait peut-être au sujet de l'or, mais il avait raison concernant Margot. Sans la magie de Vénus, elle serait toujours trop impulsive, trop imprévisible, trop émotive. Seul le Vase parviendrait à changer tout ça. Elle cesserait d'être le problème que son père cherchait à résoudre, elle serait enfin la fille qu'il avait toujours voulue.

Sans un mot de plus, Van grimpa les échelons rouillés, puis ouvrit la trappe d'un coup de poing. Margot le suivit, sachant qu'il n'hésiterait pas à l'abandonner à la moindre occasion. Les dents serrées, elle se promit de ne pas se laisser distancer.

Mais à la seconde même où la jeune fille quittait l'échelle, sa mâchoire se décrocha, béante. « Quel est cet endroit ?

— Le Nymphée », répondit Van.

9

Le Nymphée donnait l'impression de s'étendre à l'infini au-dessus d'eux, son plafond culminant en vaste dôme peint d'un bleu ciel ponctué de nuages effilochés. Une bonne centaine de niches tapissaient les murs, toutes ornées de sculptures de vignes et de fleurs épanouies, toutes ciselées à la main. Un bassin dallé dominait la salle. À l'intérieur, des colonnes s'élançaient vers le ciel, soutenant des statues de belles femmes – des nymphes, d'après Margot – minutieusement sculptées.

Les statues semblaient danser, saisies en plein mouvement, leurs voiles virevoltant autour de leurs gracieuses silhouettes sous l'effet d'une brise invisible. Leurs mains se joignaient comme une couronne de fleurs. Au point le plus haut, une nymphe aux traits anguleux levait la main vers le ciel.

Van referma la trappe par laquelle ils étaient entrés et, comme s'il lisait dans les pensées de Margot, commenta : « C'était une citerne. Un sanctuaire. Un endroit où l'on vénérait les nymphes, déesses des sources. Il y avait toutes sortes de plantes – des arbres, des fleurs, etc. La fontaine se remplissait à partir d'une source détournée. Un méchanisme étonnamment avancé, pour le premier siècle. »

Margot essaya d'imaginer l'endroit. Un froid glacial irradiait des pierres, glissant sur sa peau, comme pressé de manifester sa présence. Autrefois étincelante d'eau claire, la fontaine était asséchée depuis longtemps. Margot fit glisser ses doigts le long des dalles, sentant les indentations dues à la longue présence de l'eau. Des lianes de lierre trop vert rampaient le long des murs, assoiffées, avides.

La salle aurait été si romantique sans la présence des squelettes.

Des tas disparates d'ossements desséchés jonchaient le sol. Une cage thoracique vide abandonnée près des statues, un crâne au pied d'un escalier s'enroulant autour des murs du Nymphée. L'estomac de Margot se retourna, mais il était hors de question qu'elle laisse Van la voir se tortiller. Il pensait déjà qu'elle n'avait aucun mérite en tant qu'archéologue – la dernière chose qu'elle voulait, c'était lui montrer qu'il avait raison.

« Donc, le tesson est quelque part ici ? » demanda Margot. En arpentant les sols en mosaïque, un sentiment de malaise l'envahit. Des éclats de verre avaient été écrasés pour former des motifs ornementaux pas très différents de ceux du sol du temple, délavés par les années. Bien trop beau pour un endroit aussi hanté – et aussi dangereux, à en croire la présence des squelettes.

Van, cependant, n'adopta pas une approche aussi délicate. Du poing, il frappa le mur pour le tester. Des panaches de poussière s'élevèrent dans son sillage. La pierre qu'il avait heurtée portait l'image d'une conque plaquée or, désormais fracturée. « Il l'était, oui.

— N'avez-vous jamais envisagé de *ne pas* détruire cet endroit en cours de route ? » demanda Margot. Elle avait encore en mémoire la façon dont la Dre Hunt l'avait réprimandée. *Tâchez de ne pas détruire un site classé au patrimoine mondial de l'UNESCO.* Se faire réprimander pour l'approche musclée de Van ne l'intéressait pas plus que ça.

Il ne répondit pas. Un grand classique. Mais il flanqua un autre coup de poing à une seconde pierre décorée. Margot grimaça, imaginant les bleus qui se formaient sur son poing. L'intégrité structurelle de cette construction paraissait assez solide, d'après la façon dont Van secoua ses doigts endoloris après ce deuxième coup.

« Où l'avez-vous trouvé, la dernière fois ? » s'enquit Margot.

Van frappa une autre brique et, cette fois, la pierre bougea. Il arqua un sourcil et dit : « Ici. »

Rien ne se produisit. Margot regarda Van, dans l'expectative, mais il ne paraissait pas découragé par ce moment d'attente. *D'accord, beau gosse. Et maintenant ?*

Il monta les escaliers deux par deux, les épaules bien droites. À mi-chemin, il vacilla, coupé dans son élan, comme si quelque chose avait tiré sur ses manches de chemise. Sa conscience, peut-être.

« Vous savez nager, n'est-ce pas ?

— Euh… oui ? » Margot monta l'escalier en trottinant, faisant attention à ne pas glisser sur les marches qui s'effritaient. Nager ne semblait guère pertinent. Cet endroit était aussi sec que les os qui jonchaient le sol.

Margot se retourna en entendant un bruit derrière elle. Fort heureusement, les statues des nymphes restaient bien immobiles. Le bruit se reproduisit, et cette fois, Margot le reconnut.

Une goutte d'eau.

« Est-ce que c'est… ? » Sa voix s'interrompit pendant qu'elle écoutait. Une autre goutte, puis une autre.

L'eau s'écoulait des conques parsemant la façade de calcaire.

Elle se déversait contre les pierres, lavant la couche de poussière sur le bassin de mosaïque, lui procurant une soudaine clarté étourdissante, étincelante.

« L'épreuve d'*Aqua*, dit Margot, stupéfaite.

— C'est gentil de votre part d'avoir compris », ajouta Van. Il avait tourné à l'angle, quinze ou vingt pas devant elle.

« Les nymphes représentent donc l'épreuve », commenta Margot. Elle fouilla dans sa mémoire ce qui lui restait des recherches qu'elle avait effectuées pour rédiger son dossier de candidature. « D'après la légende, Vénus veut prouver que tous ceux qui cherchent son Vase n'ont d'yeux que pour elle, n'est-ce pas ? Les nymphes sont de belles divinités, et Vénus est notoirement jalouse. Il suffit de ne pas se laisser distraire par les nymphes. Facile, non ? »

Un bruit bourru s'échappa de la poitrine de Van. « Pas exactement. »

Très réconfortant, merci.

Alors que le niveau de l'eau montait, des lumières scintillèrent sous la surface, éclairant toute la grotte. Des coquillages bioluminescents ? Difficile de croire que Margot avait littéralement débarqué ici via les égouts. On se croyait tout droit sorti d'un livre de contes. À mesure que l'eau remontait dans le bassin, le sanctuaire souterrain bourdonnait d'une énergie antique. Celle-là même qui avait traversé le temple. Quelque chose qui ressemblait fort à de la magie.

Van s'arrêta dans l'une des niches. Elles se trouvaient à peu près au niveau des yeux de la plus haute nymphe, mais de l'autre côté du Nymphée. Il scruta le sanctuaire, et Margot eut beau essayer, elle ne parvint pas à lire ses pensées.

« C'est quoi, le plan ? demanda-t-elle.

— Récupérer le tesson.

— Évidemment, dit-elle, sans bien savoir comment c'était possible, dans la mesure où le tesson restait introuvable. Que puis-je faire pour vous aider ? »

Le lac d'eau claire lécha les mollets de Margot, dépassa ses genoux et atteignit ses cuisses, mais Van ne bougea pas d'un pouce. Il attendait. Et quand les côtes de Margot se contractèrent au contact de l'eau froide, il se décida enfin à répondre. « Vous ? Vous restez là.

— Je reste là ? » répéta Margot d'un ton hésitant. Elle n'avait rien d'un chien. En quoi était-ce sa tâche ? *Rester là*, voilà tout ?

Une façon de lui dire *ne touchez à rien, ne faites rien*. Margot se hissa sur la pointe des pieds, respirant aussi profondément et aussi longuement que possible. Quand elle ne put se maintenir plus longtemps, alors que le niveau continuait à monter, elle replia les pieds et se laissa porter. Hélas, il lui parut difficile de faire preuve d'autorité en barbotant comme un petit chien.

Elle n'avait pas dit qu'elle savait *bien* nager. Jamais elle n'aurait cru que cela aurait la moindre importance.

Van parvenait encore à se tenir debout, mais même lui ne tiendrait plus très longtemps. L'eau montait trop vite. Il scruta Margot, comme une relique antique sous une loupe.

« Quoi ? » demanda-t-elle, surprise de se sentir si vulnérable sous son regard. Soudain, elle eut très conscience de la façon dont son T-shirt s'était gonflé sous la surface, dévoilant son nombril.

Van secoua la tête en se frottant la mâchoire. « Ne me faites pas regretter de vous avoir amenée ici. »

Le visage de Margot s'éclaira, et elle put sentir l'éclat qui se dégageait d'elle. « Vous ne le regretterez pas. Comme je l'ai dit, je ferais n'importe quoi. »

De l'index, Van tapota une pierre peinte. « Vous ne quittez pas cette pierre des yeux. C'est bien compris ? Je vous retrouverai ici dès que j'aurai le tesson.

— Mais... », commença Margot, ses mots étouffés par le clapot. Elle cracha une gorgée d'eau. « Il y a un problème. Il n'y a pas de tesson.

— Regardez mieux. » Il désigna les nymphes du doigt.

Au centre, la plus grande nymphe la regardait, avec ses cheveux bouclés et son bras tendu. On l'aurait presque cru vivante. Elle déploya les doigts quand l'eau remonta le long de sa main.

Margot se frotta les yeux. Non, elle n'avait pas rêvé.

Dans la paume droite de la statue brillait un fragment familier de poterie noir et or.

Le choc fit béer la bouche de Margot. « C'est...

— Ne faites rien d'imprudent », lui ordonna Van avant de plonger sous les eaux. Comme si elle ne valait pas mieux qu'une affection cutanée.

L'eau les avait presque soulevés jusqu'au dôme, il ne restait plus que quelques mètres. Margot avala autant d'air que possible, puis se laissa glisser sous la surface. Elle s'agrippa au rebord de la niche pour se maintenir en place. Ses yeux la piquèrent quand elle les ouvrit sous l'eau – probablement contaminée par mille milliards de germes. Mais elle n'avait pas vraiment le choix.

Van s'éloignait peu à peu. Comme l'eau s'agitait de plus en plus, il s'arrimait aux mains des nymphes, utilisant leurs bras liés comme d'un fil d'Ariane pour le guider vers la plus haute d'entre elles, vers cet éclat doré dans sa paume. En essayant vraiment, *vraiment* fort, Margot aurait presque pu prétendre qu'elle nageait dans la piscine trop chlorée de la station balnéaire de Nassau, où sa famille avait l'habitude de passer ses vacances quand elle était enfant, et que Van plongeait pour récupérer de petites torpilles en caoutchouc au fond de l'eau. Même si Margot avait arrêté les cours de natation le jour où on lui avait demandé de plonger sans se boucher le nez et qu'elle s'en était tenue au petit bain, jouant pendant des heures comme une sirène habituée aux bains de soleil.

Elle n'avait qu'une chose à faire, rester ici. Pas de problème. Tout à fait faisable.

Un flot continu de bulles jaillit du nez de Van quand il atteignit la nymphe. Un soupir de soulagement faillit s'échapper de la bouche de Margot, mais elle ne pouvait pas sacrifier ce précieux oxygène. Il s'emparerait bien assez tôt du tesson, et les poumons de Margot cesseraient de la brûler.

Van lui jeta un coup d'œil, et Margot leva le pouce. Quelque chose d'indéchiffrable traversa le visage du jeune homme, ses sourcils se froncèrent et une phrase inexprimée se dessina sur ses lèvres. Mais il se retourna avant que Margot puisse le comprendre.

Dès qu'il retira le tesson de la paume de la nymphe, les courants se modifièrent. Avec la violence d'un raz-de-marée, une éruption jaillit de la niche et projeta Margot au centre du sanctuaire. Ses bras luttèrent contre le courant, mais plus elle résistait, plus la puissance de l'eau augmentait.

Margot bascula en arrière, perdant complètement le sens de l'orientation. Les coquillages nacrés scintillèrent en traversant son champ de vision. La panique s'immisça entre ses côtes, lui saisissant la poitrine. La suppliant de trouver de l'air.

Une main – celle de Van, bien sûr – la saisit par le bras et l'éloigna du tourbillon. Il les hissa tous les deux vers le haut, et Margot s'accrocha fermement à lui, terrorisée à l'idée de lâcher prise, de couler, de disparaître à jamais.

Ils crevèrent la surface, leurs têtes heurtant le plafond. Margot n'avait jamais goûté à un air aussi doux. Les paumes collées aux épaules de Van, les jambes enroulées autour de sa taille, elle lutta pour se maintenir hors de l'eau.

Des bulles s'échappaient de la bouche de Van. Il donna de furieux coups de pied sous l'eau pour les maintenir à flot. Finalement, il réussit à dire : « Attention. Vous me collez le genou dans le ventre.

— Vous l'avez eu ? balbutia Margot. Vous avez récupéré le tesson ? »

Van brandit le fragment de poterie, et Margot éprouva un bref moment de soulagement. Vraiment très bref. Alors que le niveau de l'eau montait sans cesse dans le Nymphée, leurs réserves d'air, déjà très faibles, s'épuisaient rapidement.

« Qu'est-ce qu'on fait ? » haleta-t-elle.

Van plongea. Dès qu'il remonta, il lança : « La brique que je vous ai désignée. C'est le mécanisme de fermeture. Il faut la libérer. »

S'étirant pour aspirer les ultimes bulles d'air, la main de Margot glissa, ses membres noués à ceux de Van. Ce dernier lâcha prise. Le courant lui arracha le tesson des mains.

L'eau étouffa le cri de Margot, qui passa sous la surface. Un violent courant s'engouffra entre les nymphes, puis remonta, saisissant les jambes de Margot, la suppliant de se joindre à leur danse aquatique.

Non, non, non.

Van nagea vers le tesson, mais Margot se concentra sur le courant et sur le mécanisme en pierre qui enclenchait la valve de vidange. Les doigts griffant les bas-reliefs de la façade, Margot se laissa couler. L'eau résistait pied à pied, mais la jeune fille ne céda pas. Elle ne voulait pas tout gâcher.

Elle fit claquer sa paume contre les pierres, jusqu'à ce que l'une d'entre elles s'enfonce enfin dans le mur. La niche s'ouvrit comme une porte ; une soudaine vague d'eau entraîna Margot et Van vers l'intérieur, leurs bras et leurs jambes emmêlées.

Un éclair d'or passa devant eux. Le tesson.

Van le poursuivit avec une énergie renouvelée. Margot, quant à elle, n'avait aucun contrôle sur ses mouvements.

Le conduit l'entraîna dans une succession de virages serrés, tel le toboggan infernal d'un parc aquatique. Margot remua les jambes, tâchant désespérément de rattraper Van qui fonçait vers le tesson. Le tunnel se divisa en deux, et elle était presque sûre que Van s'était propulsé sur la gauche. Margot tenta le coup et suivit le même chemin, les bras et les jambes déjà épuisés.

Ici, la lumière des coquillages s'était estompée, ne laissant place qu'à l'obscurité. Margot distinguait à peine ses mains devant elle, et encore moins le fragment du Vase.

Un court instant terrifiant, elle fut persuadée qu'elle était seule, que Van l'avait abandonnée et que ce tourbillon allait l'aspirer pour toujours. La panique dura jusqu'à ce qu'elle percute Van, propulsée par la violence du courant. Elle n'avait aucun espace. Les murs s'enroulaient autour d'eux, beaucoup trop proches, et l'eau ne s'était pas calmée. Ils étaient dans une impasse. Piégés.

Paniquée, Margot frappa les murs à coups de poing. Elle avait perdu le tesson, et maintenant, elle allait se noyer, tout ça pour rien.

Il devait y avoir une autre valve dissimulée quelque part. Il y en avait forcément une. La rugosité des pierres brutes déchira sa peau à chaque impact. Van se joignit à elle, ses propres coups de poing générant un bruit sourd.

Jusqu'à ce que… un merveilleux son creux s'ensuive alors que Margot heurtait le plafond, encore et encore. Ses mains cherchèrent les rainures rondes, le relief des mots qu'elle ne déchiffrerait jamais par le seul toucher. On aurait dit une plaque de métal, de celles qui recouvrent les bouches d'égout.

Les poumons de Margot ne tarderaient pas à exploser si elle n'agissait pas. Elle s'arc-bouta contre le mur, puis donna un violent coup de pied vers le haut. La plaque se détacha, et l'eau jaillit de l'ouverture. Margot se fraya un chemin jusqu'à la terre ferme. Une toux humide secoua sa poitrine alors que l'eau du Nymphée s'écoulait de sa bouche sur le linoléum beige. Elle se retrouva sur le dos, les yeux agressés par les néons.

Van se hissa hors des profondeurs aquatiques, puis s'allongea à côté d'elle, la respiration tout aussi irrégulière. D'un ton aigre, il souffla : « Bravo, vous avez parfaitement respecté le plan.

— Vous le saviez », bredouilla Margot. Chaque inspiration s'accompagnait d'un sifflement humide. Elle n'arrivait pas à convaincre ses poumons de fonctionner de nouveau correctement.

« Je vous ai confié une tâche. Une seule. » Van essora sa chemise, son agacement ancré dans chacun de ses mots. « *Oui, Van, je sais nager. Non, Van, je ne vais pas nous noyer tous les deux et vous faire perdre le tesson.* »

Margot n'était pas sûre de savoir si elle haletait d'indignation ou si elle haletait simplement parce que son corps était en train d'agoniser. « Vous le saviez ! cracha-t-elle. Vous étiez au courant… » Un autre hoquet lui secoua la poitrine. « … que ça allait arriver. Et vous ne m'avez même pas prévenue ! » Ses poumons se bloquèrent de nouveau, plus sèchement cette fois, comme si l'air glissait sans parvenir à s'accrocher. « Tout ce que vous avez dit, c'est : *Restez là. Restez là !* On a bien failli se noyer ! J'aurais pu, j'aurais pu…

— Hey », fit Van. Puis, plus ferme : « *Hey*. Vous hyperventilez. »

Elle l'entendit, sans bien percevoir ses mots. Les mains, les pieds, le visage de Margot, tout picotait, comme si chaque terminaison nerveuse grésillait. Elle était vaguement consciente que sa poitrine se soulevait, puis s'abaissait – vite, beaucoup trop vite –, mais sa vision se brouillait, noircissait.

Les mains de Van lui saisirent les épaules, il se pencha si près d'elle que Margot cessa complètement de respirer. Son système nerveux central reprit contenance. Dix sur dix à chaque œil, la clarté et la couleur revinrent d'un seul coup. Tout ce qu'elle voyait, tout ce qui l'intéressait, c'était le réseau vert et or des iris de Van, la constellation de taches de rousseur sur ses joues, sa voix forte qui lui disait : « Margot, comptez à rebours à partir de cent.

— Quatre-vingt-dix-neuf, quatre-vingt-dix-huit, quatre-vingt-dix-sept…

— J'ai dit à partir de cent. Vous l'avez sauté. »

La transe fut rompue. Margot repoussa les mains de Van. Elle souffla : « Qu'est-ce que ça peut bien faire que je le saute ? »

Van fit la moue. « On ne commence pas à quatre-vingt-dix-neuf si on compte à rebours à partir de cent. C'est illogique. »

Quelqu'un se racla la gorge derrière eux. « Puis-je prendre votre commande ? »

À cet instant, Margot prit enfin conscience du sol froid sur lequel ils étaient étendus, la façon dont toute la pièce sentait la graisse et le sel. Des murs de pierre – remontant sans doute à la dynastie des Flaviens – avaient cédé la place à des box rouges et jaunes. Des tables en formica, des clients curieux, un menu géant avec des Big Mac et une grosse frite.

Ils avaient refait surface dans un foutu McDonald's.

Margot se tourna vers l'employé. « Oui, un McFlurry. C'est lui qui paye. »

10

Les chaussures de Margot couinèrent tout au long du chemin qui la ramenait vers les ruines. Ses vêtements lui collaient à la peau, pile là où il ne fallait pas, ses cheveux bouclés puaient l'égout et son mascara avait coulé, quoi qu'elle fasse pour le nettoyer. Waterproof ? Tu parles.

Elle jeta son gobelet de McFlurry vide (saveur Oreo, bien sûr) dans une poubelle alors qu'ils rejoignaient la file d'attente devant la porte Nocera. Leur retour s'était fait en silence. Si Margot tentait de lui parler, elle risquait de pleurer, de crier, de laisser ses sentiments trop grands et trop forts prendre le dessus. Elle avait donc préféré se taire. Ne rien faire. Ne rien ressentir, dans la mesure du possible, même si cela la rongeait.

Un affreux mélange d'émotions tourbillonnait dans sa poitrine – un reste de peur due à ses douleurs pulmonaires, la colère que Van lui ait caché des informations cruciales sur l'épreuve qui leur avait coûté le tesson, la rage contre elle-même d'avoir accepté de faire *n'importe quoi* pour obtenir le Vase, sans même se demander ce que *n'importe quoi* impliquait. Elle était naïve et stupide, comme tout le monde le pensait.

Le fait de nommer ses sentiments l'aida à soulager un tant soit peu l'impression d'avoir une couche de goudron noir et collant sur le cœur.

Alors que la file d'attente s'égrenait à l'entrée de la ville, Van tourna la tête, visiblement à bout de nerfs. Tous les pas qu'ils s'apprêtaient à faire étaient identiques aux siens, presque cent ans plus tôt. La ville se déployait devant eux, comme une des cartes de Van, tracée en lignes délavées. Margot ne manqua pas le regard lointain du jeune homme, comme s'il voyait un rêve prendre vie. Quand il avait fini sous terre, prisonnier de cette coquille de marbre, la plus grande partie de la ville était encore enterrée. Il paraissait en prendre conscience, maintenant. Nerveux, il serrait les poings contre ses flancs.

Malgré tout, Margot éprouva une pointe de compassion pour lui.

« C'est différent, hein ?

— Je ne l'avais pas remarqué hier soir, mais oui, très. » Il passa la main dans ses cheveux humides, dégageant de ses yeux les fils d'or. « Je n'ai jamais vu autant de gens ici. Et tout le monde a ces... ces lampes de poche.

— Ces lampes de poche ? » La confusion crispa le visage de Margot, puis elle suivit le regard de Van. « Oh, ce sont des téléphones.

— Vous téléphonez avec vos lampes de poche ? »

Margot gloussa, soudain plus légère. Une partie de sa rancœur s'envola. « On peut faire à peu près n'importe quoi, avec ces lampes de poche. »

La mâchoire serrée, Van enfonça la main dans sa poche, alors que la file d'attente se rapprochait de la porte.

Quelque chose dans son attitude – ses épaules arrondies, sa posture inquiète – donna à Margot l'envie d'atténuer la tension entre eux. « Je ne me sens pas vraiment à ma place ici non plus, vous savez. Les autres participants à ce voyage scolaire ont tous mérité leur place, et moi, j'essaie encore de prouver que je suis légitime.

— Je sais ce que c'est. » Un regard complice, presque un souvenir, traversa son visage. « Je suis parti de rien. Atlas avait tout, lui. »

La file progressa jusqu'à ce qu'ils rejoignent de nouveau les limites de l'ancienne ville. Margot les dirigea ensuite vers le site des fouilles.

La tente blanche de la Dre Hunt se profila à l'horizon. L'effroi ramollissait les genoux de Margot, refusant de l'entraîner vers l'avant. Elle entendait déjà l'habituel refrain des sermons… Elle était trop hâtive, trop émotive, trop excessive.

« Et maintenant, nous ne sommes pas près de reconstituer le Vase, bougonna Margot. Mes cheveux vont puer l'égout jusqu'à la fin des temps, la Dre Hunt va sans doute me renvoyer chez moi pour insubordination, et nous n'avons même pas récupéré le tesson. »

Ses pieds décidèrent de bouger de nouveau, mais cela ressemblait un peu trop à la dernière marche du condamné.

« Margot, attendez. » Van s'arrêta au milieu du chemin, des flots de touristes se séparant autour de lui. Il sortit la main de sa poche, puis ouvrit les doigts. Un fragment d'argile occupait sa paume.

« *Oh, mon Dieu* », souffla-t-elle presque en silence, un simple murmure qu'ils furent les seuls à entendre. Van avait réussi à s'emparer du deuxième tesson, finalement. « Et vous n'auriez pas pu m'en parler, il y a une heure ?

— J'ai juste…

— Vous ne vouliez pas que je gâche encore tout ? » termina Margot.

Les doigts de Van se replièrent sur le tesson. Même s'il gardait le silence, elle savait que c'était la vérité. Mais il y avait quelque chose dans la façon dont il tenait le débris, comme une offrande de paix, qui atténuait la douleur.

Il baissa son regard vers le sac à dos de la jeune fille, qui contenait toujours le second tesson.

« Tournez-vous », dit-il. Et quand elle s'exécuta, il ouvrit la fermeture éclair, puis glissa l'éclat dans le compartiment sécurisé, juste à côté du premier fragment. « Quoi qu'il arrive, ne les perdez pas.

— Je ne les perdrai pas, promit-elle en se retournant, avant de pointer son petit doigt vers lui. Nous sommes partenaires, vous vous souvenez ? Promesse du petit doigt ? »

Il examina son doigt, tout en gardant la main sur son flanc. « Ce ne sera pas nécessaire. »

La bouche de Margot se crispa dans une grimace de déception. Pile au moment où elle croyait qu'ils se rapprochaient un peu.

Alors qu'ils rejoignaient la cour, tous les regards se tournèrent vers eux.

La Dre Hunt se redressa, s'éloignant de la zone où elle aidait Suki à classer quelque chose sur son bureau pliable.

Margot imaginait très bien à quoi elle ressemblait, trempée, les cheveux en pétard. Elle s'était absentée plusieurs heures sans prévenir, pour revenir en piteux état, comme si elle avait perdu un combat contre Davy Jones en personne.

« Margot, fit la Dre Hunt, d'un ton qui dépassait à peine le sifflement. Où étiez-vous passée ?

— Et avec qui ? » ajouta Suki en s'interposant.

Margot bégaya ; les mots s'accumulèrent dans sa bouche, mais refusèrent de former une phrase cohérente. Il lui fallait une bonne excuse, et vite, mais l'eau du Nymphée lui imbibait toujours le cerveau. « Je ne voulais pas… Je…

— Elle était avec moi, intervint Van, derrière elle. Je viens d'arriver. Margot est venue me chercher à la gare. »

Quelque chose s'agita dans la poitrine de Margot. Il prenait un risque pour elle… C'était mignon, dans le genre j'ai-failli-te-faire-tuer-désolé. « Vous savez, à cause du système de binôme. »

L'attention de la Dre Hunt se reporta sur Van. Elle leva les yeux vers lui, comme si elle essayait de le situer dans son esprit. « Et vous êtes ? »

« Van…

— Vanderson, l'interrompit Margot. Nom de famille. Prénom, euh… Chad. Vous connaissez Chad. On l'a transféré à Radcliffe pendant les vacances d'hiver, il a rejoint le club d'archéologie.

— Chad Vanderson ? répéta la Dre Hunt, en regardant Van avec méfiance. Et j'ai validé votre dossier de candidature ?

— Oui. » Le mensonge sirupeux coula facilement sur la langue de Van.

La Dre Hunt acquiesça à demi-mot. « Il doit y avoir un malentendu. Nous sommes complets. »

Margot en resta bouche bée, incapable de dissimuler le choc sur son visage. Hors de question qu'elle mette la main sur la clé pour trouver le Vase, puis qu'elle se heurte à un souci administratif. « Mais il peut rester. N'est-ce pas ?

— Je suis vraiment désolée, répondit la Dre Hunt. Sans co-accompagnateur, je ne peux encadrer d'autres étudiants. Navrée que vous ayez fait tout ce chemin. »

Soudain, la posture de Van changea. Ses épaules se redressèrent, son menton s'inclina, ses traits prirent un air hautain. Même le ton de sa voix s'éleva, froid, dénué d'affect. « Vous trouverez certainement un moyen de m'accueillir, compte tenu des dons que mon père a faits à l'école. Je suis un Vanderson, après tout.

— C'est un Vanderson, après tout », renchérit Margot. Elle prit l'un des outils dans l'étui qu'il portait à la ceinture. « Et regardez, il a même apporté sa propre truelle !

— C'est une bêche, Margot », fit Van à voix basse.

Margot déglutit avec difficulté. Elle se gratta nerveusement la peau du cou. « Le fait est qu'il est tout à fait prêt pour les cours. »

La Dre Hunt soupira. Un son que Margot ne connaissait que trop bien. Chaque fois que son père laissait tomber.

« Mais nous n'avons tout simplement pas assez de…

— Je peux me mettre avec lui », proposa rapidement Suki. Ronds comme des billes, ses yeux détaillaient Van de la tête aux pieds.

« Ça ira, Suki, dit la Dre Hunt. Il peut toujours rejoindre Topher et Calvin à la parcelle C. » Elle ajouta à l'intention de Van : « Vous logerez avec eux et Rex, à l'hôtel. Je veillerai à ce qu'on vous fournisse un lit supplémentaire. Jusqu'à ce que je puisse contacter Radcliffe et voir si nous pouvons éclaircir ce… malentendu. »

De l'autre côté de la cour, Topher fit un signe de la main, un geste empreint d'une certaine suspicion. Calvin, un garçon roux qui avait sérieusement besoin d'augmenter son indice de protection solaire, inclina la tête, visiblement interloqué. De toute évidence, personne ne reconnaissait Van. Margot espérait simplement que ses camarades ne se rendraient pas compte qu'elle leur avait fait le coup de l'effet Mandela[9]. Jusqu'à ce qu'elle mette la main sur le Vase, du moins.

« L'argent de votre père ? demanda Margot alors qu'ils gagnaient leur zone de fouille.

— La seule chose plus grande que les coffres des Vanderson, c'est notre confiance en nous », répondit-il, toujours d'humeur égale, même si Margot aurait juré déceler l'ébauche d'un sourire sur ses lèvres. Après un tel numéro, Van méritait au moins un Emmy.

Tous les autres élèves le dévisageaient. Margot ne pouvait pas vraiment les blâmer. Van faisait pratiquement deux fois la taille de Margot, il était assez large d'épaules pour la porter en mode pompier si besoin. Mais le soleil lui avait décoloré les cheveux, des mèches jaune pâle striaient sa blondeur naturelle, et des taches de rousseur éparpillées sur le haut de ses joues le rendaient bien plus accessible que Margot ne l'aurait cru.

Le regard méfiant d'Astrid se posa sur Van alors qu'il se présentait à ses nouveaux camarades de classe en quelques formules laconiques. « Qu'est-ce que tu portes ? lui demanda-t-elle.

---

9. Phénomène selon lequel plusieurs personnes partagent un faux souvenir ou une vision erronée de la réalité. (N.d.É.)

— Des vêtements », ironisa Van. Il sortit ses outils de leur étui, puis les étala méticuleusement au bord de la corde délimitant sa parcelle.

Margot fouilla dans son sac à dos détrempé pour en sortir *Les Reliques du cœur*.

Du bout des doigts, elle effleura la couverture froissée, où Isla et Reed se tenaient l'un contre l'autre, les lèvres à peine séparées par un souffle. Les pages étaient déformées, encore humides. C'était sans doute inutile, mais Margot étala tout de même le livre en éventail, dans une flaque de soleil, priant pour qu'il sèche d'une façon ou d'une autre.

Van posa son carnet juste à côté. Tout aussi détrempée, la couverture en cuir avait doublé de volume. Margot grimaça à l'idée de perdre un document historique aussi précieux, sans parler des photos qui risquaient de disparaître.

Topher s'esclaffa, ramenant Margot à la conversation en cours. C'était un rire bon enfant, mais il n'en était pas moins exaspérant. « Ben dis donc, mon pote, ce sont vraiment de sacrées bretelles. »

Margot l'interrompit. « Son vol a été retardé, il a transité par le Maroc et la compagnie aérienne a perdu ses bagages à Casablanca. Incroyable, non ? »

Le front d'Astrid se plissa comme si, effectivement, c'était incroyable. Elle renifla, comme on le ferait après une bouffée d'odeur de poisson pourri. Ce qui, vu leur environnement récent, était peut-être le cas. « Tu sais, il me rappelle un peu ce type, là. Celui sur lequel tu as écrit ton dossier de candidature, Margot. »

Cette dernière se figea de tout son corps. Un mince rire s'échappa de sa bouche. Elle n'osa pas regarder Van, qui l'observait juste à côté. « Quoi ? Impossible.

— Ah mais oui, renchérit Suki, c'est tout à fait ça. Il a un petit côté Rick O'Connell, ça lui va comme un gant. »

Rex gloussa. « Il n'y a que toi pour regarder ces vieux films, Suki.

— C'est à *La Momie* que je dois mon éveil bisexuel », poursuivit Suki en souriant. Elle ramena une mèche de cheveux derrière son oreille, laissant les mots de Rex glisser sur elle avec cette assurance facile qu'aurait tant voulu posséder Margot.

« Tu as lu la dissertation de Margot, Chad ? » Astrid attendit à peine qu'il secoue la tête pour dire oui ou non, puis sortit son téléphone. Elle avait probablement mis la page en favoris, pour mieux ridiculiser Margot. « Oh, tu devrais. Margot est la seule étudiante du groupe à n'avoir aucune expérience en archéologie, elle a vraiment épaté la Dre Hunt avec sa... créativité. »

Van ignora totalement Astrid, ce qui était tout à son honneur. Il planta son ciseau dans la terre, l'attendrissant pour faciliter l'excavation.

Hélas, Margot sentit ses joues devenir plus rouges que l'argile de Géorgie. « Ce n'est pas nécessaire. N'essaie pas de...

— Non, non, vraiment. » Astrid rayonnait, son sourire étincelait comme la lame d'une faux. « *La lumière du soleil se déversait sur les collines ondulantes et formait comme une flaque aux pieds du jeune explorateur intrépide qui tenait Pompéi entre ses mains. Blond aux yeux verts, il était aussi beau que le colportait la rumeur.* »

Van redressa la tête. Ses yeux se posèrent sur Margot, formant une question silencieuse à laquelle elle aurait souhaité ne pas répondre. Bien sûr qu'elle avait écrit sur lui. Depuis qu'elle avait trouvé son journal et le tesson dans la bibliothèque, elle n'avait pas pu s'ôter Van de la tête. Chaque fois qu'elle fermait les yeux, il était là, aussi réel et entier que s'il avait émergé des pages. Écrire son histoire pour son dossier de candidature avait été comme rédiger une extension de la sienne.

Il était la raison même de sa présence ici.

Astrid continua à lire, au grand dam de Margot. « *L'explorateur pénétra dans le temple de Vénus sans se retourner. Les cinq tessons manquants étaient tous là ; il lui restait quelques secondes pour accomplir son destin, quand la porte s'ouvrit derrière lui. "Que faites-vous ici, Keane ?" demanda la femme.* »

Van cassa un crayon en le serrant trop fort. Génial. Elle avait réveillé l'Incroyable Hulk.

Mais au-delà de son affinité pour la destruction, Van n'était... qu'un garçon. Un garçon qui n'avait jamais demandé à ressusciter un siècle plus tard et qui, s'il n'avait pas été habillé comme un fan de Milo Thatch, aurait pu facilement passer pour l'un des joueurs de rugby de Radcliffe ou pour un membre du club de quiz bowl.

Ils n'auraient jamais pu savoir que c'était sur lui que Margot avait écrit. Impossible.

« Ah, voilà mon passage préféré. » Astrid fit défiler les pages. Margot ferma les yeux, se préparant à l'impact. « *Quand Van avait cherché le Vase, il ne pensait pas trouver l'amour. Pourtant, elle était là. Aussi indéniable que le soleil.* »

La honte remonta le long de la colonne vertébrale de Margot. Elle connaissait la suite. Une héroïne qui lui ressemblait étrangement, sans aucun de ses défauts – Marlow Rhodes était décidée et d'humeur égale. Le genre de fille solaire et magnétique, autour de laquelle le monde gravitait.

« Ça suffit », dit Van. Il y avait quelque chose de définitif dans son ton. De tranchant et de dangereux. « Je n'ai pas envie d'en savoir plus. »

Ils grattèrent plusieurs années d'histoire, s'enfonçant dans la terre jusqu'à ce que le soleil les imite. Margot avait la sensation que sa peau la tirait – à cause du soleil ou d'une mortification constante, elle n'aurait su le dire. Après leur retour à l'hôtel Villa Minerva, la Dre Hunt réunit tout le monde dans le hall, tapotant sur son porte-bloc.

« Excellent travail aujourd'hui, vous tous. » Était-ce l'imagination de Margot, ou les yeux de la Dre Hunt s'attardaient-ils un peu trop longtemps sur elle ? « Vous avez un peu de temps libre ce soir, mais n'oubliez pas que demain, nous partons très tôt pour notre voyage à Rome. Au programme : visite du musée des Antiquités et des Archives romaines. Nous y passerons une nuit, et je n'emporte pas de brosses à dents de rechange, alors vérifiez bien vos trousses de toilette. »

Elle les congédia, et les étudiants se dispersèrent vers les ascenseurs. Rex tapota l'épaule de Van, qui se raidit à ce contact. « On est dans la chambre 318. »

Suki se rapprocha d'eux. « On sort tous manger une pizza. Tu devrais te joindre à nous.

— Non », répondit Van. Une syllabe, rien d'autre.

« Il plaisante », intervint Margot. Elle lui donna un coup de coude, et quand il la regarda, elle afficha un sourire exagéré.

Il lui renvoya le même sourire forcé. « Nous serons là. »

Suki lui jeta un coup d'œil, le visage traversé d'une pointe d'espoir mêlée de souffrance. « D'accord, on se retrouve ici dans vingt minutes. »

Van acquiesça, sans bouger. Il attendit que Rex et Suki s'éloignent pour pivoter vers Margot, ses yeux verts brûlant comme un feu de forêt. « Vous auriez pu me prévenir que je retournerai au lycée. »

Margot sourcilla à peine. « Si je l'avais fait, vous auriez accepté ? »

Il gémit – un *non* évident. « Vos amis sont des clowns. »

Elle regarda les filles devant elle, Suki appuyait sa tête sur l'épaule d'Astrid alors qu'elles s'éloignaient, bras dessus, bras dessous. Topher, Rex et Calvin riaient, chahutaient et se poursuivaient dans le hall comme s'ils jouaient au flag football. Les ongles de Margot s'enfoncèrent dans ses paumes lorsqu'elle se souvint de la façon dont ils avaient ri cet après-midi – ri d'elle, pas *avec* elle. « Mes amis ? J'en doute.

— Mais vous voudriez qu'ils le soient ? » demanda-t-il.

Ses mots ravivèrent la meurtrissure flétrie de leur précédente conversation – estompée, mais toujours douloureuse. D'aussi loin qu'elle se souvienne, Margot avait toujours agi comme un caméléon ; elle essayait désespérément de devenir celle que tout le monde voulait qu'elle soit, de trouver sa place. Elle haussa les épaules, sans plus s'engager, car elle redoutait les tremblements de sa voix.

« Ça reste des clowns. » Il tritura les manches de sa chemise, les défit, puis les refit. « Ils ont parlé de moi comme si je n'étais pas là.

— Eh bien, vous n'êtes pas vraiment censé être ici. Ou, du moins, vous êtes censé avoir un million d'années. »

Sa bouche se crispa. « Est-ce que j'ai l'air d'avoir un million d'années ?

— Vous avez surtout l'air grincheux. » La voix de Margot s'adoucit alors qu'ils ralentissaient, en queue de peloton. Elle avait du mal à le regarder. « Écoutez, dit-elle soudain, je suis désolée d'avoir écrit cette dissertation sur vous.

— Ne le soyez pas. »

Margot se figea. Elle s'attendait à ce qu'il lui dise qu'elle ne méritait pas d'être ici, compte tenu de la qualité de sa rédaction (ou plutôt de son absence de rédaction). Au mieux, elle anticipait un sermon sur le fait qu'elle passait trop de temps à rêver, et qu'elle ferait mieux de se concentrer sur la réalité.

« Ne le soyez pas ? »

Il l'examina de plus près, le visage indéchiffrable. Elle s'était habituée à se sentir déstabilisée en sa présence. Mais quand Van la regardait, son regard vert la transperçait, comme si Margot n'était pas un être de chair et de sang, mais une énigme qu'il aurait aimé résoudre. « Lire les écrits personnels de quelqu'un sans sa permission, c'est une atteinte à sa vie privée. »

Margot s'affaissa sur elle-même. Elle se souvenait de la rudesse de sa voix quand il avait dit : *Je n'ai pas envie d'en savoir plus.* « Je sais, vraiment, je sais. Et vous avez raison, je n'aurais pas dû consulter votre journal, mais je...

— Je parlais *d'eux*, du fait qu'ils lisent votre texte. » Van ralentit, puis s'immobilisa. L'ascenseur monta sans eux. Il inclina la tête, en pleine réflexion. « Cependant... quelle *proportion* de mon journal avez-vous lue ?

— Bien assez », répondit Margot, la gorge serrée.

Assez pour savoir qu'il était orphelin, qu'il avait quitté New York l'été précédant son entrée dans le temple, sans personne pour espérer son retour, qu'il détestait partager sa tente avec Atlas, même si c'était son meilleur ami, parce qu'il ne lui faisait toujours pas confiance, qu'il n'était pas vraiment sûr d'avoir jamais fait confiance à qui que ce soit. Assez pour trouver le temple, pour le trouver lui. Pour le connaître mieux que quiconque.

Et ça, elle ne s'en excuserait pas.

11

Cette nuit-là, Margot s'assit devant la baie vitrée, les volets grands ouverts. La lune s'était levée, déjà haute dans un ciel de velours, mais la ville ne s'était pas encore calmée. Le vent transportait des rires aigus, le grondement des moteurs, le carillon de la sonnette d'une boutique. Chaque son avait une certaine douceur, imprégné de la torpeur de cette soirée d'été.

Et demain, Margot devrait tout quitter pour embarquer sur le vol AA 9372.

Elle renversa la tête en arrière, flairant un vague parfum de sel et d'agrumes. Le lendemain du divorce de ses parents, son père l'avait emmenée sur la jetée d'une petite ville balnéaire, où il lui avait acheté une barbe à papa trois fois plus grosse que sa tête (un peu plus tard, elle avait vomi cette barbe à papa à côté du manège, mais ça n'avait rien à voir).

Il avait passé toute la journée à la distraire avec les lumières de la fête foraine, les stands de jeux, l'odeur beurrée du pop-corn, si forte qu'elle avait dû laver trois fois son gilet pour s'en débarrasser. Chaque instant de cette promenade lui avait permis de tenir les mauvais sentiments à distance. Sur le moment, du moins.

Mais ce genre de sursis ne dure jamais éternellement. Chaque moment de joie se paye par une obscurité plus profonde. Aux heures calmes de la nuit, quand Margot n'avait que les pales du ventilateur et ses propres pensées pour occuper son esprit, un trouble aussi épais qu'une couette la recouvrait parfois, pour mieux l'étouffer.

Et la seule chose qui soulageait un tant soit peu la douleur dans sa poitrine consistait justement à le fuir. Pas au sens propre, évidemment. Il ne s'agissait pas de le fuir physiquement, mais de se lancer dans quelque chose de nouveau. La danse classique, la boulangerie... ou traverser l'Europe en sac à dos – tout ce qui l'aiderait à oublier ce poids, à oublier qu'elle n'était pas à la hauteur. Comme elle l'avait fait sur cette jetée, quand l'eau salée et le sucre filé avaient retenu ses larmes. Si elle remplissait ses journées de soleil et de vent marin, peut-être n'aurait-elle pas à ressentir autre chose que la poussée d'adrénaline, le frisson de l'aventure.

Et si elle retrouvait l'ensemble du Vase de la Vénus Aurélia, elle n'aurait plus à subir le poids de la déception de son père, chaque fois qu'elle déciderait de se réinventer, d'essayer de trouver la version de cette fille dont il saurait quoi faire.

Suki émergea de la salle de bains, chassant les pensées de Margot. La vapeur était chargée de l'odeur du savon romarin-citron de l'hôtel. La serviette-éponge ondulait sur sa tête alors qu'elle s'enfonçait au pied de son lit, les yeux rivés sur Margot. « Bon, raconte-moi tout.

— Tout ? À quel sujet ? »

Suki se laissa basculer sur le lit, les bras écartés comme une étoile de mer. « Pourquoi tu as laissé tomber cette soirée pizza pour rester avec Chad, évidemment ! »

Pardon ? Margot aurait pu mourir à ce moment précis.

« Pour *quoi* et avec *qui* ? Je ne suis restée avec personne. Et surtout pas avec Chad. »

Astrid terminait de brosser ses cheveux blonds devant le miroir de l'armoire. « Pitié. Tu es totalement obsédée par lui.

— Moi ? s'étouffa Margot. C'est Suki qui n'a pas arrêté de baver sur lui depuis la première fois qu'elle l'a vu, il y a douze heures. »

Suki haussa un sourcil, imperturbable. « Je plaide coupable.

— Je croyais que tu avais un faible pour Rex, poursuivit Margot.

— Ça, c'était avant que j'apprenne l'existence de Chad Vanderson. Le cœur a ses raisons… » Suki se retourna, puis posa le menton sur ses mains, tout en battant des pieds. « Sérieusement, comment ai-je pu ne pas le remarquer, l'année dernière ? J'aurais dû me souvenir d'un visage comme le sien.

— C'est bien ce que j'aimerais savoir », intervint Astrid. Elle s'assit par terre à côté de la couchette de Suki, alors que cette dernière plongeait les doigts dans ses cheveux pour les tresser. « Au fait, Margot, merci beaucoup de m'avoir laissé tomber cet après-midi pour aller chercher Chad. Tu sais *à quel point* j'aime faire ton travail à ta place.

— Et tu as même laissé tomber le dîner, ajouta Suki. Alooooors… j'exige des détails ! »

Tandis que le reste du groupe dévorait des pizzas, Margot et Van s'étaient éclipsés dans une boutique de dépôt-vente bien vintage, bourrée de vestes en cuir rapiécées et de vieux vêtements en coton. Astrid avait raison sur un point : Van se distinguait par ses bretelles.

Margot avait empilé plusieurs couches de vêtements dans ses bras, avant de pousser Van dans la cabine d'essayage. Il avait râlé devant chaque habit. Il y avait là des chapeaux de cow-boy tirés d'un western spaghetti, des boas en plumes et des pantalons à carreaux. Ses sourcils étaient si froncés qu'ils avaient creusé une ligne aussi profonde que l'Adriatique sur son front. Il avait alors enfilé une chemise qui tenait à peine sur ses épaules, et ne couvrait en rien son ventre plat et musclé.

Les joues de Margot s'étaient soudain échauffées. « Les crop tops sont à la mode.

— Je n'ai pas l'intention de m'y plier. » Van lui avait jeté un regard noir. Ses yeux étaient entièrement dépourvus de joie.

« Tenez, lui avait dit Margot en lui posant une paire de lunettes de soleil d'un rose criard sur le nez. Pour compléter votre tenue de Ken. »

Son air renfrogné s'était accentué. Il avait arraché les lunettes, avait choisi autre chose dans le tas de chemises, puis avait disparu dans la cabine d'essayage.

Ce souvenir réchauffa les joues de Margot, qui décida de quitter l'appui de la fenêtre. La chair de poule lui hérissait les bras, malgré la douceur de la soirée, et elle essaya de s'en débarrasser discrètement, malgré le regard des deux autres filles. « Je vous ai dit qu'il avait perdu ses bagages. Nous sommes allés lui acheter de nouveaux vêtements. On a fait mieux, comme truc scandaleux, hein. »

Une lueur s'alluma dans les yeux de Suki. « Donc, vous êtes juste amis ? »

Margot hocha la tête d'un air gêné. *Amis.* Était-ce le mot approprié pour qualifier son lien avec Van ? Ils étaient à peine plus que de simples connaissances. Des alliés réticents, peut-être. Il l'avait couverte devant la Dre Hunt, même s'il avait failli la noyer à peine une heure plus tôt. Mais davantage que ça ? Il aurait fallu une sacrée dose d'incrédulité. Après tout, il travaillait sans partenaire. Elle avait beaucoup de mal à croire qu'il puisse chercher une amie.

Elle s'apprêtait à refermer la fenêtre, mais s'arrêta à mi-chemin. En bas, la porte arrière de l'hôtel claqua, et Margot se pencha pour mieux voir. Elle s'attendait à tout, sauf à voir sur le parking ces épaules très familières cintrées dans un T-shirt jaune jonquille, dont l'étiquette dépassait encore du col arrière.

« Oh, mon Dieu ! » s'exclama Margot en se redressant. Sans la protection de la fenêtre en fer forgé, elle aurait basculé sur le trottoir.

Qu'est-ce que Van fichait en bas ? Et surtout, pourquoi le faisait-il sans elle ? Elle referma les vitres avec une telle force qu'Astrid recula en sursaut et se cogna la tête contre le cadre du lit.

« Qu'est-ce qui se passe ? demanda Suki. On dirait que tu as vu un fantôme. »

Margot enfila ses baskets à toute vitesse. « Ce n'est pas un fantôme. C'est juste que... je viens de me rappeler que Chad a oublié de me rembourser, à la friperie. Merci de me le rappeler. »

Elle fila vers la sortie, puis contourna l'ascenseur. Elle descendit si rapidement les escaliers branlants tapissés de moquette que ses pieds s'emmêlèrent. Son monde bascula jusqu'à ce qu'elle atterrisse en catastrophe au milieu du hall d'entrée, dans un final spectaculaire.

« Tout va bien ! » lança-t-elle à l'intention de Giuseppe, qui n'avait sans doute pas levé les yeux de son ordinateur.

Margot se décolla du sol en soupirant, puis courut jusqu'au parking. Elle posa les deux mains sur ses genoux pour reprendre son souffle, tout en cherchant Van.

Là.

Il se dirigeait vers le fond du parking. Margot inspira un grand coup, puis s'approcha de lui.

« Vous essayez de me fuir ? » demanda-t-elle.

Van ne jeta même pas un coup d'œil derrière lui. « Présentement ? Oui.

— Nous avions un accord.

— Nous avons toujours un accord. » Van haussa les épaules avec une certaine nonchalance. « Vous avez le Vase, et moi, le trésor. »

Margot dut trotter pour ne pas le perdre. « Où allez-vous, alors ?

— Chercher le Vase. »

Margot saisit la manche de sa chemise pour mieux l'arrêter. « Sérieusement ? »

Van la dévisagea. « Vous avez à peine survécu au Nymphée. Vous ne ferez que me ralentir. » Sa voix était horriblement neutre. Calculée, froide. Il lui disait ça sur le ton de l'évidence.

Margot se campa sur ses pieds. « Non, je ne vous ralentirai pas. Je le jure. »

Se dégageant de son emprise, il répondit : « Vous me ralentissez littéralement, en ce moment même. »

Van se retourna, puis tira sur la poignée d'une Fiat vert menthe grande comme un petit pois, en vain. La porte ne bougea pas.

Margot fit claquer sa langue.

Il tira de nouveau, plus fort cette fois. Les deux mains agrippées à la poignée, il pesa de tout son poids. Puis il souffla, s'essuya les mains sur son pantalon… et réessaya.

« Il faut appuyer sur la commande de déverrouillage sur le porte-clés, dit Margot, qui eut pitié de lui. Êtes-vous certain de vouloir conduire ? Votre permis est périmé, non ? »

La Fiat émit une série de bips et les phares clignotèrent de façon aléatoire alors que Van appuyait sur tous les boutons à la fois. Au bout d'un moment, il trouva le bon bouton, puis ouvrit la portière. « Je n'en ai pas.

— Vous n'avez *pas* de permis ? » Margot s'arrêta, prenant conscience de la situation. « Vous m'avez volé ma Vespa et vous ne savez même pas conduire ?

— Je sais très bien conduire, se hérissa-t-il.

— Votre absence totale de papiers vous autorisant à conduire des véhicules à moteur est en total désaccord avec vos propos.

— Je vivais à Manhattan, je n'avais pas vraiment les moyens de m'offrir une Cadillac, alors je faisais tout à pied. » Il serra les clés plus fort dans son poing. « Pas besoin d'être un génie pour savoir piloter. Croyez-moi, j'ai observé Atlas un nombre incalculable de fois.

— Hors de question ! s'écria Margot en tendant la main. Donnez-moi ces clés.

— Vous ne venez pas avec moi. » Van referma la portière côté conducteur derrière lui.

En gémissant, Margot contourna la voiture et s'affala sur le siège passager. La ceinture de sécurité se fixa avec un clic.

« Bien sûr que si, je viens avec vous. »

Van se débattait avec la sienne. Il tira sur la ceinture autant qu'il était physiquement possible de le faire. S'il ne faisait pas attention, il allait s'étrangler. « Qu'est-ce que c'est que cette odieuse chose ? »

Il lâcha prise, la ceinture claqua vers l'arrière.

« C'est ce qu'on appelle une ceinture de sécurité », expliqua Margot. Van essaya d'imiter son mouvement, mais il tira trop fort, trop vite, et la ceinture se bloqua. Margot tendit la main et le guida doucement, le loquet s'emboîtant dans la boucle. « Vous ne pouvez pas le savoir, parce qu'elles n'avaient pas encore été inventées la dernière fois que vous êtes monté dans une voiture. Voilà pourquoi vous ne devriez pas prendre le volant. »

Van inséra la clé de contact. Toujours aussi têtu. Il enclencha une vitesse, puis posa la main sur l'appui-tête de Margot pour regarder par la vitre arrière.

Au lieu de reculer, la voiture avança.

« Van ! » hurla Margot.

Il freina brusquement, à deux doigts de s'encastrer dans l'immeuble voisin.

« Une seconde, dit-il. Je gère. »

Il tourna chaque bouton, tira chaque levier. Le toit ouvrant se déplia, les phares clignotèrent, les essuie-glaces glissèrent sur le pare-brise, le lave-glace aspergea le toit désormais ouvert. D'un revers de main, Margot essuya les gouttes qui lui avaient aspergé le visage.

Elle allait mourir.

« Laissez-moi conduire.

— Je peux y arriver », insista-t-il en pinçant les lèvres, le front creusé de profondes rides. Étonnamment, il parvint à sortir la voiture de sa place de parking sans heurter quoi que ce soit. La seule victime fut la poignée de maintien écrasée par la – *aaaah !* – main de Margot. Il haussa un sourcil vers elle, comme pour dire : *Vous voyez ?*

Jusqu'à ce qu'il essaie d'avancer, et que son pied gauche manque de les lancer tout droit dans les voitures roulant en sens inverse.

Margot tira sur le frein à main. Les pneus crissèrent.

Son crâne heurta l'appui-tête, et Van se tourna vers elle, les yeux écarquillés, alors qu'une voiture les dépassait en klaxonnant.

Elle détacha sa ceinture de sécurité et celle de Van. « Sortez. Tout de suite. »

Cette fois, Van s'exécuta. Ils se croisèrent dans le faisceau des phares, et Margot chassa la tension de ses épaules en s'installant sur le siège du conducteur. Elle remonta l'assise au maximum, avant d'ajuster les rétroviseurs.

« Êtes-vous sûre de vouloir... »

Margot cliqua sur le bouton de la console centrale et une diode s'alluma, faisant passer la voiture en mode sport. « J'ai survécu au trafic d'Atlanta, alors tout est possible.

— Vous êtes une vraie Alice Ramsey[10] », grommela Van.

Elle s'engagea sur la route principale, un nuage de gaz d'échappement dans leur sillage.

10. Première femme à avoir traversé les États-Unis en voiture, en 1909. (N.d.É.)

12

Pompéi disparut dans le rétroviseur. En conduisant, Margot tâcha de se concentrer sur les pointillés de la route, et non sur la façon dont les genoux de Van cognaient le tableau de bord, bien trop grand pour une voiture aussi petite.

Hier encore, elle ne le connaissait qu'en rêve. Elle avait du mal à concilier cette version grincheuse dans le siège passager avec le cœur tendre de l'auteur du journal qu'il tenait sur ses genoux.

Il parcourait les pages avec précaution – l'eau les avait déformées, le papier s'était agglutiné, désormais sec et cassant. « On y est presque. À gauche, je crois.

— Vous croyez ? » demanda Margot en baissant le volume de la radio.

Jusqu'où allaient-ils aller ? À l'horizon, toutes les lumières de la ville s'étaient éteintes. Devant eux s'étendaient plusieurs kilomètres de côte dans une vaste zone désolée, entre Herculanum et Pompéi, un désert volcanique qui n'avait jamais vraiment guéri de l'éruption. Les indications de Van les conduisirent sur un chemin de gravier parsemé de nids-de-poule qui faisaient vibrer la voiture de plus en plus, à mesure des kilomètres parcourus hors de la route principale.

Margot se gara enfin, à moitié à couvert d'un arbre aux racines noueuses. « Ici ? Vous me dites que Vénus a caché le tesson au beau milieu d'un champ ? Et c'est quoi ce gros truc tacheté, là ?

— C'était une oliveraie. » Van s'extirpa de la voiture et ses chaussures frottèrent la terre durcie, soulevant un panache de poussière – ou peut-être de cendre. « Et ce truc tacheté, c'est la Maison d'Olea. Elle abritait certains des plus riches marchands de la région, Vénus elle-même l'aurait bénie. On utilisait leur huile dans les rituels du temple. La légende dit qu'elle leur a accordé ses faveurs, prodiguant d'abondantes récoltes, veillant à ce que toutes leurs filles soient heureuses en ménage. Si vous croyez à ce genre de choses.

— Ce qui n'est pas votre cas, dit Margot.

— Pas particulièrement, non. » Il se dirigea vers le bâtiment sans rien ajouter. « Gardez la cadence, fillette. Je ne voudrais pas qu'on pense que vous me ralentissez. »

Margot fronça les sourcils, mais s'empressa de suivre son rythme effréné.

« Et pourquoi ça ?

— Pourquoi quoi ?

— Pourquoi vous ne croyez ni à la magie ni au bonheur éternel ? » Margot gardait les yeux rivés vers l'avant, effrayée par ce que son visage pouvait exprimer sans sa permission.

« Un type comme moi ne croit pas à la magie. La magie n'est pas pratique.

— Où est le plaisir, alors ? »

Van se tourna vers elle. « Je ne suis pas là pour le plaisir. »

Ils s'arrêtèrent devant un ruban d'avertissement. Enfin, techniquement, un ruban *attenzione*. Elle ne parlait peut-être pas couramment l'italien, mais les indices contextuels étaient assez évidents ici. Quel que soit cet endroit, on y interdisait l'accès depuis longtemps.

« La Maison d'Olea. » Van se glissa sous la barrière symbolique. « C'était encore un site de fouilles actif, la dernière fois que j'y suis venu. »

Maison était un terme assez vague. C'était pratiquement un centre commercial, avec différentes ailes en éventail à partir d'un hub central.

« Pourquoi avoir juste cessé... de creuser ? » s'enquit Margot en le suivant à l'intérieur.

La structure se dressait à trois, peut-être quatre mètres de haut. Le toit avait connu des jours meilleurs – des pans entiers s'ouvraient, les bardeaux d'argile jonchaient le sol un peu partout. À l'époque, l'ensemble avait dû être spectaculaire. Aujourd'hui encore, Margot en avait le souffle coupé.

Mais c'était peut-être à cause de son allergie à la poussière.

Van tourna, les conduisant dans un couloir étonnamment sinueux. Ici, les murs se croisaient selon des angles bizarres, créant des virages serrés et d'inattendus carrefours. Plus ils s'enfonçaient, plus les ruines s'assombrissaient, alors qu'un nuage effaçait la lune argentée. Une épaisse suie noire maculait les murs, rappelant la colère du Vésuve.

Un objet d'un blanc ivoire glissa sous le pied de Margot, qui avança à tâtons. Sa pizza au fromage de chèvre remonta dans son œsophage lorsqu'elle identifia l'objet : un os. Humain, sans aucun doute. Assez gros pour être un tibia, peut-être un péroné ? Elle n'avait pas encore suivi de cours d'anatomie, mais pas besoin d'un doctorat pour savoir que cet os avait jadis appartenu à quelqu'un qui lui ressemblait beaucoup.

« Pourquoi se sont-ils arrêtés ? »

Van écarta l'os d'un coup de pied, vers les restes du squelette auquel il devait se rattacher. « Celui qui est entré en dernier a obtenu ce qu'il voulait, ou s'est rendu compte qu'il ne l'obtiendrait jamais. »

Margot déglutit. Ce n'était pas vraiment la réponse espérée. « Et vous croyez que le tesson est toujours là ? »

Van s'enfonça dans les couloirs. « Il n'y a qu'une seule façon de le savoir. »

Les murs s'entremêlant, il devenait difficile de distinguer la gauche de la droite dans le faisceau de la lampe de poche empruntée par Van. Margot ne parvenait pas à trouver un passage clair – et d'ailleurs, un passage vers quoi ?

« De qui relève cette épreuve ? demanda-t-elle tandis qu'ils avançaient dans les couloirs abandonnés.

— *Aura*, répondit Van. Le gardien de l'air.

— Je ne suis pas certaine de qualifier cette maison d'aérienne, commenta Margot. Ils n'ont jamais entendu parler du concept de pièce aérée ? »

Plus ils avançaient dans la maison, plus les murs se rapprochaient. Les épaules de Van frôlaient les parois de part et d'autre, et il gardait les mains dans les poches, se faisant aussi petit que possible. Ce qui, il fallait bien l'admettre, ne fonctionnait pas très bien.

Les toiles d'araignées étouffaient les passages les plus étroits, s'agrippant aux cheveux de Margot. Elle avait beau frotter, elle ne parvenait pas à s'en débarrasser. La momification dans des soies d'araignée était certainement une horrible façon de mourir.

Un fil épais s'accrocha à sa jambe, et Margot aurait juré que l'araignée y était encore attachée.

Elle poussa un gémissement. « Cet endroit n'aurait pas la moindre chance au concours de propreté. »

Dans les profondeurs de la Maison d'Olea, quelque chose s'écrasa au sol. L'impact fit trembler toute la structure, Margot s'appuya au mur pour garder l'équilibre. Elle sentait les battements de son cœur dans son estomac, sa gorge, son crâne, comme s'il se baladait dans son corps, luttant pour se frayer un chemin vers l'extérieur.

« Vous croyez que… », commença Margot, mais Van posa le doigt sur ses lèvres pour la faire taire.

Il plaça ensuite la main sur son oreille. Margot écouta de toutes ses forces, les yeux fermés pour se concentrer sur le son de…

Rien. La maison était silencieuse. Aucune bande rivale de pilleurs de trésors les attaquant par-derrière, pas d'éruption volcanique pour leur garantir une mort imminente, pas d'araignée géante et maléfique tissant sa toile pour les manger au dîner.

« Je n'entends rien, chuchota Margot.

— C'est justement ça qu'on appelle le silence, dit Van, la mâchoire crispée. Ça arrive quand on cesse de se plaindre de tout. »

Quel con ! Margot leva les yeux au ciel. Elle garda malgré tout ses réflexions pour elle-même.

Ils s'arrêtèrent à un croisement. Du coin de l'œil, Margot vit quelque chose bouger dans l'ombre. Un autre *poum* très sourd ébranla les fondations de la maison. La peur lui transperça la poitrine, vite remplacée par une bouffée d'excitation. Ils se rapprochaient.

« Allons par là… »

Mais Van avait une autre idée. Il avait disparu au virage suivant.

« Êtes-vous sûr que c'est la bonne direction ? » demanda-t-elle en courant derrière lui.

Un muscle de la mâchoire de Van se contracta. « Oui. »

Elle jeta un coup d'œil par-dessus son épaule, mais cette fois, rien ne bougea. « J'ai cru voir quelque chose, là-bas.

— Margot, s'il vous plaît », soupira Van. La tension lui serrait les épaules. « L'un d'entre nous est un expert, l'autre est ici pour ses vacances. Laissez-moi vous guider. »

Margot serra les dents. Ses ongles s'enfoncèrent dans la peau de ses paumes. Elle dut se mordre la langue pour ne pas répliquer quelque chose qu'elle regretterait à coup sûr – Van était son ticket d'entrée pour retrouver les autres tessons du Vase. Son journal détruit, elle n'avait aucune idée de l'endroit où chercher par elle-même.

Mais quand elle tiendrait les cinq fragments du Vase dans sa main ? Alors, Van Keane entendrait ce qu'elle ressentait vraiment.

Margot perdit le compte des virages avant que leur chemin s'arrête brusquement, une dalle de pierre inerte les coupant dans leur élan. Van expira, raide, et Margot s'abstint miraculeusement de lancer un : *Je vous l'avais bien dit.*

« Par ici », grogna-t-il en revenant sur ses pas.

L'irritation de Margot remonta à la surface. Elle en avait assez de jouer les seconds rôles pour quelqu'un qui, de toute évidence, n'avait aucune idée de ce qu'il faisait. « Admettez simplement que vous ne savez pas où vous allez.

— Ce n'était qu'un détour », grommela-t-il.

Un nouveau bruit sourd retentit de l'autre côté, et Margot dépassa Van. Elle s'élança en avant, longeant les couloirs vers le bruit.

Dans cette aile, les plafonds étaient hauts comme des cathédrales. Une rafale traversa la maison, chassant les boucles de Margot de son visage.

Elle n'avait jamais rien vu de tel. Une série de cinq pendules découpaient le sanctuaire. Massifs représentants de l'ingénierie antique, les pendules étaient sculptés dans le marbre, avec des bases grandes comme des boules de démolition. Ils se balançaient selon un rythme syncopé, tous légèrement désynchronisés, pour interdire le passage du seuil voûté situé de l'autre côté. Une porte qui conduisait au tesson, Margot l'aurait parié.

Van s'approcha d'elle. « Et ça, c'est l'épreuve.

— D'accord, dit Margot. Comment on fait ? Sans se faire découper en rondelles, je veux dire. »

Le visage de Van était tout en sourcils froncés. Ses yeux pivotaient en observant l'atrium. Il scrutait, il cherchait. Comme s'il le découvrait pour la première fois.

« Vous savez comment faire, n'est-ce pas ? demanda Margot.

— Atlas a insisté pour gérer cette épreuve tout seul pendant que je montais la garde, dehors. » Il prononça ces mots dans un souffle, presque honteux. « Je n'aurais jamais dû lui faire confiance. Mais je m'en sortirai, moi aussi. »

Van souffla une fois, puis s'élança dans le labyrinthe avant que Margot puisse ajouter quoi que ce soit. Il passa sous le premier pendule, puis roula dans le passage du second. Margot tressaillit et le regarda entre ses doigts.

Le sol se déplaçait sous Van. Les bras tendus pour garder l'équilibre, il effectua une série de pas chassés, mais chaque pendule oscillait plus vite que le suivant. Van esquiva, tâchant de trouver le bon moment. Parce que si ce n'était pas le cas…

Il bondit en arrière, quelques secondes avant d'être écrasé par le pendule.

Margot observa leurs dangereux arcs, la courbe de leurs oscillations – tous, sauf un.

À première vue, on aurait dit que la charnière du premier pendule s'était coincée au sommet. Mais Margot le regarda de plus près. Sur une piste située sous la lame du pendule, une pierre roulait, grande comme un ballon de football, si polie que Margot aurait certainement été capable d'y lire l'avenir en y regardant encore plus près. Cette pierre enfonçait une tuile d'argile directement sous la lame du pendule, au sommet.

Et quand la tuile se déplaçait et basculait, la boule roulait. Elle dégringolait entre les colonnes puis, quand elle atteignait l'autre côté, elle se logeait dans un carreau identique. *Poum*. Le premier pendule se libérait, se balançait, et le second s'arrêtait.

Margot compta les battements de son cœur. Un, deux, trois et… *bascule*.

« Oh, mon Dieu. » Tout s'expliquait. « C'est comme la Caverne de Delphes ! »

Van esquiva le pendule. « La *quoi* ? »

Dans le chapitre huit des *Reliques du cœur*, Isla et Reed arrivaient séparément à la Caverne de Delphes. À ce stade du livre, ils n'étaient encore que des rivaux (pas encore amoureux), travaillant séparément avant de se décider à faire équipe. À leur entrée dans la grotte, une porte les piégeait à l'intérieur, et pour s'échapper, ils s'alliaient pour déclencher une série de réactions en chaîne, en plaçant les pierres dans le bon ordre. C'était le seul moyen de soulever la porte de bronze avant d'être enfermés sous terre avec des milliers de pythons.

Cette boule fonctionnait comme les pierres de la Caverne de Delphes. C'était un contrepoids qui déclenchait les pendules.

Margot courut jusqu'au bord du premier couloir, se plaçant dans la zone dangereuse, juste au moment où le pendule passait.

« Ne bougez pas ! s'écria-t-elle soudain. J'attraperai la boule dès qu'elle roulera vers moi. »

Le pendule retomba sur Margot, si près qu'il aurait pu lui couper quelques mèches, mais la boule roula jusqu'à elle, comme elle l'avait anticipé. Et quand elle atterrit à ses pieds, elle l'entoura de ses bras. Ou plutôt, elle essaya. Elle était plus lourde que prévu.

« Attention au... »

Le pendule heurta Margot au ventre. Elle laissa échapper un *oooooof*, lâcha la pierre... et le pendule la souleva dans les airs. Elle enroula ses bras autour de la base, cherchant désespérément à s'accrocher.

Van l'observait, un air de reproche grotesque sur le visage.

« C'était ça, votre grande idée ?

— Désolée, ce n'est que mon second rodéo ! brailla Margot. Attrapez la boule ! »

Le pendule s'éleva de plus en plus haut, jusqu'à ce qu'elle soit certaine de s'aplatir au plafond. Elle serra les bras aussi fort qu'il était humainement possible de le faire, lovant sa colonne vertébrale contre la lame du pendule, puis ferma les yeux en se rapprochant à quelques millimètres du plafond sculpté. Elle allait très certainement finir éclatée comme un insecte sur un pare-brise quand Van coinça la boule entre ses bras. La tuile se libéra, les freins tremblèrent au-dessus de Margot. Son dos racla la surface, mais le pendule se figea.

La jeune fille laissa échapper un soupir de soulagement, mais il ne dura pas. Un seul rocher ne suffisait pas. Il leur en fallait deux, sinon ils n'avaient aucune chance. Son regard parcourut la nef. Il devait y avoir quelque chose d'utilisable pour dérégler l'ensemble. Ainsi, peut-être, ils passeraient sans mourir écrabouillés.

Mais il n'y avait rien. Juste des colonnes séparant les pendules, chacune avec deux séries de tuiles d'argile qui déclenchaient les balancements.

Sauf Van.

Peut-être n'avaient-ils pas besoin de deux blocs. Mais simplement de deux personnes.

Van ramena la pierre au point de contrôle, ce qui permit à Margot de retrouver le sol. Elle sauta du pendule quand il s'abaissa, puis se précipita vers la tuile d'argile à son extrémité, et le second pendule s'arrêta en plein mouvement, créant un passage pour Van. Il tourna la tête, stupéfait.

« Les tuiles contrôlent les pendules, expliqua-t-elle. Il faut agir ensemble. L'un après l'autre, on immobilise les pendules, jusqu'à ce qu'on atteigne l'autre côté. »

Le contrepoids poli roula jusqu'aux pieds de Margot. Elle le laissa prendre place sur la tuile pendant qu'elle s'avançait. Comme dans une course de relais, Van se précipita vers l'avant alors que son pendule était figé, puis Margot s'élança à son tour, juste avant de se faire assommer par le pendule.

Une fois, deux fois, trois fois, jusqu'à ce que Margot franchisse le dernier pendule.

Van s'esclaffa, un rire vif comme un clairon. « C'était…

— Je sais, dit Margot en lui coupant la parole. Imprudent, inconscient, dangereux. »

Un sourire en coin se dessina sur les lèvres de Van. « J'allais plutôt dire "brillant", en fait. »

Une sensation pétillante se répandit dans les veines de Margot, comme si son sang se gazéifiait. Et quand elle inspira, elle eut l'impression de respirer pour la première fois. Elle joignit les mains sous son menton, puis hocha la tête, les joues roses et chaudes. « Eh bien, merci. En fait. »

Ils franchirent ensemble le seuil de la porte. La pièce évoquait davantage un placard oublié qu'une caverne au trésor défiant l'imagination la plus folle. Des étagères creusées dans les murs ébréchés s'alignaient, et seules quelques amphores en argile subsistaient. En les ouvrant, Margot se demanda si elle y trouverait de l'huile d'olive vieille de deux mille ans.

Le tesson du Vase ne pouvait se trouver qu'à un seul endroit.

Van s'approcha d'un coffre en pierre, délicatement sculpté. Un panache de poussière se souleva quand il retira le couvercle. Le mouvement déclencha un cliquetis derrière eux, les pendules se figèrent dans leur course.

Margot jeta un coup d'œil à l'intérieur du coffre, mais en lieu et place d'un fragment d'argile peint à la main par Vénus elle-même, il n'y avait rien. Absolument rien.

Le tesson n'était pas là.

Pourquoi n'était-il pas là ?

Margot s'affaissa sur elle-même. Chaque os de son corps se ramollit, écrasé par l'incrédulité. « Je doute qu'il y ait un second coffre secret caché quelque part, hein ? »

Van passa la main dans ses cheveux dorés, puis se mordit la lèvre en réfléchissant. Il continua ainsi, jusqu'à ce que sa coiffure rivalise avec celle d'Einstein. Ensuite, il se mit en marche. Il retraversa le labyrinthe des pendules, contourna les lames immobiles. Il s'engagea dans les couloirs, revint sur ses pas jusqu'à ce qu'une lumière trouble se déverse par la porte extérieure.

« Van. *Van.* » Margot l'arrêta en posant une main sur sa manche. « Qu'est-ce qui se passe, là-dedans ?

— Où ça ? » demanda-t-il, observant son environnement comme s'il était tellement plongé dans ses pensées qu'il n'avait pas remarqué qu'ils marchaient.

Margot lui donna une tape sur le front. « Là-dedans, idiot. »

Van soupira, un mouvement qui secoua tout son corps. Il fit rouler son cou, secoua les épaules, étira sa colonne vertébrale, puis, d'un seul coup, plongea les mains dans ses poches. Comme s'il venait de redémarrer son système. « Le tesson a disparu.

— De toute évidence, oui. Vos notes pourraient-elles être erronées ?

— Je ne fais pas d'erreurs, protesta-t-il en sortant son journal de sa poche et en l'agitant comme un drapeau blanc. Ce journal est très méticuleux. »

Margot grimaça. « Ce journal est aussi tellement abîmé par l'eau qu'il est pratiquement illisible. Vous avez sans doute mal lu quelque chose. »

L'obscurité gagna le regard de Van. S'il avait pu cracher du feu, Margot aurait certainement fini incinérée. Il reprit lentement, avec précaution. « Nous avons trouvé le premier tesson à l'endroit où je l'avais découvert la dernière fois. Quand les fragments ont disparu du temple de Vénus, ils ont tous dû revenir à l'endroit où ils avaient été trouvés en premier lieu.

— Sauf ici, peut-être. »

Van secoua la tête, vaincu. Il passa sous le ruban de sécurité, de retour à l'extérieur, dans le calme de la soirée. « Il est certain qu'il est aussi revenu ici. Quelqu'un a dû le prendre avant nous. »

Cette fois, ce fut au tour de Margot de relever la tête pour marquer son désaccord. « Vous croyez qu'un autre a réussi ce que nous venons de faire ? Avec cette boule, ces cris et tous ces cadavres à l'entrée ? »

Un autre soupir secoua le corps de Van. Il leva le menton vers les nuages. « Oui, je le crois. Sinon, le tesson serait encore là. »

Ils quittèrent la Maison d'Olea, sans avoir progressé d'un pouce dans leur quête du Vase.

13

Margot avait à peine eu le temps de dormir, entre leur retour à l'hôtel les mains vides et le réveil bien trop matinal de la Dre Hunt. Elle n'avait pu faire qu'un petit somme pendant le trajet en train, avant de parcourir plusieurs kilomètres à travers la ville qui s'éveillait, puis de débarquer devant le musée des Antiquités et des Archives romaines.

Une structure à couper le souffle se dressait devant elle – occupant au moins deux pâtés de maisons. Entièrement en pierre, la façade s'ornait de bas-reliefs ciselés à la main, représentant des soldats en armure, des femmes élancées et des couronnes de laurier. Des citronniers flanquaient l'entrée, mûrs comme l'été, dégageant une odeur agréable. D'imposantes colonnes de pierre calcaire sortaient de terre, soutenant un toit de tuiles d'argile, puis, au-delà, un plafond en forme de dôme.

Quand ils pénétrèrent à l'intérieur, une douce lumière jaune tourbillonnait dans le foyer, se déversant par une grande fenêtre installée en hauteur, où les rayons de soleil matinal soulignaient les grains de poussière qui dérivaient paresseusement. La Dre Hunt donna le coup d'envoi du cours. Elle conduisit la classe sous une arche de pierre, jusqu'à une salle tapissée de marbre, où des vitrines serties de plaques dorées abritaient les artefacts de civilisations passées.

Alors que ses camarades prenaient des notes, Margot aperçut leur reflet dans la vitre. Sachant qu'elle n'allait pas passer la journée collée à la parcelle D, Margot avait sorti sa robe jaune à pois, avec ses manches à capuchon. Elle se boutonnait sur le devant et s'arrondissait autour des hanches, s'arrêtant à mi-cuisse. À côté d'elle, Van avait réussi tant bien que mal à ressembler à un adolescent de ce siècle en enfilant une chemise en lin sur un T-shirt de friperie.

Les reliques évoluaient sous les reflets, les tablettes de pierre se transformaient en papyrus, les lances en épées.

« Le tesson a peut-être fini dans un musée », chuchota Margot à l'intention de Van, alors qu'ils arpentaient les couloirs silencieux.

La bouche de Van prit cet aspect désormais familier, dénué d'humour. « Et les voitures peuvent peut-être se conduire toutes seules.

— En parlant de ça... »

Suki se pencha vers eux, tapotant l'épaule de Van, à l'opposé de Margot. « Chad, tu me prêtes un stylo ? J'ai *complètement* oublié le mien. »

Van continua à fixer les vitrines sans broncher. De toute évidence, ça lui rentrait dans une oreille pour lui sortir par l'autre.

Suki sourit un peu plus. Elle lança un regard paniqué à Margot. Manifestement, elle n'avait pas l'habitude de se faire snober par ceux qu'elle convoitait.

« *Chad* », insista Margot en plantant son coude entre ses côtes.

Il sursauta. « Pardon ? Un stylo ? » Il fouilla inutilement ses poches. « Non, désolé. »

Ce qui était un parfait mensonge ; Margot savait pertinemment qu'il rangeait un stylo à encre noire dans son journal, tachant toutes les pages d'une manière qui aurait mis Astrid en

PLS. Alors que les lèvres du jeune homme se pincèrent, Margot observa son visage en quête d'indices. Soit il bluffait très bien, soit il feignait un désintérêt total, à *lui* de le dire.

Alors que Suki se repliait pour chuchoter quelque chose à Astrid, Van plissa les yeux et se tourna vers Margot. « Est-ce que j'ai de la confiture sur le visage, ou quelque chose comme ça ?

— Non », répondit Margot, trop vite. Son ventre se réchauffa au souvenir de Van en train d'étaler plusieurs couches de confiture de fraises sur ses tartines, ce matin, dans la cafétéria exiguë et tapissée de l'hôtel.

« Dans ce cas, enchaîna-t-il, pourquoi me fixez-vous ?

— Je ne vous fixe pas. » Margot fit volte-face aussi vite qu'il était humainement possible de le faire. Ce qui ne fit qu'attiser la curiosité de Van. Elle chuchota : « Vous êtes d'accord avec ça ?

— Votre regard ?

— Ce musée. L'histoire avec un grand *H*. Vous ne vous sentez pas un peu... » *Victime du mal du pays ? Largué ? Oublié ?*

« Non.

— C'est vrai, j'avais oublié. Les robots ne ressentent rien. »

Les sourcils de Van firent quelque chose de bizarre - ils s'élevèrent, puis s'abaissèrent, tout en se fronçant.

Ah oui. Les robots n'étaient probablement pas super connus dans les années 1930. Margot secoua la tête. « Peu importe. »

La Dre Hunt arrêta la classe devant une vitrine remplie d'armes antiques, et les bavardages cessèrent. Elle tapota sur son porte-bloc, balayant le groupe du regard. « Rome est certes la Ville éternelle, mais elle a bien commencé quelque part. Aujourd'hui, votre tâche consiste à analyser sa fondation, puis son évolution jusqu'à l'époque de Pompéi. Ça vous aidera, vous et votre binôme, à comprendre les objets que vous pourriez trouver pendant vos fouilles. »

Margot jeta un coup d'œil vers Astrid, qui marmonnait quelque chose à Topher derrière sa main, mais son regard glacial la visait directement. Elle éprouva une sensation visqueuse dans l'estomac.

Grandir dans une ville où chacun se connaît implique que tout le monde vous connaisse en retour. Margot avait tout fait pour devenir quelqu'un d'autre, juste pour cesser d'être cette fille dont les parents avaient divorcé, abandonnée par sa mère qui avait quitté la ville.

Son transfert à Radcliffe était censé lui permettre de se retrouver. D'étudier de nouvelles choses – l'archéologie, la cryptologie, il y avait tant d'options à essayer –, et de découvrir ce qu'elle aimait sans se donner en spectacle devant une bande de gamins qui l'avaient regardée se réinventer encore et encore, sans jamais parvenir à comprendre qui elle était vraiment.

Astrid, elle, semblait bien décidée à faire en sorte que cela ne se produise jamais.

La Dre Hunt ajouta : « Je vais vous distribuer une feuille de travail, vous me la rendrez à la fin de l'après-midi. »

Les étudiants poussèrent un gémissement unanime. Margot aussi. C'était une perte de temps.

Elle ferma les yeux, espérant qu'en les rouvrant, elle serait une autre version d'elle-même. Une version qui ne se cognerait pas la tête sur la vitrine si elle devait écouter Astrid se vanter du père du père du père de son père pendant tout l'après-midi.

« Allons-y », fit Astrid en éloignant Margot de Van, avant de lui coller la feuille de travail entre les mains. Ou plutôt, plusieurs feuilles agrafées. Pas seulement une feuille de travail, donc, mais un exercice complet. « Pas question de te laisser foutre en l'air ce devoir commun. »

Margot recula. « Qu'est-ce que ça veut dire ?

— Ne fais pas ta maligne, rétorqua Astrid. Tu n'as quasiment rien fait de tout le week-end. Je savais que j'avais raison.

— À propos de *quoi*, Astrid ? » Les épaules de Margot se nouèrent sous l'effet de la tension.

« Ta présence ici. Tu gâches tout.

— C'est quoi, ton problème avec moi ? » répliqua Margot. Elle sentit ses émotions affleurer, prêtes à lui échapper. Et même si elle tentait de se contrôler, ça ne produirait qu'un affreux désordre inextricable. « Aux dernières nouvelles, je ne crois pas avoir commis le moindre crime contre toi. Je n'ai pas copié ton projet de physique, je n'ai pas piégé ta chambre, je ne t'ai pas accusée d'avoir bourré les urnes pour remporter le titre de reine du bal de fin d'année, l'hiver dernier. »

Le regard d'Astrid était si ardent qu'il aurait fait fondre l'acier. Le jury ne s'était pas encore prononcé sur la *façon* dont Astrid avait gagné sa couronne. Mais là n'était pas la question.

Margot leva les mains, l'air innocent. « Je le répète. Je ne t'accuse pas. Alors, j'aimerais bien savoir pourquoi chaque fois que tu m'adresses la parole, on a l'impression que quelqu'un vient de te glisser une grenouille dans le pantalon. »

Astrid replaça ses mèches derrière son oreille. « Oh, je ne sais pas. Peut-être parce que chaque fois qu'on est censées bosser ensemble, tu as soudain une urgence qui t'empêche de faire ta part du travail. »

Margot riposta : « J'ai largement fait ma part de...

— J'avais planifié tout l'été pour pouvoir avancer dans mes demandes d'inscription à l'université. Pasha Manikas et moi, on allait...

— Arrête avec Pasha Manikas ! s'exclama Margot, un peu trop vite et un peu trop fort. Désolée de ne pas être aussi bien qu'elle, désolée que tu sois coincée avec moi.

— J'espère bien que tu es désolée. » Astrid saisit la perche au vol. « Si tu n'étais pas si occupée à chercher ce Vase débile, tu apprendrais peut-être un ou deux trucs sur l'archéologie.

— Ce n'est *pas* un Vase débile », fulmina Margot. Ses mains se resserrèrent sur les bretelles de son sac à dos, comme s'il s'agissait d'un parachute, d'une bouée de sauvetage. Elle avait réussi à trouver Van, à sécuriser les deux premiers fragments du Vase. « Les gens le cherchent depuis des siècles.

— Exactement. Mon arrière-grand-père était l'un d'eux, d'ailleurs. Tu ne crois pas qu'on l'aurait déjà trouvé, depuis tout ce temps, s'il avait vraiment existé ?

— Je savais que tu ne tiendrais pas deux secondes sans mentionner ta chère famille. » La gorge de Margot se serra, elle savait qu'il ne fallait pas dire ce qu'elle s'apprêtait à dire, mais elle ne pouvait plus s'arrêter, désormais. « Ça ne te gêne pas de n'avoir jamais rien accompli par toi-même ? »

Les narines d'Astrid se dilatèrent. Margot avait touché un point sensible. « Parce que *toi*, tu as fait mieux ? Tu as triché pour avoir le droit de venir, et tu veux me faire croire que c'est *moi* qui n'ai pas ma place ici ? Pitié. »

Margot serra les dents si fort qu'elle crut les briser. « Je n'ai pas triché. »

Sortant son téléphone de sa poche, Astrid minauda : « Hé, Siri. Donne-moi la définition de *tricher*. »

La voix guindée de l'IA répondit : « Tricher. Verbe du premier groupe qui signifie obtenir un avantage injuste en contournant les règles. »

Astrid haussa un sourcil, triomphante. « Tu peux dire tout ce que tu veux de moi, mais tu ne seras jamais la moitié de l'archéologue que je suis. »

Chaudes et lourdes, les larmes envahirent les yeux de Margot. Le visage d'Astrid se brouilla. Margot ouvrit la bouche pour répliquer, mais ce ne fut pas sa voix qu'elle entendit.

« Ça fait beaucoup de paroles en l'air pour quelqu'un qui n'a rien à montrer », intervint Van en prenant place aux côtés de Margot. Il avait dû les entendre se disputer, à l'autre bout du couloir. « Mais qu'attendre d'autre de la part d'une Ashby ? L'héritage familial, ça ne suffit pas. »

Le rouge monta aux joues d'Astrid. « Sache que je suis lauréate du Prix Pline Junior.

— Toutes mes félicitations pour ces magnifiques résultats scolaires. » Chaque mot était juste, précis. La seule chose qui trahissait la colère de Van, c'était une petite lueur dans ses yeux. « Nous verrons si cela t'aide à trouver quelque chose qui vaille la peine qu'on s'en souvienne.

— Moi, au moins, j'ai étudié », piailla Astrid. Ses yeux pivotèrent vers Margot. « Contrairement à certains, ici. »

Margot passa le dos de la main sur sa joue. Elle en ressortit mouillée. Pas question de rester ici et de se tourner en ridicule. Elle quitta précipitamment la salle d'exposition.

La voix d'Astrid la poursuivit. « Et voilà ! Fuis, comme tu le fais toujours ! »

Ce qu'elle fit. Elle s'affala sur le premier banc de pierre qu'elle trouva, la tête sur les genoux, les bras sur la nuque comme un bouclier. Elle perçut vaguement Van s'asseoir à côté d'elle. L'étoffe de son T-shirt trop grand lui effleura la peau.

Une fois les larmes venues, elles ne s'arrêtèrent plus. Margot n'avait aucun moyen de les ravaler, de les retenir. Elles déferlèrent sur elle comme un tsunami sur le rivage.

Van ne dit rien pendant qu'elle pleurait. Mais il ne bougea pas non plus. Il ne recula pas devant la tempête.

Le dos de sa main était si près de la sienne qu'elle se figea, craignant qu'il ne sente ses tremblements – l'adrénaline, l'angoisse, la crainte de ne jamais *être* assez. Il exerçait sur elle une attraction incertaine, comme le courant d'un océan sans fin qui pouvait soit la guider vers la terre ferme, soit la perdre en mer. Elle ne savait pas où elle allait, mais le souvenir de ses mots l'appelait, comme un phare dans la brume. *J'allais plutôt dire « brillant », en fait.*

Un rire amer s'échappa d'elle. « Franchement, je me demande parfois ce que je suis venue faire ici, si tout le monde me déteste autant. »

Van posa ses coudes sur ses cuisses, les doigts entremêlés. Il fixait le sol poli, et non Margot. « Vous savez exactement pourquoi vous êtes ici, et personne ne vous déteste. »

Avait-il participé à une conversation complètement différente, là-bas ? Margot émit un bruit confus en guise de protestation.

« Astrid préférerait se jeter dans une fosse aux serpents plutôt que de travailler sur un projet avec moi. La Dre Hunt regrette certainement de m'avoir fait venir. Quant à mon père... »

Elle ne lui avait pas parlé depuis leur dernier coup de fil. Juste un emoji pouce levé quand il lui avait demandé si elle avait reçu son itinéraire de vol. Que pouvait-elle dire ?

Van se gratta la cuticule du pouce. « Il y a beaucoup moins de gens qui vous détestent que de gens qui me détestent. Croyez-moi. Je ne suis pas... toujours très agréable. C'est du moins ce qu'on m'a dit.

— Eh bien... tous ceux qui vous détestaient sont morts.

— Merci de me le rappeler. »

Margot grimaça. « Je ne... pardon.

— Ce n'est pas grave. » Il l'observa du coin de l'œil. « C'est vrai. Ils m'ont probablement haï jusqu'à leur dernier souffle.

— Et ça..., hésita-t-elle. Je ne sais pas... ça ne vous dérange pas ? »

Van hocha la tête, un geste sans engagement. « Il y a pire dans la vie que de ne pas être aimé, dit-il. Les gens en tirent leurs propres conclusions. Ce qu'ils pensent de moi en dit généralement plus sur eux que sur moi. »

Elle aurait voulu être d'accord, sans parvenir à s'y résoudre. *Peut-être,* pensa-t-elle en se mordant la joue pour ne rien dire à voix haute, *que je veux juste qu'*il *m'aime bien.* Parce qu'elle voulait que tout le monde l'apprécie.

Van n'avait pas besoin de l'approbation des autres, mais d'une manière ou d'une autre, il parvenait toujours à l'obtenir. Il avait ce côté grincheux et irritable qui lui allait bien. Il était Van Keane, après tout.

Margot se détourna, honteuse de ce qu'il découvrirait s'il replongeait son regard dans le bleu de ses yeux.

Elle remarqua enfin où elle s'était réfugiée – et soudain, en resta sans voix.

Chaque mur était entièrement tapissé de rouleaux, de parchemins délicats étalés d'une main sûre, de tablettes en pierre et en granit ébréché, tachés d'encre. Des appliques protégeaient de petites lampes allumées, parsemant les étagères d'orbes de lumière orange.

Des statues plus ou moins délabrées se dressaient sur des piédestaux lisses comme des pièces de M. Patate – des abdominaux sans tête, le crâne chauve d'un empereur stoïque, une femme coupée en deux par le milieu : un demi-sourire, une demi-robe, un demi-cœur. Au fond de la salle, un légionnaire romain se tenait debout, la main sur un glaive, la tête inclinée sous un casque. Ce n'était pas une réplique exacte des gardiens, mais ça y ressemblait suffisamment pour glacer le sang de Margot.

« Cette pièce me donne la chair de poule, dit-elle en frissonnant.

— Rien ici ne peut nous atteindre », répondit Van, d'une voix calme.

Elle frissonna de nouveau. « Vous ne trouvez pas que cette statue ressemble trop à...

— Non. Margot, nous sommes en sécurité. »

Puis, le soldat redressa la tête. La pierre crissa quand il dégaina son épée.

14

« Est-ce encore l'une des épreuves ? demanda Margot, la bouche sèche.

— Non, certainement pas, souffla Van à côté d'elle. Je vous jure que ce n'est même pas l'un des gardiens. »

Quelque chose disait à Margot que cette statue prenait vie pour la première fois, et elle espérait que ce serait la dernière. Le légionnaire testa ses jambes d'un pas hésitant, ses pieds étaient lourds comme des enclumes. Chacun de ses mouvements générait des fissures dans le sol carrelé. En quelques coups de poignet rapides, il maîtrisa son arme.

Margot déglutit avec difficulté. Si son passage chez les scouts lui avait appris quelque chose, c'était d'éviter les mouvements brusques à proximité d'un prédateur. « Mais vous savez comment l'arrêter, n'est-ce pas ?

— Pas encore. » Van restait d'une immobilité surnaturelle. À l'exception de ses yeux. Margot savait qu'il évaluait leurs possibilités – les issues de secours et les facteurs de risque, la probabilité d'une mort imminente et d'un démembrement. Elle aurait aimé voir ce qu'il voyait, penser comme il pensait.

Tout ce qu'elle voyait, c'était une pièce remplie de fragiles reliques et d'objets inestimables. Elle ne pensait qu'aux ennuis qui l'attendaient si elle détruisait ce musée, à la sensation de panique qui lui obstruait la gorge.

« Van...

— Je réfléchis. »

Malheureusement, le soldat n'était pas la seule statue à avoir décidé de prendre vie. Le torse sans tête bascula de son piédestal – et la tête solitaire cligna des yeux, une grimace dessinée sur ses traits de marbre.

« Réfléchissez plus vite », le pressa Margot tandis que le soldat s'avançait. La pointe de sa lame testa l'espace qui les séparait, prête à frapper.

Le torse roula jusqu'aux pieds de Van, qui lui balança un coup de pied entre ses côtes de pierre. « J'essaie. »

La femme gauchère agita son unique main, leur faisant signe de s'enfuir.

Margot ne se le fit pas dire deux fois. Elle s'élança dans l'embrasure de la porte. Le soldat tourna la tête dans sa direction. Elle sentit son regard artificiel se planter dans son dos. Van la suivit à toute vitesse, et le légionnaire n'était pas loin derrière, avec ses pas qu'ils sentaient autant qu'ils les entendaient.

« Pourquoi s'est-il animé ? » haleta Margot tandis que les objets exposés se succédaient les uns aux autres. Frises et amphores d'argile, peintures encadrées d'or, textiles à motifs. Le musée s'enroulait littéralement autour d'eux, labyrinthe d'étagères abritant des fragments d'histoire, tous soigneusement préservés. « Et pourquoi nous en veut-il tant ? »

Van s'autorisa un coup d'œil derrière lui. « Quand vous êtes entrée dans le temple, vous m'avez ranimé. Je n'étais peut-être pas le seul.

— Donc, c'est ma faute ? aboya Margot.

— Tout ce que je dis, c'est que je n'avais guère l'habitude de me faire poursuivre par des statues aux intentions meurtrières avant de vous rencontrer. » Van dérapa au coin de la pièce suivante, où les vitrines d'expositions se rétrécissaient, réduisant la largeur du couloir.

Des ampoules incandescentes nues pendaient du plafond. L'une d'entre elles osa vaciller. Comme pour faire monter en flèche le pouls de Margot. Elle avait perdu le compte des virages qu'ils avaient négociés à toute vitesse – gauche, droite, droite encore, gauche trois fois. Tant de zigs et de zags que sa tête tournait.

La statue les poursuivait tel un Tyrannosaurus Rex affamé. Ses pas monstrueux ébranlaient Margot, la secouant de la tête aux pieds. Elle jeta un coup d'œil derrière elle... et percuta le dos de Van – dont chaque muscle exsudait la frustration.

« Pourquoi on s'arrête ? souffla-t-elle.

— Cul-de-sac. »

Le cœur de Margot menaça de s'arrêter complètement. « Dites-moi que vous avez soudainement retrouvé votre sens de l'humour. Un sens de l'humour assez nul et désopilant. »

Elle jeta un coup d'œil derrière les épaules de Van. Non, ce n'était pas une blague. Un petit panneau jaune était fixé au centre d'une porte métallique grillagée. Margot était prête à parier qu'il indiquait quelque chose comme « Accès réservé aux employés » ou « Interdit aux Margot ».

Une femme blanche avec une tresse frisottée de cheveux grisonnants referma la grille derrière elle, dont le claquement brisa le silence. Du bras, elle tenait l'équivalent de plusieurs mois de recherches – des papiers, des journaux en désordre empilés sur un registre aussi épais que l'avant-bras de Margot. Elle se servit de son autre main pour verrouiller la grille avec une clé en fer.

« Excusez-moi ! » lança Margot.

La femme jeta un coup d'œil à Van et à Margot, émettant une sorte de *tsss*. « L'accès est réservé aux conservateurs et aux chercheurs.

— Nous sommes des chercheurs, justement », répondit Margot d'un ton léger.

La femme les toisa. « Vraiment ?

— Oui, nous effectuons des recherches sur le Vase de... »

Van renversa sans ménagement le tas de papiers que la femme tenait. Les feuilles virevoltèrent et s'éparpillèrent sur le parquet. Un son strident sorti de la bouche de la femme, et Van profita de sa stupeur pour s'emparer de la clé dans sa paume, l'introduire dans la serrure et ouvrir la porte.

« Il est désolé », s'excusa Margot au nom de Van.

Van ajouta d'un ton plat : « Non, je ne le suis pas. »

Il claqua la porte.

Quand le légionnaire s'engouffra dans le couloir, l'archiviste ouvrait la bouche pour appeler la sécurité. Il n'en sortit qu'un cri.

En trois grandes enjambées, la statue avala la distance qui la séparait de la section réservée. La femme s'écarta de son chemin en rampant, mais le soldat n'avait d'yeux que pour Margot et Van. Cette pensée n'était guère réconfortante, car il arracha la porte de ses gonds.

Margot recula, collée à la poitrine de Van, ses pieds mêlés aux siens. « Il faut qu'on décolle. »

Van lui saisit le bras et l'entraîna avec lui. Il courait désormais, et les jambes de Margot faisaient tout ce qu'elles pouvaient pour le suivre. Cette partie du musée abritait d'imposantes étagères en pin débordant de bronzes patinés et de livres reliés. Des archives.

« À l'avenir, évitez d'annoncer à n'importe qui que nous sommes à la recherche de l'une des reliques les plus convoitées au monde, d'accord ? » lança Van en évoquant la phrase inachevée de Margot.

Sa main s'attarda pourtant sur le bras de la jeune fille, un contact qui lui réchauffa la peau. Purement pratique, cette main, bien entendu. Van n'arrêtait pas d'entraîner Margot à droite et à gauche, le long d'étagères diverses, si bien que la sensation de ses doigts sur son avant-bras n'avait rien de très séduisant. Le fait que Van se concentre sur leur fuite dans ces couloirs étroits la soulageait beaucoup. Il n'avait pas le temps de remarquer son visage tout rouge.

« Et s'il y avait quelque chose, là-dedans ? dit-elle soudain, desserrant l'étreinte du jeune homme sur son bras. Concernant le Vase, je veux dire. Qui expliquerait pourquoi le tesson n'était pas à la Maison d'Olea. »

Ce n'était vraiment pas le moment de ralentir, et Van le savait. « Et qu'espérez-vous trouver ? Une carte au trésor ?

— N'importe quoi. Ce sera toujours mieux que ce dont on dispose maintenant, c'est-à-dire rien. » Le sol tremblait à chaque pas de la statue qui se rapprochait.

Margot saisit Van par la manche et l'entraîna vers la porte la plus proche, qu'elle ferma à clé derrière eux. Avec un peu de chance, le légionnaire continuerait tout droit.

Ici, les étagères étaient plus denses, les dossiers plus épais. Dans l'étroite fente séparant les étagères, là où les ombres remplissaient chaque recoin, où l'odeur des pages jaunies était si forte que Margot pouvait presque la goûter, les épaules de Van se recroquevillèrent sur elles-mêmes comme la tranche d'un livre de poche bien usé pour éviter de faire tomber les livres des rayonnages.

« Réfléchissez, Van. » Margot posa les mains sur ses avant-bras et se hissa sur la pointe des pieds. « Il doit bien y avoir quelque chose qui pourrait nous aider à retrouver ce tesson. Il y a au moins un million de documents, ici. L'un d'entre eux pourrait être un… un certificat, un registre, je ne sais pas, un… »

Van expira par le nez. S'il n'était pas si irritable, Margot aurait presque pris ça pour un rire. « Les chasseurs de trésors ne sont pas très à cheval sur la paperasse. On ne trouvera pas de… Minute. Attendez. »

Margot patienta, le temps que les rouages tournent dans la tête de Van.

« Les registres d'acquisition, murmura-t-il d'un ton à peine audible. Tout à l'heure, vous disiez que le tesson avait peut-être fini dans un musée. Si c'est le cas, c'est documenté quelque part.

— Où ça ? »

Van leva les mains autour d'eux. Des textes archivés et divers artefacts emplissaient chaque centimètre de cette section. Plus loin, les étagères contenaient des livres, certes, mais pratiquement aucun d'entre eux n'était étiqueté.

Margot haussa un sourcil. « Ma question est toujours d'actualité.

— Par là, dit-il. Nous cherchons des documents, pas des reliques. »

Naviguer dans les couloirs relevait de l'exploit, mais Margot parvint à se tortiller sans rien faire tomber des étroits rayonnages. Derrière elle, Van avançait en crabe. À présent, son souffle était si proche qu'elle en sentait la chaleur dans son cou.

Margot attrapa un livre au hasard, enveloppé dans du plastique. Quelqu'un avait inscrit un code indéchiffrable sur l'emballage – ou peut-être s'agissait-il d'un numéro d'appel. Elle regretta vaguement de ne pas avoir suivi le cours de catalogage de la bibliothèque, le trimestre dernier, quand elle en avait eu l'occasion.

En déballant le livre, elle s'aperçut qu'il était plus fragile qu'elle ne l'avait imaginé. La reliure était effilochée, le dos fendu. À l'intérieur, des feuillets plastiques protégeaient un parchemin en lambeaux, parsemé de caractères latins.

En se penchant par-dessus son épaule, Van commenta : « Trop vieux. Ce que nous cherchons remonte au siècle dernier. »

Ils se faufilèrent entre les piles de dossiers, s'enfonçant de plus en plus dans les archives. Quelque chose se brisa derrière eux, le bruit d'une porte verrouillée qui cède. Margot ferma les yeux. Le légionnaire. Ils n'avaient plus beaucoup de temps.

Van plongea la main dans l'étagère du dessous, d'où il tira toute une brassée de livres à la tranche épaisse, reliés en lin blanc. « Cherchez tout ce qui concerne Pompéi. »

Il en passa quelques-uns à Margot, puis ils s'empressèrent de feuilleter les documents – des lignes de texte claires et bien ordonnées, même si Margot devait plisser les yeux pour les lire. Dès qu'elle remisait un livre, Van lui en tendait un autre.

En feuilletant les pages, Margot entrevit des aperçus du passé – quelques expéditions remontaient à l'époque de Van, un couple d'archéologues allemands, un Britannique, deux patronymes suédois. Et tous grattaient la terre, tâchant de récolter ce que Van avait semé.

Un nom revenait plusieurs fois. Atlas Exploration Company.

« Atlas avait monté sa propre société ? » demanda Margot.

Van émit un bruit à mi-chemin entre le soupir et le grognement. « Et il a toujours fait en sorte que tout le monde s'en souvienne. »

Margot fit glisser son index sur la page. Il y avait bien trop d'échanges pour tous les compter. L'Atlas Exploration Company envoyait sa cargaison au Museo Storico Navale di Venezia, à la Galleria dell'Accademia di Firenze, ainsi qu'à un bon millier d'autres musées à travers toute l'Italie. L'effroi creusa le ventre de la jeune fille. Jamais ils n'auraient le temps de tout vérifier.

« Les transactions cessent l'année même de votre disparition », dit-elle en posant son ongle peint sur la dernière entrée.

Van acquiesça. « La mort d'un membre de l'expédition n'a jamais très bonne presse, je suppose. Sa famille a probablement gelé son financement et l'a forcé à rentrer chez lui. »

Margot se pencha sur la dernière vente. Une idée suivait le fil de ses pensées. « Vous dites que c'est Atlas qui a réussi l'épreuve d'*Aura*, c'est bien ça ? Il aurait donc su où chercher le tesson après la réinitialisation du Vase.

— Et il ne l'aurait pas vendu », lâcha Van. Vif, tendu. « Je connais Atlas. Il aurait veillé à ce que personne d'autre ne découvre le Vase.

— C'était peut-être une façon de le mettre à l'abri. » Les pensées de Margot tournaient si vite qu'elle avait du mal à les suivre. « Réfléchissez. Le seul moyen de reconstituer le Vase, c'est d'avoir les cinq tessons. Seuls, ils ressemblent à n'importe quel fragment de poterie. Atlas n'a pas pu récupérer les autres, mais tant qu'il manquait celui-ci, personne d'autre ne pouvait reconstituer l'ensemble. »

Quelques rayons plus loin, une étagère entière de documents s'effondra.

Les articulations de Margot se mirent à trembler. Le légionnaire apparut, frappant les étagères de la garde de son épée. Chaque étagère pulvérisée le rapprochait d'eux.

Margot retint son souffle, sans même cligner des yeux, au cas où l'un de ses mouvements trahirait leur médiocre cachette. Elle comprit soudain ce qu'éprouvaient les biches devant les phares d'une voiture. La terreur lui vrilla l'échine, zébrant son système nerveux central et donnant tous les signes d'une imminente crise de panique.

Van arracha la page du grand livre, la plia, puis la glissa dans sa poche. Le bruit attira l'attention du légionnaire. « Il est temps d'y aller. »

Immédiatement, la main de Van retrouva celle de Margot. Cette fois, leurs doigts se mêlèrent et il la hissa entre les rayons. Le soldat les suivit à toute vitesse. L'une de ses immenses mains saisit le côté d'une étagère en acajou, la faisant basculer comme si elle ne pesait rien. Les livres se répandirent, les couvertures rigides s'étalèrent, les pages volèrent en tous sens alors que le meuble heurtait l'étagère voisine. Celle-ci fit tomber la suivante, puis celle d'après, comme des dominos.

La puissance du saccage secoua Margot jusqu'aux os. Fermement agrippée à la main de Van, elle s'élança vers l'avant. Autour d'eux, les livres tombaient en cascade, alors que les étagères chancelaient de tous les côtés.

Margot et Van coururent de toutes leurs forces, jusqu'à ce que le musée les expulse par une porte et qu'ils atterrissent en tas sur le sol d'une salle d'exposition, cernés de marbres étincelants et de vitrines immaculées, comme si une statue animée n'essayait pas de les tuer.

Van se redressa à toute vitesse, mais Margot se déplaçait trop lentement. Le chemin de destruction du légionnaire l'avait amené trop près, trop vite. Sa main de pierre saisit Margot à la gorge et la souleva dans les airs. Elle n'eut même pas le temps de crier.

Son emprise se resserra, et la jeune fille tenta de s'y soustraire. Mais elle n'était pas assez forte pour briser le marbre à mains nues, et toutes ses ruades ne ralentirent en rien la pression constante des phalanges sur sa trachée. Au contraire, la statue serra même plus fort. Comme si elle était encore plus agacée. Les statues pouvaient-elles seulement s'agacer ? Sa vision se brouilla. Et dans ce brouillard, elle vit Van analyser la situation. Son regard se posa sur son sac à dos – là où les tessons se trouvaient –, puis sur elle, pris dans un scénario impossible à résoudre. Si elle en avait eu le souffle, elle aurait hurlé de rage – Van évaluant ses options, comme si Margot n'était que ça : une option.

Puis, comme poussé par une force invisible, il se mit en mouvement.

L'espace d'une seconde, il disparut. Il y eut un fracas – une vitrine, sans doute –, puis le hurlement strident d'une alarme. Des lumières rouges clignotèrent dans la pièce, une voix italienne automatisée résonna par des haut-parleurs invisibles.

Mauvais, ça. Très, très mauvais. Mille fois mauvais.

Van réapparut au milieu des taches noires qui obscurcissaient la vue de Margot. Il tenait une lance médiévale à la lame rouillée. Après l'avoir brandie au-dessus de sa tête, il la planta dans le biceps de la statue, transperçant la pierre.

La poigne du légionnaire se relâcha. Margot s'effondra au sol, le souffle court, les yeux piquants et la gorge irritée.

Alors que Margot bafouillait, Van croisa le fer avec le soldat. Ses talents d'épéiste avaient besoin d'une petite remise à niveau, mais il parvint à le désarmer – l'épée de marbre s'écrasa sur le carrelage. Cela ne dissuada guère la statue. Elle frappa Van à coups de poing dans les côtes, sur les épaules. Le jeune homme trébucha en arrière, grimaçant sous les coups.

Margot se mit à quatre pattes, à moitié évanouie. Elle ne voulait pas voir Van se faire réduire en bouillie, pas plus qu'elle ne voulait qu'on l'arrête pour destruction de biens culturels. Même si ce bien-là avait un sérieux problème avec eux.

Dans les recoins de sa vision, une légion de gardes en uniforme – des hommes de chair et de sang, ce qui était à peine mieux – apparut dans le couloir. *Oh non.* Peut-être était-ce dû au manque d'oxygène, mais ils parurent se multiplier.

« Dépêchez-vous ! coassa-t-elle à l'intention de Van, malgré sa gorge à vif qui la râpait à chaque syllabe. Je retiens la sécurité ! »

Margot ramassa son sac à dos et rampa sur le sol. Ses poumons gémirent en signe de protestation, mais ça ne l'empêcha pas de récupérer l'épée de la statue. Elle la souleva à deux mains, la pointe raclant le carrelage. L'arme faisait au moins la moitié de son poids.

Au bout du couloir, les gardes crièrent quelque chose, mais ce qu'ils disaient n'avait aucune importance. Hors de question qu'elle les laisse entrer ici maintenant.

Les doubles portes cintrées étaient bloquées en position ouverte par une petite butée – Margot la dégagea d'un coup de pied côté gauche. Elle fit de même côté droit, et quand les deux portes se refermèrent, elle coinça l'épée entre les deux poignées. Voilà qui les retiendrait un peu.

Elle pivota sur elle-même, juste à temps pour voir la lance de Van trancher le cou de la statue. À moitié. Elle se bloqua au milieu, en quelque sorte. Van y mit tout son poids, et la lame termina le travail. La tête du soldat se détacha de ses épaules. Elle faillit s'écraser sur le carrelage, mais Van se jeta en avant et la rattrapa dans ses bras comme un ballon de basket.

« Oh, mon Dieu ! » s'écria Margot. Enthousiasmée, secouée par l'adrénaline... et horrifiée par les conséquences de leurs actes. La statue sans tête recula, puis retrouva son immobilité.

« Oh, mon *Dieu*. Qui a sculpté ça ? »

Van jeta un coup d'œil à la plaque dorée qui ornait la statue. « Euh... Michelangelo.

— Nous sommes condamnés. *Condamnés*. Qu'est-ce qu'on fait ? » Les agents de sécurité frappèrent du poing contre les portes verrouillées. Les charnières claquaient comme des serpents énervés.

« Tenez, dit Van en se redressant. Aidez-moi à remettre ça à sa place. »

Les bras de Margot tremblèrent, déposant la tête de la statue sur son cou épais tandis que Van maintenait son torse. C'était tout à fait crédible. Tant que personne n'y regardait de trop près. Ou que personne ne se demandait ce que fichait une statue de légionnaire à moitié nue au milieu d'une galerie d'armes médiévales.

Les gardes firent irruption par la porte, hurlant frénétiquement un flot de paroles en italien. Margot afficha un sourire nerveux bien trop grand, et dans le mouvement, sa main glissa. La tête de la statue retomba sur le sol.

15

Astrid affichait un sourire suffisant quand les agents de sécurité escortèrent Margot et Van vers le reste de la classe. « Beau travail, Rhodes. Tu as réussi à verrouiller tout le musée.

— Pas maintenant », dit Margot d'un ton ferme. Van devait avoir déteint sur elle.

Pendant que les gardes discutaient avec la Dre Hunt dans un italien rapide, sans doute pour lui indiquer dans quel cachot ils les conduiraient, Van et Margot se penchèrent sur la page arrachée au dossier. Leurs joues étaient si proches qu'elle sentait la chaleur qui émanait de lui. Son cœur battait fort dans sa poitrine, mais elle mit cela sur le compte de l'adrénaline résiduelle.

Margot sortit un surligneur jaune des profondeurs de son sac à dos – ils avaient déjà détruit les biens inestimables du musée, un peu de coordination des couleurs ne tuerait personne. Elle ajouta une traînée de néon sur les occurrences liées à l'Atlas Exploration Company. Sept, au total.

« Tu savais que tu n'étais pas dans la bonne aile du musée pour trouver les réponses concernant notre fiche de travail ? demanda Astrid en pointant le nez dans leur espace personnel.

— J'ai dit *pas maintenant,* Astrid, répondit Margot avec raideur. Tu vois bien qu'on est occupés, là. » Elle s'écarta du regard indiscret d'Astrid.

Cette dernière serra les poings. « Occupés à quoi ? Au travail que nous sommes censées terminer ? Dans le cas contraire, ça attendra. »

Margot l'ignora. Du doigt, elle parcourut la colonne des dates. La première transaction avait eu lieu début juillet, quelques semaines après la disparition de Van, et la dernière fin septembre. Trois mois sans Van pour qu'Atlas retrouve le tesson et le vende. Margot posa le doigt sur le premier musée.

« Quel genre d'exposition y a-t-il ici ? demanda-t-elle à Van.

— Je ressemble à une encyclopédie ? » Il souffla par le nez, frustré. « Vous ne pouvez pas demander à votre lampe de poche, ou quelque chose comme ça ?

— Ma lampe de... ? » Oh. Margot sortit son téléphone de sa poche arrière. Elle chercha sur Google Museo Storico Navale di Venezia, et le site web afficha un dossier numérisé de leurs collections, mais quand Margot examina leurs poteries, rien ne ressemblait à l'un des tessons. Il s'agissait surtout d'instruments de marine et d'artefacts découverts sur des lieux de naufrages.

Suki s'approcha d'eux rapidement. Quand elle vit Van, ses yeux s'écarquillèrent autant qu'une des soucoupes à thé de Mlle Pénélope. Le légionnaire lui avait fendu la lèvre, des traînées rouges lui salissaient les fossettes. « Ça va, Chad ?

— Très bien, oui », grogna-t-il sans établir de contact visuel. Il se concentrait uniquement sur le registre, s'imprégnant de chaque ligne comme s'il cherchait à déchiffrer un code secret.

« Je ne suis pas idiote, protesta Suki. Tu n'as pas l'air bien du tout. »

Le sang de Margot se glaça quand elle constata qu'en plus des agents de sécurité, la Dre Hunt discutait maintenant avec un homme vêtu d'un costume coûteux, sans doute le plus cher que Margot ait jamais vu. Le conservateur, peut-être. Il lui restait quelques heures avant son vol, et se faire arrêter ne faisait pas vraiment partie de sa liste de choses à faire, cet été. Elle se concentra, tâchant de lire sur les lèvres de la Dre Hunt, sans grand succès, sauf si cette dernière parlait *vraiment* de rats taupiers nus mangeant du guacamole.

La Dre Hunt fit ses adieux aux agents de sécurité, puis se dirigea vers eux d'un pas traînant. Une mèche égarée lui retomba sur les yeux, elle la chassa derrière son oreille. Son expression n'avait rien d'agacé. Elle paraissait presque... inquiète.

« Margot, Chad, fit-elle en s'approchant d'eux. Le musée vous présente ses excuses. »

Impossible.

Dans le ventre de Margot, les sables mouvants qui menaçaient de l'engloutir tout entière exigeaient leur dû. Elle était censée se faire sermonner sur sa bêtise, son irresponsabilité, son incapacité à contrôler ses émotions.

La mâchoire d'Astrid s'enfonça à moitié dans le sol. « Vous plaisantez.

— Pourquoi plaisanterais-je ? » demanda la Dre Hunt. Toute légèreté dans sa voix s'était tarie. « Margot et Chad auraient pu être sérieusement blessés, avec cette statue dans un tel état de délabrement. Ils vont vérifier l'intégrité structurelle de toutes les pièces de la galerie, afin que personne ne coure le moindre risque. »

La Dre Hunt s'apprêtait à partir, mais Astrid l'arrêta. « C'est tout ? Margot a *cassé* une statue de Michelangelo.

— Non, répondit la Dre Hunt. Le conservateur en chef m'a assuré que la statue du *Félix* devait être remise en état et qu'elle n'aurait jamais dû être exposée. »

Un frisson parcourut Margot. Elle essaya d'imaginer la situation d'un point de vue extérieur : la tête du soldat avait basculé à cause d'une fissure invisible dans le marbre, avant de s'écraser sur la vitrine qui abritait la lance. Elle n'avait repéré aucune caméra de sécurité, et personne ne croirait cette chercheuse terrorisée qui avait vu la statue bouger.

Pour ce que l'on en savait, Margot et Van s'étaient simplement trouvés au mauvais endroit au mauvais moment.

« Merci, docteure Hunt, fit Margot. Quelques égratignures, mais tout va bien.

— Elle n'avait rien à faire là de toute façon », insista Astrid. Elle croisa les bras sur sa poitrine, comme un bouclier. « Elle était censée m'aider pour ce travail commun. J'aimerais changer de binôme. »

Suki se mit sur la pointe des pieds, puis se pencha sur l'épaule de Van.

« Oooh, si on change de binôme, je pourrais peut-être... »

La Dre Hunt la coupa dans son élan. Ses mots tranchèrent définitivement la question, telle une faucille. « D'accord, Astrid. Vous voulez un nouveau binôme ? Vous travaillerez avec M. Vanderson le reste de l'après-midi. »

Le visage d'Astrid se teinta d'une nuance de désespoir que Margot aurait cru réservée aux âmes destinées à traverser le Styx. « Non.

— Si. » La Dre Hunt hocha la tête. De l'ongle, elle tapota son fidèle porte-bloc. Qu'avait-elle encore à y accrocher ? « Margot, vous pouvez vous mettre avec Suki. Je change vos binômes, mais seulement aujourd'hui. Demain, je veux que vous trouviez un moyen de travailler ensemble, toutes les deux. Compris, mademoiselle Ashby ?

— Compris », dit Astrid, mais sa réponse fut discrète.

La Dre Hunt frappa dans ses mains, sans lâcher son porte-bloc : « Au travail, maintenant ! » La main de Van effleura le bras de Margot, glissant quelque chose dans sa paume. Tous les nerfs de son corps passèrent en code rouge. Elle chassa les papillons qui lui picotaient le ventre et déploya ses doigts. La feuille du registre.

Il hocha la tête juste une fois, et Margot sut que cela signifiait qu'il fallait continuer à chercher.

Le public d'indiscrets qu'ils avaient rassemblé retourna à ses feuilles de travail. À l'exception de Suki, qui suivit Van des yeux de l'autre côté de l'exposition. C'était limite effrayant.

« Arrête ça, s'agaça Margot en agitant la main devant les yeux de Suki.

— D'accord, d'accord. » Suki avait arrangé ses cheveux en une longue tresse et jouait avec l'extrémité. « Je ne comprends pas pourquoi Chad ne veut pas de moi comme binôme.

— Il préfère travailler seul, répondit Margot, voilà tout. »

À la décharge de Suki, Van dégageait un charme magnétique, un vrai soleil autour duquel tout orbitait. Alors qu'elles longeaient les vitrines d'expositions, Suki notant les réponses sur sa feuille de travail et Margot cherchant frénétiquement des musées, cette dernière ne put s'empêcher de remarquer la proximité de Van.

Elle se promit de tout faire pour se concentrer, mais la connexion ramait beaucoup trop.

Et, oui, Margot éprouva peut-être un petit pincement de jalousie quand elle vit Astrid faire face à Van et lui murmurer quelque chose que lui seul put entendre. Raide comme un piquet, le jeune homme fixait sa nouvelle partenaire avec une expression que Margot ne lui avait jamais vue auparavant.

Il se passa la main dans les cheveux, dont les mèches dorées scintillèrent dans la douce lumière du musée. L'estomac de Margot se noua comme un bretzel mou. Le regard de Van traversa la galerie et se posa sur Margot, qui tourna la tête si vite qu'elle manqua de propulser Suki contre une vitrine.

« Désolée », dit-elle en rougissant, malgré son air absent.

Suki jeta un coup d'œil au téléphone de Margot. « Sur quoi tu travailles ? Encore une fanfiction des *Reliques du cœur* ? »

Tel un porc-épic, les épines métaphoriques de Margot se dressèrent. « Je ne suis pas... »

Suki sourit, et Margot vit que c'était sincère « C'est plutôt cool. Ma mère adore ce livre. Je suis presque sûre qu'elle possède tous les bouquins de Catherine Avery Hannigan. »

Margot s'adoucit. « La mienne aussi. Ça a toujours été son préféré. Mais sinon, non, je... J'essaie de trouver un musée, mais Google doute de son existence, apparemment. »

Suki fronça les sourcils « Un musée secret ? Fais-moi voir ça. »

Margot posa la page déchirée sur la vitre et pointa le dernier nom sur la liste, la Galleria Bianchi. Sa recherche aboutit, mais la fenêtre grouillait de sites de spam pour une boutique à Tokyo. Pas le moindre musée italien.

« Je connais, j'y suis déjà allée », dit Suki.

— *Vraiment ?* »

Suki rejeta la tête en arrière. « Oui, c'est délirant. Tu ne trouveras rien sur Internet. C'est un marché clandestin, en gros. D'antiquités. Ma mère et moi sommes venues à Rome l'été dernier, pour un grand salon. J'ai rencontré une fille, Fernanda. C'est elle qui m'a fait entrer.

— Je peux la rencontrer moi aussi ? demanda Margot. Pas pour un date, hein. Même si je suis sûre qu'elle est charmante. Il faut que j'aille voir ce musée.

— Eh bien… ce n'est pas exactement…

— S'il te plaît, s'il te plaît, s'il te plaît. » Margot n'avait pas l'habitude de supplier. Plus maintenant. Elle était prête à tout, désormais. « Je te serai sérieusement redevable. »

Suki hocha la tête, un sourire sournois sur les lèvres. « D'accord, bon, voilà ce que tu vas faire. »

Pendant que le reste de la classe terminait l'exercice demandé, Margot et Van visitaient le magasin de lingerie le plus rose du monde. Le visage de Van était assorti au soutien-gorge fuchsia porté par le mannequin. Tout débordait de dentelle et de satin, de strings et de bustiers.

« Vous êtes sûre qu'on est au bon endroit ? » La voix de Van était pincée. Il gratta l'encolure de sa chemise, mal à l'aise, laissant une traînée rouge sur sa clavicule.

« C'est bien ici. »

Les instructions de Suki étaient claires. Une fois devant l'auvent rayé rose et rouge de Mia Bella, il fallait se rendre à la caisse et demander Fernanda. Ce à quoi Margot ne s'attendait pas, c'était l'immédiate mortification de Van devant quelques fioritures et rubans. Il tripotait la chaîne en or de la boussole qu'il gardait perpétuellement autour du cou, l'ouvrait d'un clic, vérifiait leur orientation, puis la remettait sous sa chemise. Un tic nerveux.

Derrière Margot, Van tenait un bouquet de violettes et de lys. Suki lui avait juré que c'étaient les préférées de Fernanda, et lui passer un peu la pommade ne pouvait pas faire de mal, puisqu'apparemment Suki ne l'avait jamais rappelée (« relation longue distance, avait-elle dit, tu sais ce que c'est », même si Margot ne le savait absolument pas).

« Laissez-moi parler », souffla Margot en passant le bras dans celui de Van, avant de l'entraîner dans les profondeurs du magasin. Van garda la tête basse, comme si le fait d'apercevoir un peu de lingerie risquait de l'incinérer instantanément.

Un homme se tenait derrière le bureau, presque enterré derrière trois douzaines de flacons de parfum en verre noir. Il avait coincé un téléphone filaire en forme de lèvres roses entre son menton barbu et une épaulette éblouissante. Prenant conscience de leur présence, il leur adressa un signe de tête complice, puis leur indiqua l'autre côté de la salle d'exposition. Margot pivota, suivant la ligne de son bras, jusqu'à un présentoir d'ensembles assortis pour elle et pour lui.

« Pas ça », dit Margot, ignorant ostensiblement le rougissement qui lui montait aux joues. À côté d'elle, Van se raidit, totalement mortifié. Margot était à peu près certaine que si elle ne lui avait pas tenu fermement le bras, il se serait évanoui sur-le-champ. « Nous voulons parler à Fernanda. »

L'employé appuya sa paume sur le combiné et cria son nom, vers l'arrière-boutique.

Fernanda apparut à l'angle. Ses cheveux tressés d'un bleu éclatant lui ceinturaient la tête, ornés d'une pince papillon. Avec ses grands yeux bruns, sa peau très bronzée et son nez retroussé, elle aurait pu sortir tout droit du Nymphée. « *Ciao, come va ?*

— Bonjour, dit Margot, nous cherchons la Galleria Bianchi… »

Fernanda lui fourra une paire de mi-bas dans la bouche pour étouffer sa phrase. Elle se pencha vers le comptoir, les yeux rivés sur son collègue, désormais plongé dans une discussion animée concernant la *biancheria intima*. D'un murmure sec, elle dit : « Ne la mentionnez pas à voix haute. »

Margot cracha les mi-bas et baissa la voix. « C'est Suki Takeda qui nous envoie.

— Ah, Suki. » Fernanda retint la dernière syllabe.

En réponse, Margot enfonça son coude dans les côtes de Van.

Il tendit le bouquet entre eux. « Et ça. »

Un court instant, Fernanda ne réagit pas. Elle se contenta de regarder le bouquet serré trop fort dans la main de Van. Puis, enfin, elle s'empara des fleurs et les porta à son nez. Ses traits se durcirent. « Dites-lui que je la remercie.

— C'est tout ? souffla Margot. Et l'autre… » Fernanda la regarda d'un œil aiguisé. « L'autre chose ?

— Je ne sais ni qui vous êtes ni pourquoi vous êtes ici. » Fernanda huma de nouveau le bouquet. « Que cherchez-vous exactement ? »

Ah oui, OK. D'accord, Suki l'avait prévenue.

Margot se racla la gorge. « Il nous faudrait deux paires de mi-bas blanc albâtre, avec le monogramme *AOA*. »

Fernanda afficha un sourire étincelant. « Fabuleux ! Par ici ! »

Elle contourna le comptoir, puis les guida vers la réserve. Van jeta un coup d'œil à Margot, l'air incrédule, et cette dernière ne put qu'espérer qu'elle ne finirait pas *vraiment* avec deux paires de bas. Fernanda les conduisit derrière une tapisserie en mousseline au fond du magasin, dans un agréable couloir aux pierres apparentes. Une porte se trouvait de chaque côté – l'une étiquetée, l'autre non.

« Enzo ! » cria Fernanda en frappant trois fois sur la porte anonyme de la paume de la main. Elle n'attendit pas qu'on lui ouvre. Après avoir salué Margot et Van qui tenait toujours son bouquet, elle disparut entre les rayons de déshabillés.

« Je n'arrive pas à croire que ça ait fonctionné », dit Van. Son visage reprit lentement sa teinte habituelle, ses sourcils retrouvant leur sillon irrité. « Les filles apprécient vraiment ce genre de choses ?

— Les fleurs ? demanda Margot. En général, oui. »

Peu convaincu, Van émit une sorte de grognement. « Pourquoi ? Elles meurent.

— C'est un geste attentionné, expliqua-t-elle. Les gens aiment qu'on pense à eux, non ? »

Van dansa d'un pied sur l'autre pendant qu'ils attendaient. « Et qu'est-ce qu'elles aiment d'autre ? »

Margot haussa les épaules, tâchant désespérément d'avoir l'air nonchalante malgré la façon dont son pouls s'emballait de façon très *chalante*, justement. « Oh, et bien, les pique-niques, les petits cadeaux, les lettres manuscrites. Les petits gestes romantiques.

— *Sto arrivando !* » fit une voix, derrière l'épaisse porte.

Elle s'ouvrit d'un coup ; Margot fit un bond en arrière pour éviter de se faire écraser.

Quelle que soit la personne que Margot s'attendait à voir, ce n'était pas un garçon comme Van, à peu près du même âge et de la même taille – dans les 18 ans, tout sauf un vieillard. Sa peau avait l'éclat de bronze de ceux qui passent leurs après-midi au soleil, mais ses cheveux étaient si noirs qu'ils paraissaient presque bleus. Le jeune homme portait un sweat à capuche noir, frappé d'un globe terrestre incliné sur son axe, entouré d'un ruban. Il croisa les bras.

Margot sentit que Van se raidissait à côté d'elle. Presque protecteur. C'était sans doute son imagination.

Un chapelet de mots italiens jaillit de la bouche d'Enzo. Le connaissant, Van les comprenait sans doute parfaitement, mais Margot ne put que ciller, comme si elle tentait de résoudre un problème de maths compliqué.

« Américains, dit enfin Enzo, comme si ça expliquait tout. Permettez-moi de reposer la question : si vous voulez rencontrer l'amour, où le cherchez-vous ? »

Les instructions de Suki s'arrêtaient là. Chaque jour, le videur proposait une nouvelle énigme. Si on répondait correctement, on accédait aussitôt à la galerie d'antiquités la plus exclusive au monde. Mauvaise réponse ? Margot et Van finiraient sur le trottoir, sans même avoir le temps de dire *marinara*.

« Hum… », bafouilla Margot. Elle aurait vraiment dû suivre l'un des cours de la Dre Hunt, l'année dernière. Toutes les pensées intelligentes qui l'occupaient habituellement avaient soudain décidé de prendre une année sabbatique.

À côté d'elle, Van répondit : « On ne le cherche pas. »

Margot pivota vers lui, les mains moites. Ils n'avaient qu'une seule chance. Et il n'envisageait même pas de la consulter ?

Devant le regard courroucé de la jeune fille, Van s'agita, mal à l'aise. « Il a dit *rencontrer* l'amour. Pas *trouver*. Je suppose qu'il parle de Cupidon, le dieu romain de l'amour. Il est fiancé à Psyché, mais se cache dans l'obscurité toutes les nuits parce qu'il ne veut pas être aimé pour son apparence ou sa réputation. Il ne veut pas être vu, mais connu. »

Quelque chose d'indéfinissable se tordit dans la poitrine de Margot.

Van se concentra de nouveau sur Enzo. « Alors, où chercher l'amour ? On ne le cherche pas. Il vient à nous. »

Il y avait à peu près un milliard de chances sur cent qu'on leur claque la porte au nez. Margot grimaçait d'avance, ses espoirs flétris comme un bouquet de fleurs acheté au supermarché une semaine plus tôt.

Mais rien. À la place, Enzo s'écarta, puis leur ouvrit la porte en grand. « *Benvenuto.* »

16

La Galleria Bianchi était le manicotti farci des marchés d'antiquités.

L'air était chargé d'une épaisse poussière moisie. Les stands empilés les uns sur les autres s'alourdissaient de reliques. Des tas de bibelots et de curiosités diverses s'entassaient dans des vitrines en verre semblables à celles que Margot avait vues dans un rayon de parfums chez Dillard's, et l'ensemble s'élevait bien au-dessus de leur tête. Des monticules de caisses penchaient dangereusement. Margot ne pouvait qu'imaginer les trésors qu'elles contenaient.

Quelques visages se tournèrent brièvement vers eux, à l'entrée. Des vendeurs, comprit Margot. Un homme équipé d'une loupe de bijoutier fronça les sourcils en la dévisageant. Quelque chose qui ressemblait beaucoup à de la peur lui tordit les tripes – Suki avait parlé d'un marché clandestin, s'agissait-il de recel ? Margot se hissa sur la pointe des pieds, sans parvenir à voir la fin des étals. Ce marché occupait sans doute l'ensemble de la devanture du magasin de lingerie, à l'abri des regards indiscrets. Des bannières triangulaires flottaient au plafond, alternant leurs couleurs avec le logo estampillé sur le sweat d'Enzo. Où Margot avait-elle déjà vu ce logo ? Van se glissa derrière elle, si près qu'elle sentit sa poitrine dans son dos. Enzo referma la porte derrière eux, le verrou émit un petit clic.

« Bienvenue à la Galleria Bianchi », lança l'Italien en se tournant vers eux. Son regard se posa sur Margot, la réchauffant comme si on l'avait mise au micro-ondes. « Je peux vous faire une visite guidée.

— Non, merci », s'emporta Van. Il voulut s'éloigner, mais Enzo l'arrêta en plaçant la main sur sa poitrine. Margot sentit quasiment la tension artérielle de Van monter en flèche.

« C'est seulement vingt euros », dit Enzo. Un sourire narquois se dessina sur sa bouche. « Chacun.

— Et sans la visite, intervint Margot. Combien ?

— Toujours vingt euros.

— Pour ça ? » demanda Van. Il passa le doigt sur le dessus d'une vitrine, désormais noir de poussière.

Enzo haussa les épaules, mais les choses étaient claires : soit on paye, soit on s'en va.

Margot fouilla dans ses poches. Son budget pourboire ne lui permettait guère d'accepter ce genre d'extorsion minable. Mais si le tesson était là, ils n'avaient pas d'autre choix. Elle déplia pathétiquement la liasse de billets froissée avant de la tendre à Enzo, détail qui fit tressaillir la lèvre de Van.

« *Grazie, bella.* » Enzo s'écarta enfin.

Ils avaient à peine dépassé le premier étalage – où quelques pièces de monnaie encroûtées de terre portaient une version usée par les ans du visage de Jules César – que Van grommelait : « *Grazie, bella.* Pour qui se prend-il ?

— Un employé qui fait son travail, peut-être ? » Margot examina une fresque incroyablement bien conservée dissimulée derrière une pile de caisses. Une petite étiquette rouge était collée à côté. En plissant les yeux, elle demanda : « Ça dit bien dix-huit *millions* d'euros ? »

Van s'avança d'un pas. « Nous ne sommes pas là pour ça.

— Désolée de vous l'apprendre, l'avertit Margot à voix basse, mais si ce qu'on veut coûte dix-huit millions d'euros, on n'a aucune chance. »

Van ne ralentit pas. Margot avait à peine le temps d'apprécier leur environnement – les lames rouillées des épées, les bords en lambeaux des parchemins oubliés. « Si ce qu'on cherche est toujours là, on ne l'achètera pas.

— Qu'est-ce que vous voulez dire par… Oh, mon Dieu ! Vous comptez le voler. » Margot baissa la voix, tâchant de ne pas attirer le regard des vendeurs. Son cœur se déchaînait dans sa poitrine, frappant au mauvais endroit. « Impossible. On ne s'en sortira jamais. »

Van s'arrêta si brusquement que Margot le dépassa d'un bon mètre, perdue dans ses pensées tourbillonnantes. Elle dut revenir sur ses pas ; là où il se tenait debout, les pieds plantés comme deux antiques chênes sur le carrelage en damier. À première vue, il était totalement dépourvu d'expression, mais Margot avait appris à lire les lignes topographiques de son visage.

La façon dont son front se plissait et ses yeux se rétrécissaient. Concentré, déterminé.

La façon dont ses lèvres se pinçaient. Réfléchi, prudent.

La façon dont les taches de rousseur de ses pommettes s'élevaient avec l'inclinaison de sa tête.

Margot déglutit bruyamment. La prise de conscience lui pesa sur l'estomac, comme des pépites d'or dans le tamis d'un prospecteur.

S'ils dénichaient le tesson, ils *devaient* le voler.

Ce n'était pas négociable. Quel autre choix avaient-ils ? L'avion de Margot décollerait dans quelques heures. Bientôt, elle ferait la queue pour passer la sécurité, avant d'embarquer pour le vol de nuit vers la Géorgie. La seule idée de voir la déception dans les yeux de son père la frappait en plein cœur, aussi durement que l'une des flèches des gardiens : *Tu es vraiment comme ta mère, parfois.*

Sa mère, qui faisait tout pour romantiser sa vie, constamment à la recherche de la prochaine grande chose qui lui arriverait. Sa mère, qui abandonnait toujours quand ça devenait difficile. Sa mère qui les avait quittés.

Margot avait toujours su que c'était vrai. Sa mère et elle partageaient plus que certains traits de caractère. Les mêmes boucles brunes qui se teintaient d'or au soleil d'été. Les mêmes rides sur le nez quand elles riaient trop fort. Le même grand sourire, tout en gencives et en dents, le même puits de larmes qui semblait ne jamais se tarir, et le même caractère, comme s'il n'existait pas de juste milieu. Soit très fort, soit très souple, jamais d'entre-deux.

« D'accord, s'entendit-elle dire à Van. Montrez-moi comment. »

Van s'approcha d'elle. Les pointes de ses chaussures effleurèrent ses baskets. Un nouvel air illuminait ses traits, que Margot ne reconnaissait pas, des yeux aussi vifs que l'émeraude. « Vous voulez devenir une pickpocket ? »

Margot se redressa, les épaules contractées. Elle tendit le cou vers lui. Une soudaine envie de le défier lui électrisa la peau. « Vous ne me croyez pas capable d'y arriver ? C'est tout à fait dans mes cordes.

— Je dois admettre que j'ai une ou deux réserves. »

Margot haussa un sourcil.

« Vous n'êtes pas du genre subtil. » Van baissa la tête jusqu'à ce que sa voix ne soit plus qu'un murmure dans son oreille. Cela lui donna la chair de poule. Soudain, Margot n'était plus très sûre d'avoir *la moindre* subtilité en elle.

« Mais si.

— Certainement pas, mais je n'ai pas dit que c'était une mauvaise chose. Il faut savoir s'en servir. » Ses lèvres se tordirent et Margot en eut le souffle coupé. Sa main parcourut le flanc de Margot, ses doigts effleurant à peine le creux de sa taille. La trace de son contact s'attarda sur la poche arrière de son jean, si délicate qu'elle était certaine de l'avoir imaginée.

Tout doucement, elle demanda : « Qu'est-ce que vous faites ?

— Je vous apprends à voler, n'est-ce pas ce que vous vouliez ? » Margot acquiesça, réduite au silence, et il ajouta : « Alors, qu'en pensez-vous ? » Margot vérifia sa poche : un simple bout de papier. Non, un ticket de caisse. De la friperie où ils avaient acheté des vêtements. « C'est littéralement un déchet. »

La bouche de Van tressaillit, il réprima un rictus. « Je parlais de votre nouveau bracelet. »

Quand Margot baissa les paupières, une rangée de perles de jade luisait à son poignet. Chaque gemme était sertie dans une toile blanche et dorée. Les pierres brillaient du même vert que les iris de Van. Non qu'elle ait prêté *beaucoup* d'attention à ses yeux. Mais si elle l'avait fait, alors oui, elle aurait remarqué la similitude.

« Comment avez-vous… » Margot jeta un coup d'œil vers l'étalage à côté d'eux. Le dos tourné, le vendeur tripotait le contenu d'une boîte. Une boîte qui contenait – elle s'en rendit vite compte – des bracelets similaires. Elle n'avait même pas remarqué que Van en avait dérobé un sur le comptoir, avant de le glisser à son poignet. « *Van.* »

Ses épaules se soulevèrent innocemment. « Van, quoi ?

— Cela ne fait pas partie de la mission. » Margot reposa le bracelet sur le comptoir avant que le vendeur puisse l'accuser de vol.

« Vous venez *juste* de m'expliquer que les filles aimaient ce genre de choses. » Une ride confuse se creusa entre ses sourcils, puis disparut aussi vite qu'elle était apparue. Il s'empara du bracelet sur le comptoir et le lui remit de force dans la main. « Tant pis. Vous ne pouvez pas le remettre en place. Ça ne fonctionne pas comme ça. Et ne soyez pas si transparente.

— En quoi ce bracelet est-il censé m'aider ? » rétorqua Margot avec trop d'empressement. Une bien médiocre tentative d'écraser la chose palpitante qui s'installait dans son ventre.

« C'est la première règle du vol, dit-il avec désinvolture. La fausse piste. Il faut qu'ils regardent ailleurs. Ensuite, on fait ce qu'on a à faire. »

Margot passa les doigts sur la surface froide des perles. « Laissez-moi deviner : il n'y a pas de seconde règle.

— Si, la seconde règle, c'est de ne pas se faire prendre. »

Le téléphone de Margot sonna dans sa poche, mais elle l'ignora. Le bruit l'avait malgré tout fait sursauter comme le coup de feu sur la ligne de départ. Sans doute la notification de son vol.

Alors qu'ils se dirigeaient vers une autre allée, Margot fut saisie par l'appréhension. Le tesson était là depuis près d'un siècle. Il avait eu cent fois le temps d'être acheté. Rien ne garantissait sa présence ici.

Il leur faudrait fouiller cet endroit de fond en comble, et Margot n'avait pas vraiment le temps.

« Il faut se séparer, proposa-t-elle. On ne le trouvera jamais comme ça. »

Van hésita. « Si vous trouvez le tesson…

— Je me débrouillerai. Je ne suis pas en sucre. » Margot campa sur ses positions. « À moins qu'il existe une troisième règle que vous avez omis de m'apprendre.

— Non, répondit Van en enfonçant les mains dans ses poches. J'allais dire que si vous trouvez le tesson, mais que nous ne sommes pas ensemble, donnez le signal.

— Et le signal, c'est ?

— Vous inventerez bien quelque chose, j'en suis sûr. »

Sur ce, Van se dirigea vers une rangée de figurines et de meubles, et Margot choisit un couloir où les peintures néoclassiques cédaient la place à des œuvres d'art de la Renaissance – sans doute pas des originaux. Quoi que. Elle suivit tout un flot d'autres acheteurs – des femmes savamment coiffées, en tailleur impeccable, des hommes en costume sur mesure. Margot se sentit soudain très mal habillée.

Elle dépassa un étalage de miroirs aux cadres ornés, aux poignées longues et fines. La vendeuse, une femme au regard perçant, avec une incisive en or, déclara : « Celui-ci appartenait à Hélène de Troie. J'ai entendu dire que les dieux l'avaient enchanté pour faire d'elle la plus belle femme du monde.

— C'est vrai ? » demanda Margot en revenant vers le comptoir.

La vendeuse lui tendit le miroir, dont Margot saisit la poignée d'argent. Elle jeta un coup d'œil à son reflet, puis s'appliqua une nouvelle couche de rouge, retouchant le bord de ses lèvres avec son petit doigt. Pas mal, que le miroir soit enchanté ou non.

« Vous savez, reprit Margot, je cherche quelque chose qui, selon la rumeur, serait béni des dieux, Vénus en particulier.

— C'est vrai ? » l'imita la vendeuse. Elle lui tourna le dos pour fouiller dans un tas de caisses.

Pendant qu'elle attendait, Margot jeta un dernier coup d'œil dans le miroir d'Hélène, et son estomac se noua. Enzo se tenait derrière elle. Pas *tout* près, mais suffisamment pour qu'elle se demande pourquoi il avait abandonné son poste pour jouer les Joe Goldberg.

La vendeuse revint au comptoir avec une poignée de boîtes.

La première contenait assez d'or pour faire honte à Midas. Elle haussa un sourcil, mais Margot secoua la tête. La boîte suivante était tout aussi décevante : une collection d'anneaux en bronze. Puis elle ouvrit un coffre de poteries ébréchées, nichées sur un lit de velours. Ce n'était pas une simple collection d'assiettes et de pots cassés. Margot se mordit la joue pour ne pas tressaillir.

Le tesson.

Noir et constellé d'or. Là, dans la boîte. Une minuscule étiquette indiquait quatre cent cinquante mille euros, ce qui, sans atteindre les dix-huit millions, obligerait Margot à faire des heures supplémentaires au café jusqu'à la fin de sa vie de mortelle.

À la grande surprise de Margot, la vendeuse produisit un autre fragment d'argile. Un morceau noir et rouge, avec lequel Margot n'avait aucun lien émotionnel. « Celui-ci appartenait à Vénus elle-même. »

Margot acquiesça, faisant au moins semblant de croire cette femme. Mais la vérité – le véritable tesson – se trouvait à quelques centimètres de ses doigts.

Il faut qu'ils regardent ailleurs. Les mots de Van ricochèrent dans la tête de Margot, mais il n'y avait nulle part où regarder.

Enzo se déplaça en périphérie, toujours un peu plus près, et l'œil impitoyable de la vendeuse se planta directement dans l'âme de Margot.

Elle ne pouvait peut-être pas les faire regarder ailleurs, mais elle pouvait faire en sorte qu'ils l'observent, elle. Elle reporta son attention sur Enzo, faisant comme si c'était quelqu'un d'autre. Quelqu'un de plus blond. De plus grincheux.

« Marie, l'interpella Enzo en s'approchant de la table, prenez votre pause. Je vous couvre. »

La vendeuse sourit, ses dents en or scintillèrent. « *Grazie*, Enzo. »

Alors qu'elle épaulait un sac à main tissé, puis quittait son étal, Enzo posa la main sur la vitrine en se tournant vers Margot. « Vous avez trouvé quelque chose d'intéressant ? »

Margot le fixa avec intensité, refusant de jeter un coup d'œil vers le noir et l'or du tesson. « Marie me montrait quelques poteries.

— Je ne vous avais jamais vue ici auparavant », dit Enzo. Elle n'arrivait pas à décider s'il flirtait avec elle ou s'il la menaçait.

Margot tenta un sourire détaché. « Je suis ici pour un voyage scolaire.

— Et combien de temps restez-vous à Rome ? » demanda-t-il. Ses yeux brillaient autant de malice que d'intrigue.

En se retournant, Margot se concentra sur un fragment de poterie sans rapport avec le tesson, dans une tentative maladroite de mettre Enzo sur une fausse piste. « Encore quelques heures. »

Il fit claquer sa langue. « Quelques heures, c'est si court. Cette ville recèle tant de secrets. Comment avez-vous entendu parler de la Galleria Bianchi ? » Margot devait bien admettre que ce nom sonnait bien mieux avec l'italien d'Enzo qu'avec son accent traînant du sud ou le tic cosmopolite de Van. Même si elle avait quand même l'impression qu'il l'interrogeait.

« Une amie d'amie », répondit Margot. Ce qui n'était pas un mensonge, même si son rythme cardiaque s'accéléra comme si c'était bel et bien le cas. Elle devait trouver un moyen de le distraire pour s'emparer du tesson.

« Enzo Bianchi, dit-il en lui tendant la main.

— Bianchi », répéta Margot. Sa paume était chaude, contre la sienne. « Comme les *Bianchi* de la Galleria Bianchi.

— En personne. » Il retira sa main, puis pianota sur la vitrine. « Je connais cette galerie sur le bout des doigts. Si vous avez des questions, posez-les-moi. Je suis votre homme. »

Les pensées de Margot tournaient comme si une machine à barbe à papa avait remplacé son cerveau. Comment parviendrait-elle – *avec* le tesson, bien sûr – à se soustraire à Enzo qui la couvait de ses grands yeux bruns ? Du doigt, elle désigna le fragment d'argile que Marie lui avait montré. « Est-ce que ça avait *vraiment* sa place sur la table de la cuisine des dieux ? »

Narquois, Enzo lui sourit. « C'est ce qu'affirme la légende.

— Et celle-ci, c'est quoi ? » demanda-t-elle délicatement, en priant pour conserver un air innocent. Jouer les demoiselles en détresse lui attirerait peut-être les faveurs d'Enzo. Si l'on se fiait à son regard brillant, elle pouvait faire grimper les enchères.

« Ceci, dit-il en sortant le tesson du Vase, est une chose que peu de gens connaissent. »

Il la scruta. L'estomac de Margot se retourna.

Le sourire d'Enzo revint aussi vite qu'il avait disparu. « Mais les initiés savent que ça vaut la peine d'être protégé. »

D'un geste rapide, la main d'Enzo s'enroula autour du manche d'une épée toute proche, qu'il ôta de son fourreau. La lame d'argent, brisée à son extrémité, avait un tranchant rugueux. Enzo l'agita entre Margot et le tesson. Elle rentra le ventre, esquivant la pointe ébréchée.

Tous les neurones de son cerveau s'activèrent aussitôt. Elle avait trois choses en tête : trouver une arme, s'emparer du tesson et partir d'ici.

Margot tressaillit quand Enzo brandit sa lame – toujours très menaçante, même s'il s'agissait d'une moitié d'épée. Comptait-il sérieusement l'attaquer ? Ici, en public ?

Comme s'il lisait dans ses pensées, Enzo grogna. Les autres vendeurs lui jetèrent à peine un coup d'œil.

De toute évidence, les prévisions météo du jour n'étaient pas très bonnes. Passages nuageux, risques de finir embroché.

L'autre main d'Enzo – celle avec laquelle il n'essayait pas de la hacher menu – tenait fermement le tesson. Si fermement que ses jointures blanchissaient, et Margot devinait que le bord irrégulier du fragment se gravait dans sa paume.

Soudain, elle s'empara du faux tesson sur le présentoir, manquant de peu l'élan de la lame. D'une manière ou d'une autre, peut-être parviendrait-elle à les échanger. Si elle ne finissait pas en kebab.

Scrutant son environnement immédiat, elle chercha une solution, n'importe laquelle.

Il y avait un sac en cuir et les pièces d'argent qui l'accompagnaient, une pile de livres, sans doute en latin et certainement maudits, ainsi qu'une marmite en fer rouillée. D'accord, aucun doute, la marmite.

Margot plongea pour saisir l'anse, alors qu'Enzo s'élançait vers l'avant. L'épée frappa le vieux métal. Un glapissement de surprise – à la fois de triomphe et de peur – déchira la gorge de la jeune fille.

Enzo réitéra son geste. « Votre partenaire n'est pas là pour vous sauver. »

Margot frappa l'avant-bras d'Enzo avec le bord de son bouclier de fortune, et sa main s'ouvrit instinctivement. Le tesson s'écrasa sur le sol. « Heureusement pour vous, j'ai pris option réflexologie avec mon cours d'éducation physique. »

Margot n'attendit pas sa réponse. Elle plongea au sol, brandissant la marmite au-dessus de sa tête alors qu'Enzo la frappait de nouveau, puis ramassa le tesson. Toujours protégée par l'ustensile de cuisine, elle le fourra dans sa poche arrière, tout en serrant le leurre dans son poing.

Enzo saisit l'ourlet de sa chemise, et Margot se tortilla. Le leurre lui échappa des doigts, s'envolant dans les airs. Enzo recula, tendit la main vers l'argile, puis l'attrapa comme un joueur de baseball de la Major League. Alors qu'il savourait sa prise, Margot abandonna sa marmite et se glissa entre les jambes d'Enzo.

Elle courut le long des étals, en tournant la tête en tous sens, cherchant désespérément à repérer Van. Un signal. Il lui fallait trouver un signal.

« Attendez ! cria Enzo. Au voleur ! »

D'accord, elle avait raté son coup. Il s'était rendu compte qu'il avait le faux.

Les étals se brouillèrent alors que Margot accélérait. Elle sauta par-dessus un présentoir, plongea sous un portant à vêtements, à moitié emmêlée dans une tunique. De l'autre côté, il y avait un étalage avec un assortiment d'instruments de musique – Margot en reconnut certains, d'autres non. Comme le trombone, posé sur son pied.

Ça ferait l'affaire.

La bouche pincée, concentrée pour se souvenir de ses deux semaines de cours de fanfare, Margot souffla dans le bec de l'instrument. Il ne se passa rien, si ce n'est qu'un vendeur lui accorda son attention et cria quelque chose que Margot ne comprit pas.

Au second essai, le trombone poussa un gémissement cuivré.

Mais Enzo apparut à l'angle de l'étalage. Margot n'eut d'autre choix que de lâcher l'instrument. Ses bras s'agitèrent et ses jambes pédalèrent aussi vite que possible. *Van, où êtes-vous ?*

17

Enzo avait l'endurance d'un marathonien. Sa poursuite obstinée brûlait les poumons de Margot.

Elle prenait les virages les plus serrés possibles, tâchant désespérément d'ajouter quelques mètres entre eux. Sans ralentir l'allure, elle glissa le tesson volé dans son sac à dos, avant de le refermer soigneusement. Puis, à l'aide de ses deux mains, elle bondit par-dessus une vitrine abritant un nombre inquiétant de têtes réduites.

(Un nombre non inquiétant de têtes réduites devait sans doute avoisiner le zéro.)

Margot retomba sur ses pieds, puis reprit sa course. Elle jeta un regard à Enzo, plusieurs stalles derrière elle, et grimaça, juste avant de percuter la poitrine de Van, qu'elle reconnut tout de suite. Un court instant, leur contact fut électrique. Puis, Margot recula d'un bond, comme si elle ne pouvait supporter cette tension.

Il la tint par les épaules. « Un cornu. Très bon choix pour un signal.

— Je l'ai volé, souffla-t-elle.

— Le cornu ? »

Margot plissa les yeux. « Le tesson.

— Comme je vous l'ai appris ? » s'enquit Van. Quelque chose qui ressemblait beaucoup à de la fierté étincelait dans son regard.

« Pas exactement, hésita Margot. Vous vous souvenez de la règle numéro deux ?

— Oui... » Les yeux de Van s'attardèrent au-delà des épaules de la jeune fille. Vraisemblablement vers Enzo qui, très fâché, courait vers eux à toute vitesse. « Margot. Qu'avez-vous fait ? »

Ils s'élancèrent en tandem, zigzaguant à travers les étalages. Margot commençait à fatiguer, mais la main de Van s'enroula autour de la sienne, la tirant vers l'avant. Enzo n'était pas loin derrière.

« Baissez-vous », ordonna Van. Comme si ce dernier le contrôlait, le corps de Margot réagit aussitôt.

La lame d'Enzo passa au-dessus de sa tête, et son élan l'emporta vers une vitrine. Le verre crissa sous leurs pieds. Margot essaya de ne pas trop s'attarder sur le fait qu'il les avait manqués de peu, et redoubla d'efforts.

Van se faufila entre les étals, jusqu'à ce que Margot soit complètement perdue. C'est alors qu'elle la vit.

Sans doute la plus belle chose qu'elle ait jamais vue, d'ailleurs : la cage d'escalier. Des marches qui, avec un peu de chance, donnaient sur une sortie de secours, ou même sur une fenêtre. N'importe quelle issue ferait l'affaire.

Margot s'engouffra dans les escaliers juste derrière Van, regrettant sérieusement d'avoir abandonné son bouclier de fortune.

D'une façon ou d'une autre, Enzo avait troqué sa trop courte épée contre une lance à la pointe aiguisée. Il grimpait de plus en plus vite, et Margot oscillait de gauche à droite pour esquiver ses coups.

« Rendez-moi ça ! » cria Enzo en projetant sa lance comme un javelot.

La pointe de l'arme se planta dans le mur. Enzo enroula ses deux mains autour du manche en bois, mais Margot n'avait pas l'intention d'attendre qu'il le libère.

« Courez plus vite », haleta-t-elle

Van grogna : « *Vous*, courez plus vite. »

En haut de l'escalier, un couloir formait un *T*. Deux portes blanches à double battant en flanquaient chaque extrémité. Des appartements, peut-être ? Des bureaux ? Franchement, Margot s'en fichait, du moment que ça menait quelque part où elle ne se ferait pas embrocher sans ménagement.

Devant eux, comme le reste de la galerie, le couloir était encombré de globes et de vitrines remplies de rouleaux et de parchemins, ainsi que de morceaux brisés de frises en pierre. Sur l'une des tables voisines, Van saisit une pomme d'or dans une corne d'abondance et poussa laborieusement le battant d'une des portes.

Du bras, il entraîna Margot dans la pièce, la maintenant derrière lui pour la protéger. Puis, contournant la porte, il balança la pomme dans le couloir.

Margot entendit le choc, sans le voir. Tout comme elle entendit les pas d'Enzo qui cherchait l'origine du bruit.

Van ferma la porte, puis entoura Margot de ses bras, plaquant son visage sur sa poitrine, pile contre son cœur. Ils restèrent immobiles et silencieux, de l'autre côté du battant.

Margot se dégagea de son emprise, attribuant le martèlement de son propre cœur à la poursuite, et non à la soudaine proximité de Van. Ses yeux s'adaptèrent à la luminosité de la pièce.

Cette partie de la galerie était spacieuse et aérée ; des fenêtres cintrées couraient le long des murs. En lieu et place de stalles encombrées, on trouvait ici un sol en granit poli, tissé d'argent et d'onyx, sur lequel reposaient les statues des grands dirigeants de l'Antiquité et des femmes ayant rendu leur ascension possible. Des dizaines de sculptures de pierre, toutes immobiles.

Pour l'instant. Mais vu leurs antécédents, ça risquait de ne pas durer.

« Van… », commença Margot, refusant de détacher son regard de ces imposants empereurs en marbre blanc, qui les dominaient de toute leur hauteur. Leurs plaques les nommaient, d'ailleurs : Trajan, Néron, Auguste. Était-ce son imagination ou Hadrien venait-il de cligner des yeux ?

À côté d'elle, Van colla son oreille au joint de la porte. Margot n'entendait presque rien, à cause de son cœur qui battait la chamade. Sa poitrine la brûlait, ses poumons étaient cuits par la course et la panique subséquente. Van, lui, avait à peine transpiré.

« Il est toujours à l'étage », chuchota-t-il.

La tête de Néron pivota sur son cou. Oh, Seigneur. Margot eut envie de vomir. Il n'y avait aucune autre issue. Uniquement la porte contre son dos, un couloir, un chasseur de trésor exaspéré – et une galerie d'empereurs aux intentions meurtrières.

« Dépêchez-vous, l'exhorta-t-elle. Nous avons de la compagnie. »

Van émit un bruit du fond de sa gorge. Quelque chose entre l'incrédulité et l'agacement.

Margot pinça le menton de Van entre le pouce et l'index, lui faisant pivoter la tête pour qu'il puisse constater de lui-même que toutes les statues de la galerie avaient soudain pris vie. Apparemment, c'était une chose tout à fait normale qui ne cessait de se produire.

« Oh non », dit-il tout simplement.

Brandissant une vièle en marbre, Néron s'avançait vers eux. Chacun de ses pas résonnait comme un tremblement de terre. Si Enzo n'avait pas réussi à les localiser, il saurait où les trouver, désormais. Néron balança la corde de son instrument comme un fouet de pierre, beaucoup trop près à leur goût.

Margot ne comptait pas s'attarder ici pour se faire réduire en bouillie. Elle ouvrit les portes, mais Enzo les attendait de l'autre côté.

Le jeune homme recula de quelques pas en découvrant les statues animées. Toutefois, sa détermination se consolida quand son regard se posa sur Margot. Il serra les mâchoires, la main crispée sur le faux tesson.

Pris en sandwich entre Enzo et une petite milice de statues en colère, les chances de Van et de Margot restaient maigres.

« J'ai un plan », fit-elle à voix basse. Elle vacilla en arrière, les yeux fixés sur Enzo qui, lui aussi, évaluait les statues. Le dos de Margot se pressa contre celui de Van alors que leurs adversaires les encerclaient. « C'est votre plan, en quelque sorte.

— Mon plan à moi consiste à ne pas nous faire prendre, il est clair que ce n'est plus vraiment faisable.

— C'est vrai », rétorqua Margot. D'une voix suffisamment basse pour que seul Van puisse l'entendre, elle ajouta : « Mais on peut toujours diviser pour mieux régner. Les obliger à regarder ailleurs. Et là, on file.

— Marché conclu. » Et il partit.

Van fila sur la droite, tandis que Margot s'élançait vers la gauche. Les statues se séparèrent à leur tour. La moitié d'entre elles suivirent Van, les autres se concentrèrent sur Margot. Enzo les rejoignit, le regard assoiffé de sang.

Auguste abattit son épée de marbre, qui heurta le piédestal derrière lequel Margot s'était accroupie. La pierre s'effrita, une avalanche de poussière lui couvrit les cheveux, les joues, les mains. Elle recula en catastrophe, puis roula sur elle-même, échappant de peu à un second coup.

Elle n'avait qu'une chose à faire : séparer les statues suffisamment longtemps pour avoir une petite chance de s'enfuir.

Margot se faufila entre deux sculptures, puis traversa la pièce, avant de se recroqueviller derrière une représentation de Junon à taille réelle. Au moins, la déesse du mariage n'allait pas la mutiler, elle. Au pire, elle la transformerait en cygne. Enzo s'était fait piéger dans un combat d'escrime avec l'un des derniers empereurs – Hadrien, peut-être –, Margot avait juste le temps de reprendre son souffle.

Un craquement écœurant fit tressaillir Margot. Le bruit d'un os contre le marbre.

D'après la façon dont Van tenait ses doigts, il avait tenté de frapper l'empereur Trajan. Avec des résultats mitigés. Mais le moment n'était sans doute pas propice à la critique. Une traînée écarlate lui tachait les articulations.

La statue au visage sévère s'en fichait totalement. Elle leva son épée pour frapper de nouveau.

« Attention ! » cria Margot.

Son hésitation suffit à Enzo pour saisir l'anse du sac à dos de Margot. Il la fit reculer d'un coup sec, les bras de la jeune fille glissèrent des sangles.

« Lâchez-moi ! » hurla-t-elle. Les coudes serrés, elle retint la courroie contre son bras. Mais cela n'avait pas d'importance. Enzo trancha le tissu de sa lame d'argent, puis lui arracha le sac à dos.

Passant la sangle restante sur son épaule, il tenta de s'enfuir. Le mot-clé étant *tenter*. Van s'élança, le plaquant au sol avant qu'il aille bien loin.

Enzo planta son coude dans la poitrine de Van, le privant d'air. Ce dernier roula, les mains crispées sur le sternum.

Margot ne parvint pas à se relever assez vite. Enzo ouvrit l'une des fenêtres, pour y plonger aussitôt. Les grilles métalliques de l'escalier de secours claquèrent sous ses pieds.

Margot se précipita derrière lui, enjambant le rebord de la fenêtre. Pas question de le laisser s'en tirer comme ça.

Dans son dos, Van poussa un cri étranglé. Margot se retourna, douchée par la panique. Un sang rouge sombre tachait le mélange de coton et de polyester du T-shirt de Van au milieu du biceps. La statue d'Auguste tendait encore son épée, alors que Van tombait à genoux.

Le nom de Van franchit les lèvres de Margot. Elle s'attendait à ce qu'Auguste, impitoyable, achève son geste, mais il n'en fit rien. Les statues – toutes les statues – se figèrent. Leurs mouvements étranges cessèrent complètement.

Margot fut aux côtés de Van en un instant. « Vous allez bien ? »

Van ôta sa main de son bras. Alors qu'il haletait de surprise, ses yeux verts fixés sur ceux de Margot, de petits graviers glissèrent de ses doigts. Sa manche était encore tachée de sang, mais quand Margot fit glisser sa paume sur le tissu pour trouver la blessure, elle ne rencontra que du marbre froid et dur. Sous le sang, transformé en gravier entre ses doigts, la peau de Van s'était changée en pierre.

Les toilettes du Mia Bella étaient aussi rose que le reste de la maisonnée. Van n'avait pas l'air particulièrement à l'aise sur la lunette close des toilettes, malgré le fait qu'elle soit recouverte d'une houppelande duveteuse – mais il n'existait pas vraiment d'autre centre de soins d'urgence dans les parages.

Margot posa le fossile d'une trousse de premiers secours qu'elle avait déniché sous l'évier sur une table à langer. « Vous auriez pu me le dire plus tôt », dit-elle en serrant les dents, tout en ouvrant un flacon d'antiseptique emballé dans du plastique, avant de le placer à côté d'une petite bouteille d'eau oxygénée marron. Comment soigner une telle chose ? Là où une plaie ouverte aurait dû se trouver, il y avait une entaille blanche comme le marbre, creusée dans le bras de Van, sous la manche roulée de son T-shirt.

« Vous dire quoi ? » Van la regarda comme s'il lui avait poussé une deuxième tête, ou peut-être une troisième. « Je ne savais pas que les statues étaient liées au Vase. Pas avant qu'il soit trop tard, du moins. »

Exact. Parce que Van avait été *blessé*. Par une *épée*. Et que son sang s'était desséché au point de se transformer en gravillons. Comme s'il n'avait jamais coulé.

« Ça fait encore mal ? demanda Margot.

— Ça va, répondit Van en souriant. Ce n'est qu'une blessure superficielle.

— Il vous reste un peu de chair, au moins ? » s'enquit-elle. Un vague rire lui échappa, pour mieux dissimuler ses craintes. « Je veux dire, qu'est-ce qui a changé ? Vous êtes en train de vous retransformer en statue ?

— Je crois, oui. » Les mots se précipitèrent « Les tessons du Vase. Je pense qu'ils contrôlent les statues, d'une façon ou d'une autre. Moi y compris. »

Des images chargées d'adrénaline défilèrent dans la tête de Margot. Les gardiens, au temple de Vénus. La nymphe qui ouvre la main, au Nymphée. Le légionnaire du musée. La galerie des empereurs. Chaque fois, elle avait eu les tessons dans son sac à dos. Quelle que soit la puissance que Vénus avait insufflée à cette argile, cela suffisait à faire battre ces cœurs de pierre.

« Donc, quand Enzo a volé le sac à dos...

— Il a emporté les tessons trop loin pour que leur magie puisse m'atteindre. »

Margot tamponna du peroxyde d'hydrogène sur un coton. Fallait-il nettoyer une plaie qui n'existait plus ? « Je pensais qu'un type comme vous ne croyait pas à la magie pour des questions pratiques. »

Il grimaça, puis répondit : « Je n'y crois pas. »

Son ton se fit un peu plus aigu. On aurait presque pu entendre *Je n'y croyais pas.*

Alors que Margot tapotait le coton imbibé sur le bras de Van, à l'endroit où le fil de marbre lui creusait la peau, Van serra, puis desserra les mains pour tester ses articulations. Cela lui rappela quelque chose, il avait fait la même chose devant le restaurant *Martines Cucine*. Comme s'il lisait dans ses pensées, Van ajouta : « C'est déjà arrivé une fois. La nuit où je vous ai abandonnée, aux ruines. Au début, c'était lent. Mais quand vous m'avez retrouvé...

— Ça s'était propagé le long de vos bras, jusqu'à vos mains, termina Margot. Et vous avez laissé tomber mon bien le plus précieux dans les égouts. Je m'en souviens.

— Je suis désolé. » Van tressaillit au contact du coton, mais Margot le maintenait bien en place. Il était chaud sous ses doigts. Combien de temps cela allait-il durer ? Combien de temps lui restait-il avant que la pierre réclame son dû ?

« Bon, dit Margot en jetant le coton à la poubelle, il faut retrouver Enzo. Il a pris mon sac à dos. On le localise, on récupère les tessons et vous cessez de vous transformer en pierre. »

Van se leva, rabattant sa manche déchirée sur la bande d'un blanc immaculé. Il occupait la majeure partie de l'espace dans ces toilettes exigües. « Inutile. Nous savons où il va. Ces trois tessons n'ont aucun intérêt sans les deux derniers. Nous lui couperons l'herbe sous le pied aux prochaines épreuves. Il y en a une à Naples. Et une à Pompéi.

— Et si c'est trop tard ? » demanda Margot. Chacun de ses mots lui parut fragile, comme si des fissures risquaient de s'étendre sur la peau de Van et le réduire en poussière sous ses yeux.

Les traits de Van auraient difficilement pu être plus inexpressifs – il était *totalement* inexpressif, en clair – ce qui voulait dire, Margot le savait, que quelque chose le rongeait, comme des termites dans une cabane en rondins. D'habitude, il avait l'air vaguement agacé, présomptueux. Là, il était… vide. Sans vie.

« Je ne suis pas censé être ici, Margot.

— Je sais bien qu'on ne fait pas les devoirs de la Dre Hunt, mais je suis sûre qu'on pourra se rattraper.

— Non, je ne suis pas censé être ici, *maintenant*. » Van ferma les yeux et secoua la tête. « Pour moi, ça reste du temps emprunté. Les gens comme moi n'ont pas de seconde chance. »

Pour la première fois depuis qu'il s'était extirpé de cette gangue de marbre, Margot découvrait une version de Van qui ressemblait à ce qu'elle avait décelé dans son journal. Un garçon qu'elle pouvait imaginer mâchouillant l'extrémité de son stylo-plume, les paumes maculées d'encre noire, penché sur ses mots prudents et vulnérables, dans les replis de son journal en cuir. Que personne ne lirait jamais, pensait-il.

Quand Margot devait faire preuve de courage, il était là. Pas *lui*. Mais ses mots. Chaque phrase de son journal lui donnait l'impression que tout était possible. Comme si comploter dans le dos de son père n'était pas la fin du monde, parce qu'elle retrouverait le Vase, tout comme Van l'avait fait.

Même s'ils n'avaient plus le moindre tesson, Enzo y avait veillé.

Encore une chose que Margot faisait à moitié. Un autre chapitre de son histoire abandonné en cours de route. L'idée même de l'inéluctable sermon désapprobateur de son père concernant tout ce qu'elle avait foiré ces derniers jours lui piquait la poitrine et lui laissait un goût âcre dans la bouche. Elle l'avait déçu. Une fois de plus.

Mais Van. Van avait encore besoin d'elle, qu'il l'admette ou non. Margot avait peut-être la mauvaise habitude d'abandonner ses hobbies, mais pas question de l'abandonner, lui.

18

Margot rata son avion de la même manière qu'elle manqua l'appel de son père : volontairement.

Elle attendit que la petite notification rouge s'affiche – après son message vocal – pour sortir son téléphone de sa poche. D'un ton trop enjoué, il disait : « Bonjour, Gogo. Ou bon après-midi, pour toi. J'espère que tu as fait un petit reboot. De toute façon, tu passeras bien assez tôt à autre chose. La maison Goodwin est fermée aujourd'hui, mais je te retrouverai à l'aéroport vers minuit. »

Ses mots lui irritèrent l'oreille. *Passer bien assez tôt à autre chose.* Comme quoi ? Collecter les impôts ? Faire des pâtes en boîte pour le dîner ? Poser une journée au beau milieu de la semaine ?

Ce qu'il ne disait pas résonnait bien plus fort que ce qu'il disait. Elle n'était qu'une ligne dans sa liste de choses à faire. Moins sa fille qu'un point à l'ordre du jour.

Elle mit quand même son téléphone en mode avion. Cela lui paraissait approprié.

Margot et Van avaient rejoint les autres quelques instants avant que la classe quitte le musée. Elle s'était donc servie du dos de Van comme bureau, griffonnant des phrases frénétiques dans les espaces vides de sa feuille de travail. Elle la remit à

Rex, qui la passa à Topher, qui la donna à Calvin, qui la glissa dans les mains de la Dre Hunt alors que les élèves participaient à une visite guidée du centre-ville.

Suki les avait couverts, c'était comme s'ils ne s'étaient jamais absentés.

Alors qu'ils déambulaient dans les rues, Margot avait du mal à se concentrer sur la façon dont la Rome antique défilait devant eux, préoccupée par le tambourinement de son cœur dans sa cage thoracique. Dans la foule, chaque visage lui rappelait Enzo. Partout où elle regardait, elle apercevait ses pommettes hautes, sa peau bronzée, ses cheveux noirs, comme un fantôme dont on ne parvient pas à se débarrasser. Mais ce n'était jamais vraiment lui, avec ses mains enfoncées dans son sweat à capuche noir, la bretelle unique de son sac à dos jaune à l'épaule.

Quand ils arrivèrent à l'hôtel, un établissement qui offrait des peignoirs gratuits et un room service avec des plats présentés sous coupole argentée, elle avait les nerfs à vif. Tout son corps lui faisait mal.

« Je n'ai aucune envie de passer toute la nuit dans ma chambre », dit-elle en entrant dans l'ascenseur avec Van.

L'idée de passer la soirée enfermée à regarder des rediffusions d'émissions de téléréalité avec Suki tout en esquivant les regards méchants d'Astrid lui donnait de l'urticaire. Ils ne pouvaient pas se contenter de rester assis, à ne rien faire.

Margot devait *agir*, sinon, elle perdrait à la fois le Vase et Van.

Du pouce, elle enfonça le premier bouton du panneau de l'ascenseur. Ils débouchèrent sur le rooftop de l'hôtel, un petit espace avec une poignée de tables de bistrot sous des parasols, flanqué d'arbustes envahissants. Sur quelques tables se trouvaient des bouteilles de vin dans des seaux à glace, avec des verres retournés sur des serviettes soigneusement pliées.

Margot se dirigea directement vers la balustrade du patio, s'agrippant à la rampe métallique ouvragée. D'ici, on pouvait presque goûter la ville, pétillante comme une canette de La Croix par une chaude journée d'été. L'air était riche, épaissi de vapeurs d'essence, d'effluves de cigarettes et d'une touche plus florale, issue des éclatantes fleurs rouges qui rampaient le long des bâtiments en calcaire.

« Que dit la *vibe* ? » demanda Van en se plaçant à côté d'elle. Ces mots paraissaient si peu naturels quand ils sortaient de ses lèvres que Margot éclata de rire – si fort qu'elle faillit se froisser un muscle.

« La *vibe* est excellente. Je veux dire, c'est… » Sa voix s'éteignit. Quand elle retrouva le mot, elle conclut : « Incroyable. »

On ne surnommait pas Rome la Ville éternelle pour rien. La métropole s'étendait à leurs pieds, noyée par les ultimes gouttes d'un coucher de soleil aux allures de sorbet. D'ici, Margot apercevait le squelette du Colisée et les arbres à feuilles persistantes qui parsemaient le Forum.

La modernité n'effaçait pas l'histoire, elle la contournait.

« J'ai passé tellement de temps à m'inquiéter de ce que nous allions découvrir sous ces villes antiques. Parfois, il est bon de prendre un peu de recul. » Les doigts de Van pianotèrent sur la rampe en fer. Il se retourna vers la table la plus proche, puis s'empara d'une bouteille de vin rouge et d'un tire-bouchon.

« On n'a pas le droit de boire ça, le réprimanda Margot.

— Et qui va nous en empêcher ? » Van se hissa sur la rampe avant de passer de l'autre côté. « Venez.

— C'est bien, ici, dit Margot. Il y a des chaises.

— Margot Rhodes a-t-elle jamais refusé une aventure ? » demanda Van en lui tendant la main.

Elle la saisit. Chaque fois qu'ils s'étaient touchés, il y avait urgence. Là, c'était nettement plus doux. Quand les pieds de Margot atterrirent de l'autre côté de la balustrade, ses doigts glissèrent hors des siens, et elle sut qu'il serrait le poing parce qu'il se changeait lentement en pierre, mais elle voulait faire semblant que, peut-être, juste un peu, il regrettait la sensation de sa paume contre la sienne.

Ils longèrent la courbe des bardeaux jusqu'à un coin tranquille où la ligne des toits s'aplatissait en vaste étendue de tuiles d'argile. Van inséra le tire-bouchon argenté dans le goulot de la bouteille tel un sommelier professionnel. Le bouchon sortit avec un *pop*. Van but une gorgée à la bouteille. Ensuite, il s'essuya les lèvres du dos de la main, d'une manière qui aurait fait tomber raide morte Mlle Pénélope.

En tendant le vin à Margot, la bouteille lui échappa. Margot la rattrapa à deux mains ; une petite giclée de rouge aspergea une tuile. « Dieu merci, dit-elle en riant, j'ai des réflexes dignes de Spiderman. »

Mais ses yeux ne quittèrent pas les doigts de Van. Quand il avait laissé tomber *Les Reliques du cœur* dans les égouts, c'était la même poigne trop raide qui lui avait fait défaut. Et cette fois-ci, c'était arrivé plus rapidement.

Avant de trop ruminer cette question, elle but une grande gorgée. Le goût lui évoqua un jus de raisin avarié. D'ailleurs, c'était précisément du jus de raisin avarié. La consommation illégale d'alcool n'était pas le genre d'activité extrascolaire à laquelle elle comptait s'adonner, mais la chaleur du breuvage lui inonda le corps.

Elle pouvait bien faire une exception pour l'Italie.

« Vous êtes sûr qu'il n'y a rien d'autre à faire en ce moment ? demanda Margot. Le Vase est juste… là, devant nous. On ne devrait pas… je ne sais pas, comploter ? Planifier quelque chose ?

— J'ai un plan, répondit Van. Et mon plan ne commencera pas avant que la classe reprenne le train, demain. »

Tels des pétales de nuit timides au soleil du matin, les mots de Margot s'enroulèrent sur eux-mêmes. « Promettez-moi d'aller mieux d'ici là. »

Van hocha la tête une fois, assez fermement pour qu'elle le croie.

Le calme s'installa entre eux, aussi capiteux et réconfortant que le vin rouge qu'ils partageaient.

« Pourquoi êtes-vous venu ici ? demanda-t-elle quand le silence devint trop épais. En 1932, je veux dire. »

Van expira un long moment. Son regard glissa sur le côté, sans vraiment se fixer quelque part, comme s'il parcourait le sommaire de son esprit. Finalement, il se décida : « Pour l'argent.

— Noble raison », dit Margot.

Ses yeux pivotèrent vers elle. « C'est le cas quand on a passé ses deux dernières années à vendre des journaux à Manhattan pour des clopinettes.

— Vous portiez l'un de ces petits chapeaux ridicules, comme dans les *Newsies* ? »

Van fronça les sourcils. « Ces casquettes n'ont rien de ridicule. »

C'était une façon de dire oui.

Il but une autre gorgée. « Je n'avais rien ni personne. J'étais un fantôme, pratiquement invisible. Personne ne me connaissait. Je ne manquais à personne. Je ne désirais qu'une chose : être vu.

— Et c'est comme ça que vous avez rencontré Atlas ? » s'enquit Margot.

Un petit sourire se dessina sur les lèvres de Van. « Si on veut. Je lui ai volé sa boussole. Il voulait la récupérer. On a passé un marché : je l'aidais dans ses fouilles et il me procurait un toit.

— Et vous avez gardé la boussole.

— Dommage collatéral », dit Van, les yeux brillants.

Margot pensa à l'image en noir et blanc glissée entre les pages de son journal, où son bras entourait les épaules d'Atlas, où son sourire fendait la photo comme une lame. « Qu'est-ce qui s'est passé ? Entre Atlas et vous ? »

La question le crispa. Un regard contrarié lui aplatit les traits.

Margot se pencha vers lui, telle une boussole vers l'étoile Polaire.

« Vous n'êtes pas obligé de me répondre. Vous n'êtes pas obligé de vous cacher non plus. »

Van se racla la gorge. « Nous n'avions pas la même conception de la loyauté.

— Il vous a trahi ? » questionna Margot. Elle avala une nouvelle gorgée de vin pour se donner un peu de courage. (Elle se demanda, au passage, si boire à la même bouteille que Van, c'était comme l'embrasser. Non qu'elle envisage de l'embrasser, absolument pas.)

Van toucha distraitement l'arête de son nez, là où il avait clairement été cassé, et elle se demanda combien de fois il avait réfléchi avec ses poings. Peut-être qu'Atlas aussi. S'étaient-ils battus comme des frères ou comme des ennemis ?

« Voilà pourquoi j'évite tout partenariat.

— Et moi je suis quoi, un steak haché ? » interrogea Margot, avec légèreté.

Un sourire réticent se dessina sur son visage. « Un point pour vous, fillette. Qu'en est-il de vous ?

— Oh, moi, j'aurais été super mignonne avec un chapeau de vendeuse de journaux. »

Et voilà, encore ce regard. Comme si Van la sondait, creusait dans les parties les plus profondes d'elle-même, celles qu'elle ne voulait même pas voir.

« Ce n'est pas ce que je voulais dire. Vous avez lu mon journal, vous savez déjà tout ce qu'il y a à savoir sur moi. » Il se pencha vers elle, plus près, encore plus près. Assez pour que le système nerveux de Margot ait besoin d'un redémarrage brutal. Assez pour l'embrasser. À la place, il lui ôta la bouteille des mains. « J'ai peut-être envie de vous connaître, après tout. »

Une pointe d'espoir s'agita dans le ventre de Margot. Être connue. Mais les mots pesaient lourdement dans sa poitrine, refusant de sortir. C'était quoi, le pire ? Être incomprise, ou être comprise – et que même ça, ça ne suffise pas ?

« Vous êtes différent de ce que vos écrits laissent penser, dit-elle.

— Vous vous défilez. »

Margot prit alors une grande inspiration pour se donner du courage. « Toute ma vie, on m'a définie par des trucs que j'ai laissés tomber – j'ai laissé tomber la danse classique, le taekwondo, la guitare. J'ai abandonné la peinture, le hockey sur gazon a fini par m'ennuyer. Je me suis fait virer du cours d'étiquette… »

Van gloussa et s'offrit une nouvelle gorgée de vin. « Qu'avez-vous fait ? Vous avez oublié de nouer la serviette autour de votre col ? Vous avez utilisé la fourchette à salade pour le poisson ? »

Le souvenir fit grimacer Margot. « Pire, j'ai lancé une bataille de nourriture en pleine après-midi thé, parce qu'une des filles m'avait traitée d'*enfant à problème*. J'ai décidé de lui montrer ce que ça voulait dire. »

Van aboya un rire.

« *Taisez-vous*, protesta Margot, sans parvenir à s'empêcher de rire. C'est comme ça. Le fait est que je ne peux pas laisser tomber… tout ça. Je… »

Les doigts de Van trouvèrent les siens, posés sur les tuiles du toit, puis les serrèrent. Patient et incitatif. Un toucher très doux, sans doute très difficile pour lui, elle en avait bien conscience.

« Ma mère est partie quand j'avais 12 ans. Elle a décidé qu'elle ne voulait plus vivre avec mon père. Ni avec moi. Et certainement pas à Dogwood Hollow, en Géorgie. » Des larmes prévisibles ourlèrent ses yeux. « Sans elle, je ne savais plus qui j'étais censée être. »

Elle avait tout essayé. Tout fait pour rentrer dans une case, n'importe laquelle. Théâtre d'été, club d'histoire, club de maths. Elle avait tout donné… jusqu'à ce que, inévitablement, son *tout* ne suffise pas. Il était plus facile d'abandonner que d'admettre qu'elle ne valait rien nulle part. Qu'elle se trompait toujours.

Elle entendait encore les soupirs de son père chaque fois qu'elle lui annonçait vouloir tenter quelque chose de nouveau. Sentait le rouge lui monter aux joues, comme elle se trouvait dans leur salon vert sauge, les pieds sur le tapis rayé. Elle voyait bien ses traits fermés quand il passait les doigts sur sa mâchoire rugueuse alors qu'elle sanglotait ou criait, comme si Margot était un animal sauvage qu'il ignorait comment apprivoiser.

Finalement, à peu près toutes leurs conversations étaient ponctuées de pas lourds, de portes claquées, de bouderies, puis, à la fin, tout se terminait en excuses larmoyantes quand elle s'était calmée.

Aucune version d'elle-même n'avait pu échapper à la douleur qui lui saisissait la poitrine devant l'inéluctable question : pourquoi n'est-elle jamais assez ? Assez pour que sa famille soit unie, assez pour que son père soit fier d'elle, assez pour que ses camarades de classe l'aiment. Assez intelligente, assez gentille, assez forte.

« Depuis, il n'y a plus que mon père et moi, mais il ne comprend pas. Il ne me comprend pas, moi. Il est toujours très accaparé par son travail, et j'ai toujours cru pouvoir trouver ce qui lui permettrait de me comprendre. Si je mets la main sur le Vase, ça suffira pour qu'il m'aime. »

Peut-être était-ce le vin dans son organisme. Peut-être était-ce le regard de Van, brûlant et inquisiteur. Mais dire tout ça à voix haute, l'admettre devant quelqu'un – même si ce quelqu'un était Van Keane – lui donnait l'impression de s'exposer. Comme si elle en avait encore trop dit. Trop fait.

Elle retira sa main de la sienne et la posa sur ses genoux. Même en se concentrant sur ses ongles, elle sentait bien la façon dont Van la regardait. Comme si Margot était une énigme à élucider, un problème à résoudre.

Finalement, il se racla la gorge. « Ça ne fonctionne pas comme ça, vous savez.

— Je sais, je sais. Vous pensez que le Vase vous procurera un trésor, mais...

— Non, Margot. Vous êtes vous. C'est déjà beaucoup. »

Les mots de Van provoquèrent un véritable raz-de-marée, abattant tous les murs qu'elle avait construits, la laissant abasourdie dans les décombres. Elle se passa une mèche derrière l'oreille, puis secoua la tête. « Je croyais que j'étais une gamine turbulente, la tête pleine de mauvaises idées. »

Van fronça les sourcils. Le même regard analytique lui creusa les yeux. « Vous avez tenu bon, dans le Nymphée.

— J'ai eu une crise de panique.

— Vous avez résolu l'épreuve d'*Aura*.

— Après avoir été projetée à dix mètres de hauteur.

— Vous êtes courageuse, Margot. » Sa voix était tendre, calme. Il avait perdu tout son précieux sarcasme. « Il faut du courage pour laisser les gens nous voir tels que nous sommes. »

On aurait dit le Van du journal. *Son* Van.

Ces derniers temps, d'ailleurs, il ressemblait de plus en plus à son Van. Elle aimait ses traits irréguliers, ses lignes acérées. Il était tout ce qu'elle n'était pas – logique, précis, soucieux du détail. Ils étaient les deux plateaux d'une même balance, l'un maintenant l'autre en parfait équilibre.

Elle avait très envie de croire à ce qu'il venait de dire. Elle aurait pu se laisser aller, mais une silhouette en contrebas attira son attention. Plus précisément : un sac à dos avec une seule sangle. La personne se faufilait dans la foule, capuche sur la tête. Mais Margot savait reconnaître un Fjällräven abîmé quand elle en voyait un.

« On dirait… Enzo ? » Elle se redressa si vite que son pied se déroba sous elle.

Van se leva, la soutenant d'un bras dans son dos. « Allons-y. »

Ils enjambèrent la balustrade du patio, et Margot déposa la bouteille de vin à moitié vide dans le seau à glace en sortant.

Margot eut beau appuyer sans cesse sur le bouton rez-de-chaussée, les portes de l'ascenseur ne se fermèrent pas assez vite. Et quand elles y consentirent enfin, piégeant un homme d'affaires surpris avec eux, un doux jazz filtra des haut-parleurs. Jamais Margot n'avait autant détesté une mélodie.

« Allez, allez, allez », supplia-t-elle.

Van et elle sortirent précipitamment de l'ascenseur, avant même que les portes s'ouvrent complètement.

« Il est tout proche ? » demanda Margot alors que la porte-tambour du hall les expulsait dans la rue. Elle se hissa sur la pointe des pieds pour mieux regarder, et encore regarder. « Vous sentez-vous un peu moins statufié ? »

Van secoua la tête. Malgré son mètre quatre-vingt-dix, il devait être impossible de repérer Enzo dans une foule aussi dense. « Non ? Peut-être. Je ne sais pas.

— Là ! » glapit Margot, apercevant son sac à dos jaune dans la mêlée. Elle saisit la main de Van, qui glissa ses doigts entre les siens alors qu'ils se mettaient à courir.

Margot contourna un marchand ambulant qui proposait des roses à tige unique à des couples rougissants. Elle esquiva le chevalet en bois d'un peintre, mais renversa accidentellement un pot de pinceaux, les faisant rouler au sol. Quelqu'un leva les bras pour se protéger, et Margot se retrouva le visage couvert de cannoli. La crème orange se colla à ses cils, puis glissa le long de son visage. Une petite partie dégoulina sur ses lèvres. Heureusement, c'était délicieux.

Devant elle, une porte verte s'ouvrit ; Enzo s'engouffra à l'intérieur, sous l'auvent usé par les intempéries. Margot et Van se précipitèrent vers lui. La porte se referma juste derrière eux, atténuant le vacarme de la ville. Enzo se faufila entre les tables dressées de blanc, renversant les verres en cristal et les assiettes fumantes de pâtes cacio e pepe.

Margot et Van le poursuivirent dans les cuisines, poussant une double porte argentée style saloon. Là, des chefs couronnés de hautes toques blanches déplaçaient des plateaux dans une danse synchronisée. Margot se faufila sous un plat de sfogliatelle. Quelqu'un cria après eux, mais Enzo filait déjà par la porte vitrée, à l'arrière-cuisine.

Le temps qu'ils la franchissent à leur tour et débouchent dans l'étroite ruelle, Margot avait été aspergée de sucre en poudre et une linguina décorait la joue de Van.

« Vous avez vu où il est allé ? demanda Van.

— Non, répondit Margot, le souffle court. Et vous ? »

Van fit rouler son cou. « Non plus. »

Ils pouvaient toujours dénicher un meilleur point de vue, une autre perspective, mais il serait trop tard. C'était déjà le cas, d'ailleurs.

Enzo avait disparu dans le centre-ville, avec les tessons.

19

Margot initierait le mode fusion dans *H* moins trente-six secondes, qu'Astrid quitte la salle de bains ou non. Perdre Enzo, puis le retrouver, puis le perdre de nouveau, tout cela lui donnait vraiment l'impression de passer ses émotions par le cycle essorage d'une machine à laver.

Dans quelques heures, son père se rendrait compte qu'elle n'avait pas pris l'avion, et la Dre Hunt recevrait probablement un e-mail de Radcliffe confirmant que Chad Vanderson n'existait pas.

Pour l'instant, elle s'apprêtait à se lancer dans une routine de soins en dix-sept étapes, avant d'emmagasiner autant de sommeil que possible. Pour peu qu'elle parvienne à évacuer la forte concentration d'adrénaline résiduelle lui inondant les veines. Et dormir tout court.

Elle frappa trois fois contre le panneau façonné, priant pour que ce soit le chiffre magique.

« Mais qu'est-ce que tu fabriques là-dedans ? cria-t-elle. N'essaie *même pas* de te faire une permanente. »

La porte s'ouvrit devant le poing de Margot. Un nuage de vapeur parfumée au romarin s'échappa de la salle de bains.

Astrid fronça les sourcils dans la brume. « J'ai un rendez-vous. »

La phrase surprit suffisamment Margot pour endiguer les larmes qui menaçaient de couler. Margot avait plus souvent rêvé ses rendez-vous qu'autre chose, mais d'après toutes les comédies romantiques de l'univers, elle pouvait affirmer avec certitude qu'Astrid n'était pas assez habillée pour ça.

Ses cheveux blond très clair disparaissaient sous une serviette-éponge, vraisemblablement – et heureusement – sans permanente. Elle portait l'un des peignoirs gratuits de l'hôtel, avec un débardeur blanc et un short noir en coton doux. Ses paupières étaient fardées d'une odieuse nuance de bleu, bordées d'une quantité tout aussi insultante de liner noir.

Si garder son calme était un sport olympique, Margot aurait au moins remporté la médaille d'argent. « J'ignorais que les émotions humaines t'intéressaient. On a affaire à un cas de possession, là ?

— Les relations ont leurs avantages », fut tout ce qu'Astrid lui répondit avant de retourner devant le miroir de la salle de bains, sans se soucier de la raison pour laquelle Margot avait failli enfoncer la porte.

Assise au bord du lit d'Astrid, Suki sortit un flacon de parfum d'une liasse de papier de soie rose. « Voilà donc pourquoi tu as acheté ça. »

Astrid releva le menton. « Ma mère dit toujours que chaque femme a besoin d'un parfum signature. »

Suki en vaporisa un peu, puis le flaira. « Le tien a des notes de fleur de sureau et d'hypocrisie. »

La partie rancunière de Margot appréciait la volonté de Suki de s'opposer à Astrid – jusqu'à présent, elle n'était pas sûre que quiconque n'en ait jamais eu le courage, à part la Dre Hunt –, mais une autre partie d'elle, plus forte, savait ce que ça faisait de prendre des coups. Le genre d'ecchymoses qu'ils laissaient.

Margot soupira, puis s'affaissa contre le chambranle de la porte. « Tu as besoin d'aide pour te préparer ?

— Je n'ai qu'un pantalon cargo et j'ai voulu faire du shopping aujourd'hui, mais je n'ai aucune idée de la couleur du rouge à lèvres à porter. » Cinq rouges à lèvres reposaient dans sa paume, flambant neufs. Saumon, rose layette, fuchsia, un prune horriblement inapproprié pour la saison… et le rouge Margot.

Margot se ramollit comme du beurre. Peut-être parce qu'Astrid se montrait si impuissante, si désemparée, ou parce qu'elle regardait Margot sans dédain. La carapace de calcaire qui lui ceignait le cœur vola en éclats. La Dre Hunt avait *bien* dit qu'elle voulait les voir travailler ensemble.

Margot sourit à son colocataire acariâtre. « Je prends ça pour un oui. »

S'invitant dans la salle de bains, Margot examina le stock de maquillage d'Astrid – il y avait un crayon blond pour les sourcils, un tube de mascara (non waterproof, ce que Margot ne pourrait jamais se permettre), avec la fameuse palette neuf teintes pour les yeux, dans des tons bleus et argentés.

Elle repéra également un tube de crème solaire presque vide – très pratique, bien sûr, mais il était presque 20 heures –, ainsi qu'un blush beige généreusement pailleté. Margot pouvait s'en accommoder.

Elle ouvrit un paquet de lingettes démaquillantes. « Bon. Commençons par le début. Nous ne sommes plus en 1985.

— Mais je croyais que… »

Margot secoua la tête. Elle posa une lingette humide dans la paume d'Astrid. « Tu t'es trompée. »

Pendant qu'Astrid se démaquillait et libérait ses cheveux de la serviette, Margot lança : « Suki ! Tu veux bien prendre les combinaisons dans ma valise ? »

« Au pluriel ? » entendit-elle Suki demander. Quelques instants plus tard, Suki apparut dans l'embrasure de la porte avec trois propositions dans les bras. L'une était en lin, l'autre à volants, et la dernière n'avait qu'une seule description adéquate : Plombier Chic.

« Choisis », dit Margot à Astrid.

Cette dernière hésita. « Celle du milieu. »

Les volants, il n'y avait rien de mieux.

Astrid enfila la combinaison ivoire, la faisant glisser sur ses hanches étroites. Les jambes étaient pile à la bonne longueur, et les manches en forme de cloche retombaient juste au-dessus de ses poignets. La combinaison bâillait certes un peu sur elle – Astrid était toute en os, là où Margot s'arrondissait –, mais avec une ceinture, on n'y verrait que du feu.

« T'es pas mouru, l'Âne », dit Margot en imitant très, très mal la voix de Shrek.

On frappa à la porte et Suki sortit précipitamment de la salle de bains. La voix de Topher filtra, évoquant vaguement un championnat de ping-pong qui se déroulait juste à côté, et Suki leur lança un rapide *au revoir* après un *Sors-lui le grand jeu !*

« Il faut que je te dise quelque chose, annonça Astrid dès que Suki eut refermé la porte. Suki est incapable de garder un secret, même si sa vie en dépendait, mais il faut que tu saches, toi. »

La curiosité de Margot fut piquée. Elle aimait les secrets bien juteux, comme tout le monde. Ses sourcils haussés parlèrent pour elle.

« Je sais que Chad n'est pas celui qu'il prétend être. » Astrid observa le reflet de Margot dans le miroir tout en enduisant ses cils de liquide noir. Et le reflet de Margot faisait son possible pour ne pas montrer qu'Astrid venait d'ouvrir un immense puits sous ses pieds.

« Que… qu'est-ce que tu veux dire ? » hésita Margot. Ses doigts s'attardèrent sur les perles lisses et vertes autour de son poignet.

« *Un sourire en coin capable d'hypnotiser une femme un peu plus impressionnable. Des cheveux décolorés par le soleil. Une rangée de taches de rousseur sur son front, et une autre sur ses joues, plus indisciplinée. Ça ne pouvait être que lui. Van Keane.* »

Margot sursauta. Sans même essayer de le dissimuler. Ces mots qui la trahissaient venaient directement de sa rédaction de candidature.

« Comment tu as fait ? demanda Astrid. Ne me dis pas que la planche ouija de Suki fonctionne vraiment.

— Non, non », répondit Margot, surprise par le soulagement soudain qui l'envahit. Elle n'avait rien d'une nécromancienne. Il fallait du cran, pour ça, bien plus que ce dont elle était capable. « Il… Eh bien, c'est une longue histoire. »

Astrid effleura son téléphone posé sur le plan de travail. En arrière-plan, une photo d'elle brandissant un trophée. Classique. « Il me reste vingt minutes. »

Hélas, il n'existait aucune façon succincte de dire : *Alors, j'ai dérobé une relique magique et un texte historique dans les archives de l'école, ce qui m'a conduit à un temple secret dont je ne te révélerai certainement pas l'emplacement, et là, la statue ensorcelée de Van s'est ranimée.*

Astrid la regarda réfléchir. Attendit. « Dix-neuf minutes. »

Margot gagna du temps en s'occupant de la palette d'ombres à paupières d'Astrid, saupoudrant l'un des gris mats sur un pinceau. « Ferme. »

Astrid s'exécuta et ferma les yeux. Ce qui ne l'empêcha pas de grimacer. « D'accord, ne me dis rien. Mais tu n'es pas censée être dans un avion au milieu de nulle part, à cette heure-ci ? »

Le pinceau s'immobilisa dans la main de Margot. « Comment le sais-tu ?

— Je suis observatrice. » Astrid ouvrit un couvercle. « Et j'ai vu ton téléphone sur le lavabo, quand on se dépêchait pour ne pas rater le train, ce matin. Ton père envoie toujours ses textos deux fois.

— C'est une violation caractérisée de ma vie privée. » Margot ressemblait de plus en plus à Van.

« Je me suis dit que c'était sans doute une urgence. » Mais bien sûr ! « Tout ce que je dis, c'est que ce serait honteux pour la Dre Hunt de découvrir que ton père a exigé ton renvoi du programme après un délai aussi court.

— Tu ne ferais pas ça.

— Vraiment ? »

La mâchoire de Margot se crispa, au point de faire craquer une molaire. « Qu'est-ce que tu veux ?

— La vérité. » Astrid arborait un sourire victorieux, sournois.

Alors que Margot faisait tourbillonner l'ombre dans les plis de la paupière d'Astrid, elle parla comme elle imaginait les espions partager des informations clandestines : à voix basse, un peu précipitamment. « On l'a maudit. Il y a presque cent ans, alors qu'il cherchait le Vase de la Vénus Aurélia, tout le monde l'a cru mort quand son site de fouilles s'est effondré, mais ce n'était pas le cas. Il était transformé en pierre. »

Astrid s'esclaffa. Son mouvement soudain fit dévier le pinceau, traçant une traînée grise jusqu'à son arcade sourcilière.

« Cesse de gigoter », gronda Margot. Elle tamponna l'ombre en trop à l'aide d'une lingette démaquillante. « C'est toi qui m'as demandé, tu te souviens ? Le fait est que je l'ai trouvé, lui.

— Où ? » demanda Astrid, une pointe d'incrédulité dans la voix.

Margot passa à l'autre œil, répétant soigneusement chacun de ses gestes. Ses doigts se crispèrent sur le pinceau. « À Pompéi. Et là, devant moi, il est revenu à la vie.

— Pitié. » C'était plus un rire qu'un mot.

Margot poursuivit en secouant la tête : « Je sais à quoi tout ça ressemble, mais pourquoi mentirais-je à ce sujet ?

— Comment ? » insista Astrid.

Margot changea de pinceau, optant pour un bleu plus doux, avant de l'appliquer sur les paupières d'Astrid. Les mouvements familiers ne firent pas grand-chose pour apaiser ses nerfs mis à rude épreuve. Elle savait pourquoi Astrid se contentait désormais de questions monosyllabiques. Elle ne la croyait pas. Pire encore, elle ne croyait pas du tout Margot capable de faire ce qu'elle prétendait.

« Tu voulais la vérité. C'est la vérité.

— Je veux la vérité. Et autre chose, aussi. » Les mots d'Astrid s'aiguisèrent, plus déterminés. « Cesse de chercher ce Vase. »

Margot gémit. « Tu reviens encore là-dessus ? »

Il y avait quelque chose de différent dans la façon dont Astrid la regardait – un avertissement, une légère inquiétude. Un regard amical.

« Ça va t'attirer de gros ennuis. »

C'est déjà le cas.

« Je ne peux pas, soupira Margot en déposant la palette d'ombres à paupières sur le tas de cosmétiques d'Astrid. Je te l'ai dit. Van est maudit. Et sans le Vase, il se retransformera en statue.

— Dommage, parce que tu ne le trouveras jamais. » Astrid saisit son tube de mascara. Toute gentillesse avait déserté son visage, comme si elle n'avait jamais existé. Un mirage, le simple fruit de l'imagination débordante de Margot.

Les mots sortirent de Margot avant qu'elle puisse les arrêter. « Je ne te demande pas de me croire sur parole. Je sais que c'est vrai. Et j'ai des *preuves*. Des preuves claires, solides, indiscutables.

— Oui, bien sûr. »

Margot sortit son téléphone, ouvrit l'application photo, parcourut des images de palmiers sur fond de ciel bleu, de bols de pâtes bien remplis et de photos volées de Van, jusqu'à trouver le bon cliché. Les deux premiers tessons, après leur bain forcé au Nymphée. Leurs bords dorés s'emboîtaient parfaitement, et le début d'une inscription s'étalait sur l'argile.

« J'avais deux tessons, j'aurais eu le troisième si...

— Tu avais ? » l'interrompit Astrid.

Margot se mordit l'intérieur des lèvres. « J'ai.

— Tu as dit *j'avais*.

— C'est Van qui les a », enchaîna Margot. Le mensonge augmenta son rythme cardiaque. « C'est ce que je voulais dire. »

Astrid jeta de nouveau un coup d'œil sur le téléphone de Margot et la coupa dans son élan d'un rire glacial. D'abord un petit rire mordant, qu'Astrid ne put contenir.

Une boue nauséabonde se forma dans les entrailles de Margot. « Qu'y a-t-il de si drôle ?

— Avec tous ceux qui cherchent le Vase, ce serait *toi* qui le trouverais ? Mais si c'est le cas... » Astrid fit une pause, et Margot avait toutes les raisons de croire que c'était pour mieux marquer le coup. « J'ai entendu parler de cette inscription. Tu l'as traduite, n'est-ce pas ?

— Bien sûr qu'il l'a fait, rétorqua Margot. Il a déjà rassemblé tous les tessons une première fois. Il a forcément lu l'inscription. »

Astrid inclina la tête. « Van l'a lue. Pas toi ? Il en a traduit chaque mot ? Tu es sûre ? »

Margot fouilla sans ses souvenirs, sans grand succès. « Je pense que oui. Pourquoi ne l'aurait-il pas fait ? »

Astrid finit d'étaler le mascara sur ses cils en éventail, puis replongea la brosse dans son tube. « C'est assez commode d'éluder la partie où il faut un sacrifice humain pour obtenir le trésor de Vénus. »

Margot détestait la façon dont Astrid lui forçait la main. Elle manipulait la conversation pour obliger Margot à se coucher. « De quoi tu parles ?

— Le trésor, répéta Astrid, comme si c'était parfaitement évident. Tu crois vraiment que Vénus faciliterait la tâche à celui qui lui volerait ses affaires ? S'il s'agit *bien* des tessons du Vase – encore une fois, je ne dis pas que je te crois –, c'est la clé du trésor. Il n'y a qu'une seule façon d'être aimé pour toujours. *Lapideum*. Se transformer en pierre. »

La masse qui pesait sur l'estomac de Margot parut s'épaissir encore.

« Comment le sais-tu ?

— Je suis littéralement une linguiste primée.

— Littéralement, *je m'en fous*. Ça ne veut pas dire que tu as raison.

— Il se sert de toi. Quand il aura fini, il jouira de toutes les richesses du monde, et toi, tu seras une statue. Tu ne peux pas lui faire confiance.

— Mais je peux te faire confiance à toi ? » Margot ne voulait pas cracher ça de cette façon, Astrid n'essayait pas de l'empoisonner. C'était juste sorti comme ça.

« Tu peux, dit Astrid. Parce que j'ai raison, et si tu ne le sais pas encore, tu le découvriras bientôt. Je ne fais que veiller sur toi, Margot. »

Margot avait bien du mal à la croire – pourquoi l'aurait-elle crue, d'ailleurs ? Astrid se comportait mal avec elle depuis le début de l'été. Et ce soir, c'était pareil. Jamais elle n'aurait dû penser que ça aurait pu être différent.

Peu importait que Margot n'ait pas vu les deux derniers tessons. L'inscription ne disait pas ça. Impossible. Quand ils les retrouveraient, elle aurait la phrase complète. Et Van ne la transformerait pas en pierre, pas après tout ce qu'ils avaient vécu.

« Comme tu voudras », ajouta Astrid, narquoise. Elle appliqua le rouge à lèvres rose layette sans même prendre la peine de demander l'avis de Margot. « Mais j'ai raison, et tu ne le vois pas parce que tes sentiments t'aveuglent. Le moment venu, je te rappellerai que je te l'avais bien dit. »

Margot n'en attendait pas moins d'elle.

20

Margot se réveilla en sursaut alors que le train s'arrêtait brusquement, quelque part dans les collines du Latium. Sa joue était encore chaude à cause de l'épaule de Van – là où elle avait dû s'assoupir, entre l'embarquement à Rome et maintenant. Elle espéra très fort ne pas avoir bavé.

« On l'a raté ? demanda-t-elle en chassant frénétiquement les mèches rebelles de son visage.

— Pas encore », répondit Van. Son air renfrogné était plus marqué, aujourd'hui, et sa voix était rocailleuse. Margot ignorait si c'était à cause de leur réveil matinal ou de la distance qui les séparait des tessons. « C'est le prochain arrêt. »

Alors que les élèves de la classe devaient retrouver leurs parcelles de fouilles à Pompéi, Margot et Van comptaient faire un arrêt juste avant. Et prier pour qu'Enzo ne leur ait pas grillé la politesse.

Margot ne cessait de se répéter qu'il n'avait aucun moyen de le faire – Enzo aurait dû résoudre les énigmes de la légende pour décoder l'emplacement de l'épreuve, puis y survivre sans rien savoir au préalable. Une entreprise insensée. Mais d'après ce que Margot savait maintenant des chasseurs de trésors, ils n'aimaient pas vraiment *perdre* leur trésor après l'avoir découvert. Enzo veillait sur son bien tel un dragon, et Margot était certaine d'avoir réveillé la bête.

« Tout va bien ? » demanda-t-elle.

Van répondit par un grognement, qui ressemblait peut-être vaguement à une suite de mots – mais franchement, difficile à dire. C'était tellement grognon.

« Ça n'a pas l'air.

— Je vous ai dit que ça allait. »

Margot se retint de lui faire remarquer qu'il n'avait rien *dit* du tout, justement. Il reporta son attention sur la fenêtre, alors que le paysage doré par le soleil défilait. De l'autre côté de l'allée, Astrid croisa le regard de Margot.

Lapideum, fit-elle silencieusement.

Margot leva les yeux au ciel. Astrid pouvait bien penser ce qu'elle voulait, Margot savait qu'elle avait confiance en Van. Même s'il n'était pas du matin.

Astrid, elle, s'était apparemment amusée comme une folle, la veille au soir. Quelques traces de mascara parsemaient ses joues comme autant de taches de rousseur, mais elle était sortie du lit tel un toast d'un grille-pain, ce matin, bourdonnant comme si son sang était saturé d'espresso. *Sacré date.*

Margot se lova dans les plis du tissu désuet de son siège.

Du bout des doigts, elle caressa les perles de jade à son poignet, parfaitement consciente de l'espace que Van occupait à côté d'elle – la façon dont son genou reposait presque contre le sien, la courbure de son dos tourné vers la fenêtre, l'angle de sa tête appuyée sur la vitre, inclinée vers la lumière.

Près d'elle. Mais quelque part au loin.

Elle avait beau lutter de toutes ses forces, elle ne pouvait s'empêcher de repenser à la nuit dernière, sur le toit. *Il faut du courage pour laisser les gens nous voir tels que nous sommes.* Tout son corps vibrait à ce souvenir, électrisé par la façon dont Van l'avait regardée. Comme s'il était sincère. Comme si elle pouvait s'autoriser à le croire.

Tentant maladroitement de s'assurer qu'il ne la surprenne pas en train de le dévisager, elle plongea la main dans le tote bag acheté dans une boutique de souvenirs au coin de la rue pour remplacer son sac à dos volé, puis en sortit *Les Reliques du cœur*. Il n'avait pas fière allure, après son passage par le Nymphée. Crêtes et vallées creusaient anormalement le papier, la couverture était rigide et craquelée, mais elle l'ouvrit quand même.

De ses mains, elle lissa les pages rugueuses – un court instant, elle se demanda si elle avait vraiment besoin du livre, dans la mesure où elle en connaissait chaque ligne.

Avec précaution, elle sépara les feuillets en prenant soin de ne pas les déchirer. Chapitre après chapitre, elle entrevit le périple d'Isla et de Reed qui, d'archéologues rivaux, devenaient collègues réticents, puis âmes sœurs, empêtrées dans le fil qui reliait leurs vies avant même de s'en apercevoir.

Margot fit halte à son passage préféré. Chapitre trente et un. Isla et Reed étaient si près de retrouver le Vase de la Vénus Aurélia, mais on venait de découvrir que Reed était de mèche avec le diabolique Edgar Alfred Durham pour doubler ses profits. Isla ne lui avait pas encore pardonné, mais il avait un atout dans sa manche.

Les pieds d'Isla la conduisaient vers les marécages, à l'embouchure du Tibre.

Un bateau n'allait pas tarder à débarquer, pour l'emmener loin de Reed, une bonne fois pour toutes. Plus jamais elle n'aurait à les voir, lui et son sourire, ses yeux ronds et bruns, même si cela lui brisait le cœur.

Margot tourna la page au moment où Reed arrivait sur les lieux, le dos tourné à Isla, trempé par l'eau de la rivière. *Qu'est-ce que vous faites ici ?* avait craché Isla. Il l'avait trahie au moment où elle avait le plus besoin de lui.

Margot savait ce qui se passait ensuite : Reed se retournait, il se mettait à genoux, et demandait Isla en mariage avec une émeraude.

Il n'était pas agent double, mais un agent triple, il n'avait passé ce marché avec Durham que pour s'offrir la bague devant laquelle Isla s'était pâmée lors de leur séjour à Florence.

Mais quand Reed se retournait, c'était Van qui était face à lui, ses yeux verts étincelant dans le soleil safran.

Ressaisis-toi, Margot. Ça ne l'aiderait pas beaucoup. Van n'était pas Reed Silvan, et elle n'était pas Isla Farrow. Même si elle aurait bien aimé.

Déjà, l'idée que Van se faisait d'un geste romantique se résumait à un petit vol. Sans parler de son éventuelle pétrification. Alors que le train oscillait doucement dans un virage, la lumière du soleil accrocha une traînée de marbre qui s'infiltrait sur la peau de Van, s'échappant de l'entaille sur son bras. Elle s'étendait à chaque instant qu'ils passaient loin du Vase. Lorsqu'il se retourna pour observer la campagne vallonnée, Margot vit que la fissure sortait de sa manche et remontait le long de son cou.

Elle ne pouvait pas le perdre. Pas avant d'avoir eu l'occasion de l'avoir.

« Expliquez-moi de nouveau votre plan », demanda-t-elle en refermant son livre.

Van posa le doigt sur sa tempe et lâcha un soupir irrité. « Nous tentons l'épreuve de *Terra,* nous la résolvons et nous partons.

— OK, pourquoi vous agissez comme si vous étiez gêné aux entournures ? demanda Margot. Vous êtes fâché parce que je vous ai débarrassé de vos bretelles ? »

Il ne la regarda même pas. « Je n'arrivais pas à dormir, alors je suis retourné aux archives du musée. »

Bien entendu, le musée était fermé à cette heure de la nuit, mais Margot décida qu'il valait mieux ne pas savoir comment il avait fait. Elle l'avait suffisamment vu tricher, se faufiler et voler pour savoir qu'il avait ses propres méthodes. Et elle acceptait de rester dans le déni tant que c'était plausible.

« Et ? » fit-elle à l'angle inquiet de sa bouche.

Il sortit une feuille de papier de sa poche. Elle avait été froissée et pliée, les empreintes des doigts de Van s'étaient littéralement moulées dans les fibres. « La malédiction, elle se propage encore et... »

Sa phrase se termina brusquement, mais Margot savait où ses pensées l'avaient conduit, comme si elle consultait l'atlas de son esprit. « Et vous avez passé un très long moment sans un tesson à proximité, mais vous ignorez combien de temps il faut pour vous retransformer en pierre. »

Van déglutit, sa pomme d'Adam frémit. « Il n'y a aucune garantie que personne d'autre n'ait découvert les deux derniers tessons au cours de mes cent ans d'absence.

— Ils seront là, dit-elle. Et ils nous mèneront directement à Enzo.

— Il pourrait ne pas venir.

— Il viendra, insista Margot.

— Vous n'en savez rien ! »

Margot recula, stupéfaite. Quelques camarades de classe pivotèrent sur leur siège pour voir de quoi il retournait. Van aspira une bouffée d'air, sans parvenir à atténuer le rouge qui lui montait aux joues.

Margot voulut poser la main sur son épaule, mais suspendit son geste à mi-chemin. Ça n'aurait pas servi à grand-chose, de toute façon. Van se redressa d'un coup, puis enjamba Margot pour emprunter l'allée.

Elle se précipita derrière lui. « Où allez-vous ? » L'arrêt n'était pas prévu avant quinze, vingt minutes.

« Ça n'a pas d'importance, répondit Van sans se retourner.

— Si, c'est important, protesta Margot.

— Non, ça ne l'est pas.

— Ça l'est parce que nous sommes partenaires. » Margot tendit la main vers lui, refusant cette fois de se dérober. Il évita ce contact comme il aurait chassé une mouche très agaçante.

Un peu plus loin dans l'allée, il secoua la poignée des toilettes, malgré le loquet rouge indiquant clairement qu'elles étaient occupées, puis reprit sa route quand il comprit que la porte ne s'ouvrirait pas. Une épaule s'affaissait, plus lourde que l'autre, et sa jambe traînait, ce qui perturbait sa démarche.

Le pied de Van heurta la mallette d'un passager ; il trébucha en avant, avant de se rattraper à l'accoudoir du siège voisin, non sans avoir fait sursauter une jeune blonde peroxydée, manifestement en vacances. Son cappuccino de wagon-bar se répandit sur sa robe blanche, laissant une tache brune à la Rorschach sur son corsage.

Le souffle coupé, la jeune fille s'apprêta à protester vigoureusement. Van marmonna des excuses, avant de s'élancer de nouveau dans l'allée. Heureusement – ou malheureusement –, ses jambes étaient lentes, alourdies par la pierre. Ses mouvements étaient rigides.

« Van, arrêtez. » Margot le rattrapa rapidement, mais cela ne le découragea pas. « Arrêtez-vous. *Stop*. »

Van pivota vers elle. Un rouge rageur bordait ses yeux vert péridot, désormais vitreux. « Je refuse d'en parler. »

Une femme d'un certain âge et son petit chien blanc, tous deux portant des lunettes de soleil bleues assorties, les regardaient fixement. Ne manquait que le pop-corn.

« Vous ne savez même pas de quoi je veux parler, dit Margot innocemment. Peut-être de la renaissance des sitcoms de trente minutes, du gigantisme de l'océan Atlantique, ou d'un tas d'autres choses sans rapport avec le sujet.

— Ne faites pas ça, s'emporta Van.

— Faire quoi ?

— Vous avez pitié de moi. »

Une voix retentit dans les haut-parleurs, floue et déformée. « *Arrivo a Napoli, dieci minuti.* »

Cette voix réduisit la tension entre eux, sans calmer Van pour autant.

En trombe, il se dirigea vers l'extrémité du wagon.

Dans l'allée, la Dre Hunt quitta son siège et tendit les bras au-dessus de sa tête. Si elle se retournait, elle risquait de constater le chaos qu'ils avaient laissé dans leur sillage. Elle leur ordonnerait aussitôt de regagner leurs places, trente rangées plus loin. Mais ici, ils avaient la possibilité de quitter le train à l'arrêt suivant. Le temps qu'on s'aperçoive de leur absence, ils seraient déjà de retour à Pompéi. Il leur suffisait de ne pas se faire prendre.

Margot et Van atteignirent l'arrière du train, mais cela signifiait seulement qu'ils ne pouvaient pas aller plus loin. Van étant au bord de la crise de nerfs ; il fallait se mettre à l'abri, et vite.

La femme et son chien levèrent les yeux vers Margot. Leurs lunettes de soleil bleues.

« Je vous les emprunte juste une seconde, dit Margot avant d'ôter les lunettes de leurs visages.

— *Fermati !* » cria la femme.

Le chien aboya alors que Margot se rapprochait de Van. Passant les bras autour de son torse comme un joueur de football, elle l'entraîna vers les ultimes sièges de l'allée.

« Qu'est-ce que vous *faites* ? » Il lutta contre son emprise. Un coude durci comme la pierre s'enfonça dans les côtes de la jeune femme. *Aïe.*

« J'essaie… de… vous… aider. » Chaque mot martelé était interrompu par Van qui tentait désespérément de se dégager. Hors de question. Ils étaient si près de Naples, du prochain tesson.

Par la seule force de sa volonté, Margot passa les lunettes de soleil de la femme sur le visage de Van, puis se redressa, triomphante.

Les minuscules lunettes de soleil du chien couvraient à peine les yeux de Margot, lui donnant des airs de faux John Lennon. Elle se cacha derrière la rangée devant elle, jetant un bref regard vers la Dre Hunt, qui se tournait vers la femme et son bichon maltais mécontent, tous deux plissant les yeux à cause du soleil. Plusieurs dizaines d'années semblaient s'être écoulées avant que la Dre Hunt entre – enfin – dans la cabine des toilettes.

Margot expira à pleins poumons. Sauf que la personne qui avait quitté les toilettes se dirigeait vers son siège à elle. Il s'arrêta devant eux et se racla la gorge.

« Nous allions justement, hum... partir. » Margot se leva, entraînant Van avec elle. Il ne faisait aucun effort, réduit à un poids mort réticent.

« Margot, ça suffit, dit-il d'un ton sec. Je sais ce que vous tentez de faire, mais laissez tomber. Vous ne faites qu'empirer les choses. »

Le tranchant de sa voix la transperça. Un poids lourd comme un éléphant lui saisit l'œsophage. Mais la Dre Hunt pouvait sortir des toilettes à tout moment. Margot était trop têtue pour s'arrêter maintenant. Elle repoussa Van dans le compartiment à bagages et claqua la porte derrière eux.

La pièce n'était pas... grande. Pas vraiment appropriée pour deux personnes.

Les valises s'empilaient sur des racks superposés jusqu'au plafond. Un plafonnier unique y était fixé, et Margot tira sur la petite chaîne qui pendait entre eux deux. Une lumière crue envahit l'étroit compartiment.

Van retira ses lunettes de soleil, la nuque raide, les épaules crispées. « Vous êtes coriace.

— Merci », répondit Margot en remettant ses lunettes de soleil au-dessus de sa tête.

Un bruit rauque émana de la poitrine de Van. Il ne s'agissait manifestement pas d'un compliment.

À chaque respiration, la poitrine de Margot se soulevait pour rencontrer la sienne. « Je sais que vous ne voulez pas en parler, alors nous n'en parlerons pas. »

Ils ne firent donc pas. Pendant quelques instants, ils restèrent là. Margot regardant Van, et Van la regardant à son tour.

« Je n'essayais pas de tout gâcher. » La voix de la jeune fille était péniblement humide.

« Ce n'est pas le cas. Je me sens juste... j'ai l'impression de ne pas pouvoir respirer. » Chaque mot se fissurait comme du marbre ébréché. Il expira lentement par le nez, une attitude que Margot reconnut immédiatement – la façon dont on essaie de retenir ses larmes.

« Vous avez peur », comprit-elle en prenant ses mains dans les siennes. Elles étaient plus froides que dans son souvenir, et cela l'effraya. « Honnêtement, je serais choquée que ce ne soit pas le cas. Mais vous n'êtes pas seul. Je suis là. »

Les vestiges de l'obstination de Van volèrent en éclats. Sa tête s'enfonça dans l'épaule de Margot, son visage trouva son cou, alors que des respirations saccadées le secouaient. Il marmonna quelque chose en tremblant. Les mains de Margot trouvèrent son dos et s'y posèrent fermement. Ses doigts sentirent chacune de ses côtes, chaque vertèbre de sa colonne.

« Je suis là », répéta-t-elle, comme un mantra, jusqu'à ce que le train ralentisse et que la respiration frénétique de Van s'apaise à son tour. Même si Margot n'était pas très sûre d'avoir fait quoi que ce soit de bien ces derniers temps, au moins, elle était là.

Avec toute cette agitation, la boussole de Van avait quitté son habituel emplacement, sous sa chemise. Il la serra entre ses doigts, un geste devenu comme une seconde nature. Margot put voir la gravure sous sa main. Une gravure très familière.

« L'emblème, dit-elle. Le même que celui sur le sweat à capuche d'Enzo.

— Oui, croassa Van. Le logo de l'Atlas Exploration Company. Cent ans plus tard, Atlas trouve encore le moyen de m'énerver. »

Margot serra sa main dans la sienne. La boussole s'était réchauffée à son contact. « Nous retrouverons ce tesson et nous rattraperons Enzo. Je vous le promets. »

Le train s'arrêta. *Napoli Centrale*.

Margot remit les lunettes du chien en ouvrant la porte du compartiment à bagages, et Van rangea sa boussole sous sa chemise.

Mastodonte de verre et d'acier, la gare nichait entre les collines de Naples et la mer céruléenne. Quand les portes s'ouvrirent, Van descendit sur le quai en même temps qu'elle. Même si elle voyait l'effort que cela lui coûtait, il gardait la tête haute, l'air déterminé. Le train repartit sans eux, l'appel d'air ébouriffa les boucles de Margot. Prochain arrêt : l'épreuve de *Terra*. Qu'elle y soit préparée ou non.

21

Van conduisit Margot dans un fichu tombeau. Question rendez-vous, on avait fait mieux.

Ils se tenaient côte à côte à l'entrée de la Crypta Neapolitana. Derrière eux s'étendait une riviera éblouissante. Le genre de paysage qu'on s'attendait à voir sur des cartes postales anciennes, au fond d'une boîte à chapeaux, des images estampillées aux bords dentelés, à l'encre délavée. Les bâtiments ornés de stuc jaune pastel et orange acide, rehaussés de cuivre, étaient soulignés par les feuilles trop vertes des pins et des palmiers.

Et devant ? La Crypta Neapolitana s'ouvrait tel un tunnel, long et sinueux, où les ombres lissaient les murs, où le lierre s'insinuait dans les crevasses. D'après Van, le passage les mènerait au tombeau de Virgile. Mais pour l'instant, ce n'était pas le plus important.

« Vous voulez dire qu'on doit… passer par là ? Un tunnel qui traverse la montagne sur plusieurs kilomètres et qui… » Elle désigna une barrière rayée de blanc et de rouge, semblable à celles qui bloquent les voies ferrées, ainsi que le kiosque vide du centre d'accueil des visiteurs. « … me paraît vraiment super ouvert aux touristes.

— Ça nous conduit tout droit au tombeau. Il n'y a pas d'autre accès. »

Van plongea les mains dans ses poches – des mains qui, elle le savait, se transformaient en pierre de l'intérieur, et quelque chose tressaillit dans la poitrine de Margot. Si elle ne faisait rien, la pierre finirait par le recouvrir, l'éloignant d'elle pour toujours, alors qu'elle commençait à peine à découvrir ce qui se cachait sous sa carapace froide.

« Vous êtes conscient que vous avez fini *écrabouillé* dans l'effondrement d'un *site archéologique dangereux*, n'est-ce pas ? » demanda Margot.

Van soupira. « Et vous savez que ça ne s'est *pas* passé comme ça, n'est-ce pas ? » Quel plaisir de voir qu'il était redevenu aussi tatillon qu'à l'accoutumée.

Ils passèrent sous la barrière, puis s'enfoncèrent dans l'antique tunnel. Margot se recroquevilla sur elle-même. Même si l'atmosphère estivale était encore chaude et poisseuse, elle ne parvint pas à se débarrasser des frissons qui l'assaillaient.

« Il y a des trucs bizarres dont je devrais me préoccuper, cette fois-ci ? Des pièges ? Des fosses à serpents ? Des coulées de boue ? Dois-je me battre contre le fantôme de Virgile ? » Elle avait voulu instiller un peu de légèreté dans ses propos, mais les ombres s'accrochaient à chaque mot.

« Cette épreuve est un peu différente des trois premières. C'est plus un test qu'une tâche à accomplir. » Van fit pivoter son cou. Les brins de marbre qui s'étiraient vers son oreille gémirent sous l'effet du mouvement.

Ne se rapprochaient-ils pas des tessons ? Pourquoi la pierre ne reculait-elle pas ?

« De plus, Virgile n'est pas vraiment ici.

— Quoi, son squelette s'est levé, et puis il est parti ?

— On l'a incinéré. Ses cendres ont été perdues au Moyen Âge. Ce n'est qu'une vaste pièce en pierre. »

Margot le regarda. « Comment avez-vous appris tous ces trucs ?

— Tous ces trucs ? » répéta Van. Il regarda droit devant lui, vers la lumière vacillante de l'autre côté, qui ne faisait que grossir.

« Tout ce qui est arrivé aux cendres de Virgile au Moyen Âge, et tout ce qui concerne le Vase. Je doute que vous ayez lu ça dans les journaux, quand vous les vendiez. »

Van tira sur le col de sa chemise, ses doigts effleurant la jonction de la peau et de la pierre. « Honnêtement... je ne savais pas grand-chose avant de rencontrer Atlas. C'est lui qui m'a appris tout ce que je sais.

— Oh, mince ! s'exclama Margot. Désolée, je l'ignorais. Je n'aurais jamais parlé de lui, sinon.

— Je sais. » Quelque chose traversa son visage – un flot d'émotions, aussi ténu qu'une couche de neige fraîche –, puis il reprit : « Atlas me sous-estimait. Systématiquement. Il aimait me rappeler que j'étais un escroc qu'il avait tiré du caniveau, sur la cinquante-huitième. Mais j'apprenais vite, et même si j'ai dû travailler deux fois plus dur pour le convaincre que je valais mon pesant d'or, il n'était pas question de rentrer les mains vides. »

La poitrine de Margot se serra. Elle connaissait bien ce sentiment. Elle savait ce qu'on éprouvait quand les autres vous regardaient de haut, surveillaient vos moindres faits et gestes. Toutes les remarques désobligeantes d'Astrid s'étaient gravées dans sa peau, la rongeant comme une pourriture sèche. Astrid avait trouvé ses points faibles et menaçait de détruire ses fondations.

Et pourtant, Margot était là, dans une situation catastrophique dont elle était seule responsable, sur le point de perdre l'unique personne qui semblait enfin la comprendre, tout ça à cause d'une stupide malédiction romaine. Merci beaucoup, Vénus, très sympa.

« Van, je... » Les mots lui obstruèrent la gorge. Comment s'excuser pour quelque chose d'aussi grave ? C'était sa faute si Van était ici, il lui revenait de le sauver.

Mais ses moteurs manquaient de carburant. C'était difficile à admettre, mais son courage artificiel l'avait abandonnée. Elle persistait quand même à se croire capable de réussir un test stupide. Quel que soit le prix à payer pour guérir Van, elle ne se déroberait pas. Même si elle devait agir seule.

Le pouvait-elle seulement ? Les autres avaient-ils raison de la sous-estimer sans arrêt ?

Van ralentit, puis s'immobilisa devant un escalier de pierre envahi de mauvaises herbes. Au-dessus, taillée dans le flanc de la falaise, une porte veillait, tel un œil grand ouvert. Elle rappelait à Margot les repaires de super-vilains de dessins animés, et ce n'était pas exactement l'endroit où parader sans s'y préparer.

Elle pouvait faire preuve de courage. Pour lui. Il le fallait bien.

« Les dames d'abord, insista-t-elle en montant la première marche de l'escalier.

— Margot, attendez, dit Van en luttant pour la rattraper. Je vais m'occuper de celui-ci. C'est un peu délicat.

— Délicat, répéta-t-elle avec un rire peu adapté. Vu la semaine qu'on vient de passer, je me débrouillerai, je pense. »

Elle força un peu son allure. Le fer brûlant de la peur la poussait vers l'avant. Franchement, elle ne savait pas trop s'il s'agissait de sa propre peur, ou si elle avait emprunté celle de Van pour la faire sienne. Plus il ralentissait, plus elle accélérait.

Au sommet, Margot vit les petites maisons blanches qui parsemaient les collines de Naples. Les routes étaient comme des veines, reliées au cœur de la ville animée. Une courte clôture métallique ceinturait la zone historique, comme pour la protéger des curieux ou des pilleurs de tombes amateurs. Il faudrait bien plus que cela pour la dissuader d'entrer.

Se débarrassant de la lanière de son tote bag, Margot posa les deux mains sur le grillage. Elle leva une jambe, l'accrocha au sommet, puis se hissa au-dessus. Cette fois, elle retomba sur ses pieds.

Devant elle, une statue pleurait sur un banc, dans une draperie de pierre. Plus loin, la bouche de la grotte s'ouvrait en grand. La statue inclina la tête, puis ouvrit des yeux blancs comme du lait. Margot fut prise d'un regain d'énergie. Le marbre vivant signifiait que le tesson était tout proche.

« Il est là », murmura Van. Il récupéra le sac de Margot au sol alors qu'il atteignait le palier. « Je le sens. »

Malgré tout, il lutta pour se hisser au-dessus de la clôture. Ses mains saisirent le grillage, mais ses pieds glissaient sans cesse, lourds comme des pierres.

« Que puis-je faire ? demanda Margot, gravitant vers l'avant.

— M'attendre », grogna Van. Il bascula par-dessus la clôture et atterrit durement sur le sol. Alors qu'il tentait de se redresser, ses membres grincèrent et gémirent. La magie ne s'infiltrait pas encore dans ses os.

La statue surveillait chacun de leurs mouvements. Sa plaque couverte de lierre indiquait *Le Deuil de Virgile*, et quand elle leva la main, le mouvement fit sortir de terre un petit piédestal, derrière la tombe.

Margot plissa les yeux. Se faisait-elle des idées, ou le tesson était-il simplement… posé là ? Était-ce vraiment si simple ? Pas si *délicat* que ça.

Une force magnétique l'entraînait vers le tombeau, malgré le tsunami d'émotions qui bouillonnait déjà en elle. Pas question de pleurer. *Pas question* de pleurer. Pas maintenant. Il ne lui restait plus qu'à s'emparer du tesson pour rendre à Van son apparence normale.

Un froid inquiétant persistait à l'intérieur des murs de la grotte, et l'ensemble sentait la fumée de sauge et la cendre. Heureusement, Van avait eu raison à propos de l'incinération. Le tombeau était dépourvu d'ossements.

Cela n'empêcha pas Margot de frissonner de nouveau. Malgré toutes ses phases, le métier de pilleur de tombes ne l'avait jamais vraiment intéressée. Elle avait juste à penser à des choses agréables. La lueur de fierté dans les yeux de son père, par exemple, quand elle lui montrerait le Vase via FaceTime – un Vase entier, bien réel, et non le rêve éveillé d'une fille stupide.

Margot arpenta le vaste périmètre de la salle. Une inscription courait sur les murs, brûlée dans la pierre de manière à laisser une tache de suie permanente. Ses doigts suivirent la courbe des lettres, suffisamment familières, sans toutefois former un mot identifiable.

« Quoi qu'il arrive, n'entrez pas… » Un fracas assourdissant interrompit Van. « … à l'intérieur. »

La lumière du tombeau disparut en un instant, plongeant Margot dans un océan de noir. La panique lui saisit la gorge, la serrant jusqu'à bloquer sa respiration.

Son corps bougea sans sa permission. Ses mains grattèrent les murs rugueux, cherchant désespérément à s'y accrocher. Son pouls pulsait dans ses oreilles, sa gorge, son ventre.

« Tout va bien », lança Van de l'autre côté de l'enceinte rocheuse. Est-ce qu'il criait ? Chaque syllabe était rauque, presque à vif. « Vous m'entendez ? Tout va bien se passer. »

Précisément le genre de chose qu'on dit à quelqu'un en pleine crise de panique, quand le *ça ira* est encore très incertain.

L'obscurité était si profonde que les yeux de Margot avaient du mal à s'adapter.

Elle fouilla les ténèbres, en quête de la lueur dorée du tesson, laissant sa présence la guider plus avant dans la tombe. Elle avait bien repéré l'endroit où il se trouvait, à l'extrémité de la grotte. Il ne lui restait plus qu'à l'atteindre.

L'épreuve portait peut-être sur… l'écholocation ? Utiliser les vibrations de la terre pour remplacer la vue ordinaire ? Van n'avait-il pas évoqué Cupidon rencontrant Psyché dans l'obscurité ? Ses orteils touchèrent le piédestal. Margot tâtonna, effleurant la colonne jusqu'à son sommet plat. Sa main trouva le tesson.

Les murs du tombeau s'ébranlèrent.

« Van ! cria-t-elle. Qu'est-ce qui se passe ?

— Les murs, ils sont... »

Elle l'entendit à son tour. Un bruit de friction. Calcaire contre terre brûlée au soleil. Les murs de la tombe bougeaient - vers elle. Et quelque chose lui disait qu'ils ne se réarrangeaient pas pour une question de feng shui. L'épreuve de *Terra* venait de commencer.

Ragaillardie, elle demanda : « Qu'est-ce que je dois faire ?

— Vous avez pris des cours de latin au lycée, n'est-ce pas ? demanda Van.

— Non. Pas du tout. » Ce n'était pas le moment de trop s'attarder sur l'irrégularité de ses options.

Un juron s'échappa des lèvres de Van, suffisamment étouffé pour qu'elle suppose qu'il aurait préféré le garder pour lui, de l'autre côté du mur de pierre.

« Je croyais que le latin était obligatoire.

— Vous avez fait latin, *vous* ? » demanda-t-elle.

Pas de réponse.

Sa tête s'affaissa sur sa poitrine. « J'espère que vous plaisantez.

— Ne soyez pas si déçue. » Elle l'entendit presque sourire.

« En tant que personne sur le point d'être aplatie, je me réserve le droit d'être déçue. »

Il soupira. « J'ai essayé de vous dire de me laisser gérer ça.

— Et ça nous aurait beaucoup servi », ricana sèchement Margot. Elle maintint la paume fermement appuyée sur le calcaire en mouvement, ce qui ne le fit guère ralentir. Elle pouvait déjà toucher les deux parois en tendant les mains, et ses coudes commençaient à plier. « Je suppose qu'Atlas a lui aussi réussi cette épreuve. »

Le silence de Van lui suffit.

« Et il a survécu comme ça ? demanda-t-elle. Il connaissait le latin ?

— Margot, respirez. » La voix de Van évoquait un téléviseur saturé de parasites, tout près de s'éteindre. « On va trouver une solution. »

Mais elle ne pouvait pas respirer. Ses poumons révoltés avaient leur propre programme, et ce programme ne consistait apparemment qu'à s'essouffler. Aucun d'entre eux ne connaissait le latin, et si c'était essentiel à la réussite de cette épreuve, comment y survivre ? S'il n'avait pas déjà fait nuit noire dans ce tombeau, Margot était certaine que l'obscurité s'était intensifiée.

Les mots de Van revinrent, plus solides qu'avant. Comme s'il avait retrouvé ses marques. « Comptez à rebours à partir de cent. Cent pour de bon, cette fois.

— Cent, quatre-vingt-dix-neuf, quatre-vingt-dix-huit... » Les murs se rapprochèrent. Pas au sens figuré. Au sens propre. Si Margot ne se ressaisissait pas rapidement, elle finirait écrasée. « Ça ne fonctionne pas.

— Vous pouvez y arriver, Margot. Vous devez croire en vous.

— Je ne peux pas. *Je ne peux pas.*

— Moi, je crois en vous. » Sa voix était plus calme, plus douce.

Les mots glissèrent sur sa peau, comme un baume sur ses nerfs à vif. Margot aurait bien redressé les épaules s'il n'y avait eu l'approche impitoyable des murs.

La pièce rétrécissait, se réduisant de tous les côtés. Le grincement de la pierre contre la pierre emplissait l'air, mais Margot l'entendait à peine plus que le bruit laborieux de ses poumons qui tentaient de se rappeler comment respirer. Le temps lui manquait.

Chaque fois qu'elle essayait de formuler un plan, ses pensées s'évanouissaient. La résolution rationnelle des problèmes était remplacée par une cuve d'adrénaline. *Réfléchis, réfléchis, réfléchis...*

« Van ! Mon téléphone !

— Quoi ? lança-t-il, de plus en plus lointain.

— La lampe de poche ! Elle est dans mon sac. Quelque part au sud des mini-bretzels, à l'est des *Reliques du cœur*. »

Elle imagina Van de l'autre côté, en train de fouiller son sac. Ce qui lui parut une éternité passa, tout était silencieux, excepté le crissement de la pierre. Margot se mit sur le côté, pour gagner un peu de place.

Finalement, Van cria : « Et maintenant ?

— Appuyez sur l'écran avec votre doigt, et quand il s'allume, glissez vers le haut. Il vous faut mon mot de passe, c'est...

— Des boutons ? Mais tout est plat. »

C'était pire que montrer à sa grand-mère comment envoyer un SMS.

« Le mot de passe, Van. C'est neuf, deux, six, quatre. Il suffit de taper sur chaque chiffre. »

Un son, quelque part entre la stupeur et la confusion, filtra à travers le mur. « Et maintenant ? »

Les murs se resserraient. Margot s'efforça de garder son calme. « Il y a quelque chose d'écrit sur les murs, ici. J'ai une application de traduction dont on peut se servir pour déchiffrer ce message.

— C'est quoi, une application ? » Elle ne s'en tirerait pas vivante.

« Cherchez le petit carré rouge sous lequel est écrit *Global Dictionary*, puis tapez dessus. Est-ce que ça s'affiche sur l'écran maintenant ?

— Euh... oui ?

— Je vais épeler les mots. Vous n'aurez qu'à taper ce que je dis. »

Ses mains trouvèrent les rainures sur le mur du fond. Du bout des doigts, elle suivit la première lettre. À mesure qu'elle avançait dans la pièce, les mots commençaient à prendre forme.

« Je crois que j'ai tout, dit Van quand Margot atteignit la dernière lettre. *Quiesce. Praebe te fidelem aut redde quod non est tuum.* »

Puis, une petite voix robotique répondit : « *Ne bougez pas. Prouvez votre loyauté, ou rendez ce qui ne vous appartient pas.*

— C'est tout ? coassa Margot. Ma loyauté ? » Elle écrasa les paumes sur les murs, poussant de toutes ses forces, comme si elle pouvait les arrêter. Comme cela ne fonctionnait pas, elle posa son épaule contre le mur et appuya de tout son poids. Planta le pied contre le mur opposé, puis poussa, poussa, poussa. Rien.

Hors de question qu'elle reste là, sans rien faire. *Ne bougez pas.* Comment s'asseoir ici et accepter d'être à deux doigts de se faire écraser comme une pâte à cookies ? Les murs étaient suffisamment écartés pour la laisser respirer, mais à peine.

Elle serra le tesson plus fort, si fort qu'elle crut s'être entaillé la main. « Si je remets le morceau en place, vous croyez que ça va s'arrêter ? *Rendez ce qui ne vous appartient pas* ?

— C'est écrit "*ou* rendez ce qui ne vous appartient pas". Si vous faites ça, je doute que vous ayez une autre chance. Atlas est entré dans ce tombeau, et il en est ressorti avec le tesson. Il n'a pas voulu me dire ce qui s'était passé à l'intérieur, mais j'imagine que ça a quelque chose à voir avec… »

Péter les plombs tout en jouant les gros durs ? Pile ce que Margot s'apprêtait à faire. Elle ferma les yeux, ce qui ne changea strictement rien à ce qu'elle voyait, mais c'était le genre de truc à faire avant de finir en purée. Histoire qu'ils ne sortent pas de leurs orbites, par exemple.

« Ça va aller, Margot, dit Van. Je suis là. »

Les mots qu'elle avait prononcés tout à l'heure paraissaient si peu naturels sur la langue de Van, mais elle dut bien admettre qu'ils desserraient un peu le nœud d'effroi qui s'était formé dans sa poitrine. Même si elle n'était pas sûre de les croire.

Van parut distant quand il murmura : « Réfléchissez à la raison de votre présence ici. »

L'immobilité n'était pas le fort de Margot. Ses jambes lui donnaient envie de courir. De jeter le tesson sur le piédestal et d'en finir avec cette épreuve – avec cette quête stupide – une bonne fois pour toutes. Mais elle ne pouvait pas, ne *voulait* pas. Elle savait ce qui était en jeu, tout ce qu'elle perdrait si elle jetait l'éponge trop tôt.

Le calcaire lui mordit les épaules. Elle se tortilla, s'aplatissant entre les deux parois, donnant à sa poitrine juste assez d'espace pour se soulever et s'abaisser. L'âcreté de la peur lui envahit la bouche. Elle eut beau essayer, elle ne parvint pas à déglutir.

Elle ferma les yeux encore plus fort. Imaginer Van de l'autre côté du mur, derrière elle, était la seule chose qui empêchait son cœur de lui fendre les côtes.

Puis. Soudain.

Les murs cessèrent de bouger. Elle ouvrit les yeux. La lumière traversait l'entrée de la grotte, contrastant de façon aveuglante avec l'obscurité. Les murs s'étaient immobilisés de part et d'autre du piédestal, ne laissant qu'un étroit passage à travers la grotte. Les paumes de Margot effleurèrent la pierre tandis qu'elle se hissait vers l'avant. Même si elle s'extirpait du noir vers la lumière, une peur gluante comme du goudron s'ancrait au moindre recoin de son esprit.

Les bras de Van la trouvèrent au moment où elle émergeait du tombeau. De lourdes larmes chaudes dévalèrent ses joues. Elle était vivante, mais elle sentait encore la pression des murs sur ses épaules, leur poids écrasant.

« Tout va bien », fit-il en l'attirant contre lui. Elle entendit à peine ses lèvres se poser à la racine de ses cheveux, chaudes et douces. « Tout va bien, fillette. »

L'argile du tesson lui avait chauffé les paumes. Quand elle leva la main, l'or avait presque fondu, d'un ambre si profond qu'on aurait pu nager dedans. Mais quand elle y regarda de plus près, son cœur se serra.

Ses doigts parcoururent l'inscription latine, s'arrêtant sur le dernier mot. *Lapideum*.

22

« Vous êtes au courant depuis combien de temps ? »
Margot était un véritable cocktail Molotov d'émotions. Blessure, trahison, colère. Elles lui brûlaient le corps telle une flamme nue.

Van se cabra, recula juste assez pour la regarder, elle, puis le tesson entre ses mains. Il maintint ses paumes sur ses épaules, mais elle se dégagea de son emprise. Van balaya frénétiquement Margot du regard. Elle se demanda ce qu'il voyait – une peau enflammée, des narines dilatées –, et s'il mesurait, d'une manière ou d'une autre, le gouffre qui lui creusait le cœur. « Au courant de quoi ?

— Que vous alliez me sacrifier ! » Les mots tailladèrent Margot comme une lame dentelée.

« Margot, ce n'est pas…

— Ce n'est pas ça ? La récompense pour avoir réuni les cinq tessons du Vase ? Vous espériez de l'or, et *moi,* être aimée. Il s'avère qu'on s'est trompés, tous les deux. Ce n'est pas l'un ou l'autre. C'est un chacun. L'un se transforme en pierre, l'autre s'enfuit avec le trésor. » Un rire dépourvu d'humour lui remonta la gorge. De toutes les personnes qui pouvaient avoir raison, il avait fallu que ce soit Astrid. « Mais ça, vous l'avez compris il y a cent ans, n'est-ce pas ? »

Pendant qu'il restait là, bouche bée, à chercher une excuse, Margot glissa le tesson dans son tote bag. Elle l'avait bien mérité.

Même si les veines de marbre s'étaient retirées pour de bon, Van avait retrouvé sa carapace habituelle, effaçant tous les souvenirs du jeune homme qu'elle croyait connaître. Son regard d'acier et son amour de la solitude étaient probablement les seules choses authentiques le concernant. « Qu'est-ce que vous insinuez ?

— Je doute *d'insinuer* quoi que ce soit. » Margot croisa fermement les bras sur sa poitrine. « Je sais que vous m'avez menti.

— Qu'est-ce qui vous fait croire ça ?

— *Lapideum !* »

— Je pensais qu'on avait établi qu'aucun de nous ne connaissait le latin, répliqua Van d'un ton froid.

— Vous savez pourtant ce que cela signifie, n'est-ce pas ? En théorie, peut-être pas, mais en pratique, certainement. En pierre, Van. Quelqu'un doit se transformer en pierre. Et vous alliez faire en sorte que ce soit moi.

— Mais qui vous a raconté ça ? » Il tendit de nouveau la main vers elle, mais Margot esquiva.

« En quoi est-ce important ? » Le vent se leva, fouettant ses cheveux autour de sa tête. Comme si les dieux eux-mêmes soutenaient sa colère.

Il l'observa. Calculateur. « S'il s'agit d'Astrid, oui, c'est important. »

Margot garda le silence. Elle l'imita, les sourcils froncés, le regard arrogant et *monsieur-je-sais-tout*. S'il tenait à garder ses secrets, elle ferait de même.

« Et vous préférez croire Astrid plutôt que moi ? » Van secoua la tête, incrédule. « Allez-y. Mais mes mots à moi ont un sens, et je préférerais me transformer en pierre plutôt que de faire confiance à une Ashby. »

Un sourire plat se dessina sur le visage de Margot. « Je suis sûre que ça peut s'arranger. »

Ça valait presque la peine de sortir cette réplique pour voir la panique s'installer dans les yeux de Van. « Vous devez me croire, ajouta-t-il.

— Je n'ai pas à faire quoi que ce soit pour vous.

— Margot, vous ne comprenez pas. » Il fit un pas en avant, et elle recula, contournant l'entrée du tombeau. « Je ne ferais jamais rien qui puisse vous blesser de la sorte. Nous sommes partenaires. »

Le Deuil de Virgile les observait, la tête appuyée sur sa paume, ses lourdes paupières agitées. Une statue ennuyée ou déconcertée – ou peut-être les deux. Comme si, depuis son perchoir, elle avait vu deux mille ans de chagrin d'amour et qu'il s'agissait d'une énième rediffusion.

Le rouge remonta le long du cou de Margot, tachant ses joues et ses oreilles. « Je comprends parfaitement. Vous m'avez jeté un coup d'œil dans le temple, et vous vous êtes dit *elle fera l'affaire*.

— Ce n'était pas ça, protesta Van, mais sa bouche s'était figée.

— Deux coups d'œil, alors ? » paria-t-elle. Audacieux pour une fille qui venait de recouvrir de morve la chemise de Van. « Vous savez ce que je crois ? Je crois que vous avez aussi trahi Atlas. »

Ses yeux se rétrécirent. « Vous ne savez pas de quoi vous parlez.

— Je sais tout à fait de quoi je parle. » Margot chassa les mèches de son visage. Chacun de ses mots dégoulina de vitriol. « Atlas était le cerveau de l'opération, et vous, les muscles. Un gamin de la ville avec un petit problème d'ego, prêt à tout pour faire ses preuves. »

La mâchoire de Van se contracta. « Je lui ai fait confiance et il m'a trahi.

— Comme vous me trahissez, moi ? » Margot savait, au plus profond d'elle-même, que chaque mot acide qui sortait de sa bouche laisserait une marque. « Atlas se tenait peut-être là, le tesson à la main, peut-être s'est-il rendu compte qu'un seul d'entre vous obtiendrait le trésor. Il a sans doute tenté de vous avertir, de vous conseiller de ne pas réunir les morceaux du Vase. Et vous avez cru qu'il voulait le trésor pour lui-même. Alors, vous vous êtes retourné contre lui. »

L'armure de Van se fissura – très brièvement.

Parfait. Elle frappait là où ça faisait mal. « Un jour, vous comprendrez qu'à force de toujours agir seul dans votre coin, c'est précisément comme ça que vous finirez. Seul. »

Seigneur, quelle humiliation ! Elle lui avait fait confiance. Une partie d'elle avait même cru pouvoir l'aimer – lui tout entier, pas uniquement l'idée qu'elle s'en faisait.

Van ne recula pas. N'esquiva pas. Seule sa respiration nasale trahissait sa colère. « Si vous voulez bien vous calmer, je peux vous expliquer, mais vous n'allez pas aimer ça.

— La plupart des gens n'apprécient pas découvrir qu'on s'est servi d'eux, Van. Je ne sais pas comment ça se passait au siècle dernier, mais aujourd'hui, il existe un truc appelé décence élémentaire, et vous devriez songer à en avoir. » Margot commença à descendre les escaliers, tenant à bout de bras la sangle de son tote bag, au cas où Van aurait la même idée lumineuse qu'Enzo.

Derrière elle, Van lui lança : « J'ai essayé de vous laisser en dehors de ça, mais vous m'avez dit que vous feriez n'importe quoi.

— *N'importe quoi* n'inclut pas le sacrifice humain volontaire, en général. »

Plus traînante, la voix de Van poursuivit : « J'espérais trouver un autre moyen. »

Le visage de Margot la brûlait. Chaque pas faisait monter sa tension artérielle. *Calmez-vous,* avait-il dit. *Calmez-vous.* Elle n'y parvenait pas. Elle n'avait jamais su garder quelqu'un près d'elle pour de bonnes raisons – elle aurait dû savoir que Van n'était là que pour les mauvaises.

Et malgré tout ce qu'il avait dit, il ne la rattrapa pas. Même si elle possédait la chose dont il avait le plus besoin, il était trop têtu pour s'excuser.

Une seconde. Il n'avait même pas essayé de la rattraper.

Margot jeta un coup d'œil dans son tote bag, fouillant parmi les snacks d'urgence et les stylos en vrac, mais il n'y avait aucune trace de fragment d'argile durcie.

Elle fit demi-tour, furieuse. « Comment *osez-vous* ? » Van serrait le tesson dans sa paume. Il avait dû s'en emparer pendant qu'ils se disputaient.

« Vous savez pourquoi j'en ai besoin », dit-il.

À l'intérieur de Margot, la tempête se renforça, tel un ouragan au-dessus d'une mer chaude. Elle aurait préféré se contenir, mais elle n'y parvint pas. Les mots jaillirent d'elle comme un fleuve des vannes ouvertes d'un barrage. « Vous n'avez pas le droit de me le voler ! C'est moi qui ai failli me faire écrabouiller. »

Sa mâchoire se crispa, ses lèvres formèrent une ligne. « J'ai essayé de vous dire de ne pas entrer, m'avez-vous seulement écouté ? »

Non, elle ne l'avait pas écouté.

« Vous ne méritez pas ce tesson, gronda-t-elle. Tourner le dos à la seule personne qui s'intéresse encore à vous ? Si je n'avais pas été là, vous seriez toujours coincé dans ce temple.

— Et vous ? » demanda-t-il.

Margot serra les poings contre ses flancs. « Quoi, moi ?

— Je tiens à vous, et vous me tournez toujours le dos. »

Il fit quelques pas vers elle, les lignes acérées de son visage s'adoucissant, mais il rangea le tesson dans sa poche. Espérait-il qu'elle ne s'en rendrait pas compte ? « Ne faites pas ça, Margot. N'abandonnez pas quand ça devient difficile. »

Mais c'était la seule chose qu'elle savait faire.

23

Margot ne savait même plus depuis combien de temps elle errait dans les rues de Naples ni combien de *gelati* elle avait mangés en s'apitoyant sur son sort. Autour d'elle, la foule se renouvelait sans cesse, tel un flux permanent. Chaque fois qu'elle passait devant une statue, elle tressaillait, s'attendant à ce que la pierre s'anime pour obéir à Vénus, mais Van avait le tesson, désormais, et toutes les statues restaient immobiles.

Le contrecoup de ses émotions lui provoquait toujours un élancement dans la poitrine. Une douleur vive, telle une pointe émoussée sous la peau. Cette fois, c'était différent. Le métal s'enfonçait plus profondément.

Pourquoi Van ne l'avait-il pas rattrapée ? Dans les livres, ça arrivait tout le temps. En général, il pleuvait, l'un des protagonistes pleurait, mais ils se battaient l'un pour l'autre, pas l'un contre l'autre. Mais pas Van. Van s'était servi d'elle. Non seulement il s'arrogeait le trésor, mais il volait l'avenir de Margot.

Napoli Centrale l'avala alors que le soleil entamait sa descente, distillant ses traînées d'or diaphane à travers la verrière de la gare. La file d'attente progressait rapidement et Margot acheta un aller simple pour Pompéi. Elle ferait ses bagages, utiliserait le wi-fi terriblement lent de l'hôtel Villa Minerva et sa carte de crédit d'urgence pour se payer un autre billet de retour, puis monterait dans le premier avion en partance pour les États-Unis.

Jamais elle n'aurait dû venir en Italie.

Comment avait-elle osé se croire capable de prouver aux autres qu'ils se trompaient ? Au contraire, elle leur avait fourni les preuves flagrantes de son incapacité. Cet été, toutes ses tentatives s'étaient effritées entre ses mains. Le toucher de Midas, avec de la pierre froide et dure en guise d'or.

Le Vase ? Envolé.

Van ? Disparu.

Sa dignité ? Partie en fumée.

Alors qu'elle espérait avoir le fond du wagon pour elle toute seule, un couple s'avança main dans la main dans l'allée. Ils lui parurent plus âgés qu'elle, mais pas de beaucoup. Elle eut l'impression de regarder le miroir d'un palais des glaces du futur – elle, avec ses boucles sombres empilées au sommet de sa tête, lui avec sa peau bronzée et ses yeux vert électrique. Ils s'installèrent sur les deux sièges en face de Margot, et il passa immédiatement le bras autour des épaules de la jeune fille. La tête de cette dernière se blottit au creux de son cou. De toute évidence, ils étaient terriblement amoureux.

Margot se détourna, le front appuyé sur la vitre froide de la fenêtre. Elle n'était pas du genre à s'effrayer d'un moment *personnage principal-clip musical,* mais elle était bien trop bouleversée pour romancer sa vie. Même le flou de la campagne italienne qui défilait derrière la vitre ne parvenait pas à apaiser les cris dans son crâne.

Sa dispute avec Van occupait le moindre recoin de son esprit, se répétant sans cesse. Toutes les choses qu'elle aurait aimé ne pas dire. Et toutes les choses qu'elle ne revenait pas d'avoir dû dire.

Il avait bien eu l'intention de laisser la malédiction la transformer en pierre. De l'abandonner définitivement dans le temple, pendant qu'il s'enfuirait avec le trésor.

Traître par nature, son cerveau paraissait pourtant très satisfait de la façon dont les mains de Van lui avaient caressé le dos l'après-midi même, la maintenant près de lui, d'une main ferme et sûre, dure comme la roche. La façon dont il l'avait soutenue quand de tentaculaires ténèbres avaient jailli des profondeurs d'elle-même, dévorant tout sur leur passage. Il était la lumière du jour face à toutes les ombres de Margot. Il l'avait aveuglée, et elle l'avait laissé faire.

Astrid allait sacrément se moquer d'elle quand elle se rendrait compte qu'elle avait eu raison sur le fait que Van s'était servi de Margot – raison sur toute la ligne.

Elle refusait même de penser à ce que lui dirait son père, mais elle n'avait pas le choix. Son numéro apparut sur son téléphone. Il ne sonna qu'une fois avant qu'elle décroche. Autant en finir.

Dès la communication établie, son père hurla : « Margot Helena Rhodes, où es-tu ?

— Salut, papa, comment ça va ? répliqua-t-elle.

— Ne me dis pas *salut, papa*, maugréa-t-il. Je suis allé jusqu'à Atlanta ce soir, et tu n'étais pas là. Tu ne prends aucun de mes appels. Tu ignores tous mes messages. J'ai failli déclarer ta disparition aux autorités. »

Margot se renfonça dans son siège. « Je suis presque sûre qu'il faudrait que j'aie disparu depuis quarante-huit heures pour faire ça.

— Là n'est pas la question, Gogo.

— Tu avais raison », enchaîna-t-elle. Sa voix se fissura, elle refoula une nouvelle montée de larmes. Elle n'avait pas emporté assez de Kleenex pour faire face aux grandes eaux, aujourd'hui.

Elle entendit le soupir dans ses mots. « Comment ça ? »

Margot soupira elle aussi, calant sa nuque contre l'appui-tête en tissu. « Je passe à autre chose, d'accord ? » Sa gorge se serra autour de ses propres mots, presque une réaction allergique au fait d'être impulsive et émotive, comme tout le monde le disait.

« Si seulement tu t'en étais rendu compte dix-huit heures plus tôt », dit-il. Il y avait une pointe sous-jacente dans sa voix, la teinte impatiente qu'il prenait souvent quand il la réprimandait.

La voix de Margot n'était plus qu'un murmure. « Je veux rentrer à la maison.

— Je sais », fit son père. Sans hésitation. Comme s'il était *évident* pour lui qu'elle céderait sous le poids de la solitude à l'étranger, et qu'elle reviendrait vers lui en sanglotant.

Parce qu'il l'avait ramassée sur le trottoir quand elle avait refusé d'apprendre à faire du vélo avec les petites roues. Parce qu'il l'avait prise dans ses bras quand elle avait avalé de l'eau salée par le nez lors de leurs premières vacances à la plage. Parce qu'elle avait toujours, *toujours*, sauté d'abord et réfléchi ensuite.

Elle voulait pourtant qu'il se batte. Qu'il lui dise qu'elle était courageuse, forte, capable. Qu'elle avait fait une erreur, mais qu'elle pouvait encore la réparer, qu'elle tiendrait bon pour une fois, même si c'était difficile.

Il n'en fit rien.

Margot aurait dû laisser tomber. Elle préféra insister davantage.

« Comment ça, tu sais ?

— Tu as toujours eu une imagination débordante. »

Il lui disait ça comme s'il disait : *Tu as toujours aimé la pizza aux sardines pour une raison impie.* « C'était juste une autre phase, mais tu t'en remettras. Et j'essaie de te comprendre, Margot, mais je te jure que ta mère et toi, vous vous ressemblez tellement.

— Comment peux-tu le savoir ? riposta Margot d'une voix tendue. Tu me connais à peine. » Pouvait-il deviner à quel point le vide dans son ventre menaçait de l'avaler toute crue ? Comment ses côtes se resserraient soudain autour de ses poumons ? S'en souciait-il ?

Être comme sa mère, ce n'était pas une mauvaise chose en soi. Parker Rhodes était le genre de mère à ne pas se contenter de lire une histoire à l'heure du coucher, elle la mettait en scène, avec des costumes et tout le toutim. Elle se portait toujours volontaire pour les ventes de pâtisseries, même s'il lui arrivait de s'en souvenir la veille au soir à 22 heures, transformant de facto leur cuisine en mode *Iron Chef* toute la nuit. Avec elle, tout devenait une aventure ; elles faisaient semblant d'être des pirates dans la file d'attente du drive-in, ou des fées en quête de nourriture adaptée dans l'épicerie, tout ce qu'il fallait pour ajouter un peu de magie au quotidien.

Et puis, un jour, elle était partie. Volontairement. Et sans Margot.

L'amour peut être cruel et ingrat. Il disparaît parfois au moment où l'on s'y attend le moins. Il hante le cœur tel un escalier qui grince sous le poids d'un intrus qui grimpe les marches, mais n'arrive jamais en haut.

Son père fit claquer sa langue. « Je ne te connais pas ? Ça ne me paraît pas très juste. Je sais que tu es allée en Italie à cause d'un certain livre, par exemple.

— Comment... », bégaya Margot. Quand avait-il pris conscience qu'elle l'avait récupéré dans la pile des trucs à jeter ? « Qu'est-ce que tu sais des *Reliques du cœur* ? Tu voulais t'en débarrasser. »

Un soudain éclat de rire jaillit à l'autre bout de la ligne. « Et qui l'a offert à ta mère, à ton avis, lors de notre premier rendez-vous ? Il était déjà abîmé à l'époque, *avant* de passer toutes ces nuits dans ta taie d'oreiller. »

Une rougeur embarrassée monta au visage de Margot. Peut-être que sa cachette n'était pas aussi subtile qu'elle l'avait toujours pensé.

« Elle adorait ce livre », dit-elle, et ses mots eurent du mal à sortir.

Adorait. Au passé. Comme sa mère avait adoré Margot. Juste assez pour la laisser tomber.

C'était comme si la rupture entre ses parents s'étendait aussi à Margot, la plaçant sur un îlot entre les deux – à la fois à eux, et pourtant ni à l'un ni à l'autre. Pas assez et pourtant trop, d'une certaine manière.

Il resta silencieux, avant de répéter : « Je sais. »

Ces deux syllabes s'insinuèrent sous la peau de Margot, tels des parasites. Elles avaient des dents, elles injectaient du venin dans ses veines. « Alors, tu sais aussi pourquoi je suis ici.

— Elle est partie. » Son père haussa le ton : « Et rien de ce que tu feras ne la fera revenir. Pas même un trésor magique inventé de toutes pièces.

— Et toi ? » demanda Margot. Elle essaya – et échoua honorablement – de déguiser son reniflement en toux. « C'est quoi, ton excuse ? Je sais que toi, tu n'es pas parti, mais tu n'es pas là pour moi non plus. C'est même surprenant qu'on se parle aussi longtemps. Tu n'as pas une visite à organiser ou quelque chose comme ça ? » Un lourd silence s'installa entre eux. Alors que le crépuscule s'installait dehors, le reflet de Margot l'observait derrière la fenêtre.

Son visage et son cou étaient tout rouges.

« Ça suffit, Margot, conclut-il d'un ton définitif. Je te réserve un autre vol. Plus de questions. »

Elle lui raccrocha au nez alors qu'une brume bleue passait devant la fenêtre. Elle ne prit même pas la peine d'essuyer les larmes sur ses joues. Venir ici, reconstituer le Vase… Tout le monde aurait pu l'aimer, elle aurait enfin pu, *enfin*, se sentir entière. Mais elle était là, désormais, plus brisée que jamais.

La voix lasse de son père résonnait dans sa tête, sa déception lui perçait le cœur tel un pieu. Et Van était quelque part à Naples, avec un simple fragment d'argile peinte, la seule chose qui le maintenait en vie. La piqûre de sa trahison – chaque fois qu'elle pensait à lui – agissait comme du jus de citron dans une minuscule entaille.

Honnêtement, elle n'était plus très sûre de s'aimer, en ce moment.

Même le Vase de la Vénus Aurelia ne pouvait y remédier.

24

Quand Margot rentra à Pompéi, bien après le couvre-feu, l'hôtel Villa Minerva était sombre et silencieux. Giuseppe lui lança un regard noir, mais elle se dirigea tout droit vers l'ascenseur sans le regarder dans les yeux.

Il se racla la gorge.

Oh non.

Margot retourna vers le royaume du réceptionniste, le comptoir à hauteur de poitrine derrière lequel il reposait paresseusement son menton sur ses mains.

« Bonjour, Giuseppe », le salua-t-elle en souriant gentiment. Elle préféra ne pas trop lever les yeux. Elle avait déjà tellement pleuré dans le train du retour qu'ils resteraient probablement bouffis jusqu'au prochain millénaire.

« Margot Rhodes, dit-il en agitant une pochette de papier cartonné entre ses deux doigts, comme on brandirait une chaussette de sport malodorante. Cela est arrivé pour vous. »

D'ordinaire, le cœur de Margot aurait battu la chamade à l'idée qu'un courtisan lui remette du courrier, mais ce soir ? Elle savait qu'on n'était pas dans un épisode de *Bridgerton*.

Margot s'approcha, inspectant l'enveloppe que Giuseppe faisait glisser sur le bureau. Elle n'était pas timbrée, elle lui était simplement adressée avec une calligraphie soignée qu'elle aurait reconnue n'importe où.

« Je n'en veux pas », dit-elle. Elle en avait assez entendu de la part de Van.

Giuseppe baissa la tête, peu amusé. « Je m'en fiche. C'est à vous. »

Il poussa l'enveloppe jusqu'à ce qu'elle touche les doigts de Margot, posés sur le comptoir. Elle grogna, mais saisit la lettre, marmonnant un « merci » avant de se retourner vers les ascenseurs.

Van avait écrit *Margot Rhodes* sur l'enveloppe brune. Souligné une fois, une petite boule d'encre à la fin, comme s'il avait appuyé trop fort. Elle suspendit la lettre au-dessus de la poubelle. Avait-il essayé de trouver les mots pour réparer la confiance qu'il avait brisée ? Mais si elle ne la lisait pas… L'idée de ne jamais savoir ce qu'il lui avait écrit était pire que le savoir – et de le haïr pour cela.

En entrant dans l'ascenseur, Margot glissa son ongle sous le rabat de l'enveloppe.

Margot,

Si vous lisez ceci, c'est que vous aviez raison et que les filles aiment les lettres manuscrites. Sinon, je suis certain que vous vous contenterez de m'ignorer jusqu'à la fin de vos jours, mais vous m'avez maintes fois prouvé que j'avais tort. Peut-être que ça ne sera pas différent, cette fois.

À l'origine, je voulais juste rassembler le Vase de la Vénus Aurélia. D'aussi longtemps que je me souvienne, je termine toujours ce que j'entreprends seul. Vous avez fait en sorte que ce ne soit plus le cas. Je n'ai jamais rencontré quelqu'un d'aussi courageux, d'aussi tenace, d'aussi volontaire que vous. Vénus a peut-être changé mon cœur en pierre uniquement pour que vous puissiez le ciseler vous-même et le faire battre à nouveau.

Même si vous ne souhaitez pas me revoir, sachez que mes excuses sont sincères et que j'aimerais terminer comme nous avons commencé. Ensemble. Vous saurez où me trouver, demain.

Avec toute mon affection,

Van

L'ascenseur sonna au troisième étage. Margot avança sans lever la tête, les yeux rivés sur les mots de Van. Elle les lut et les relut, analysant chaque boucle, chaque lettre, chaque signe de ponctuation. Ses pieds la poussaient dans le couloir, mais son esprit décodait chaque phrase, cherchait les doubles sens, les coups de poignard dans le dos.

Quand elle entra dans sa chambre, la seule lumière provenait de l'ordinateur portable de Suki, allongée sur son lit, probablement en train de regarder une énième émission de téléréalité sur Netflix. Elle ôta une oreillette.

« Ton aura est bleue.

— Je suis sûre que c'est très bon signe », répondit Margot, esquivant la conversation qui s'annonçait. Elle ne put s'empêcher de remarquer l'absence évidente de remarque glaciale de la part de leur troisième colocataire alors qu'elle glissait la lettre de Van sur sa couchette, avant d'allumer sa veilleuse. « Pas d'Astrid ? »

Suki secoua la tête. « Elle est partie se balader avec son admirateur secret. Elle refuse de me dire qui c'est. Elle n'arrête pas de répéter qu'on devrait avoir des conversations *intellectuellement stimulantes,* et pas rabâcher les sempiternels ragots sur les garçons. Comme si j'ignorais tout du test de Bechdel. »

Margot sortit son énorme valise de sous le lit, puis l'ouvrit. Son bagage à main du voyage à Rome gisait près de la porte, mais il pouvait difficilement contenir la myriade de tenues qu'elle avait préparées pour l'été. Elle ne porterait jamais la plupart d'entre elles. Dommage. Son père lui confirmerait son vol d'une minute à l'autre, autant prendre de l'avance pour faire ses bagages.

« Qu'est-ce que tu fabriques ? » demanda Suki en se redressant sur le lit.

Margot brandit la pile de vêtements qu'elle tenait dans ses mains. « Euh… je fais ma valise ? » *N'est-ce pas évident ?*

« Tu veux dire que tu déballes ta valise ? On vient juste d'arriver.

— Je pars, dit Margot.

— Encore une mission secrète ? »

La bouche de Margot s'entrouvrit, puis se referma. Elle fronça les sourcils, tâchant de trouver les mots justes. « Je n'ai aucune mission secrète en cours. »

Suki ferma son ordinateur portable et se débarrassa de ses écouteurs. « On ne t'a jamais dit que tu mentais terriblement mal ? Chad et toi, vous n'avez pas arrêté de disparaître à gauche et à droite. Je sais repérer une mission secrète quand j'en vois une. De plus, cet après-midi, après votre dernière escapade, quand vous avez manqué les fouilles, j'ai dit à la Dre Hunt que tu avais tes règles et que Chad était allé t'acheter une culotte de secours à la boutique de souvenirs.

— Merci ? hésita Margot, ne sachant pas s'il fallait la remercier de l'avoir fait saigner fictivement dans son pantalon.

— Alors, quelle est la vérité ? »

Margot avait déjà laissé tomber au moins une centaine d'activités. Le club de robotique, le badminton, une brève passade où elle avait tenu à rejoindre l'équipe d'un stand de voitures de course. Aujourd'hui, ce n'était pas si différent. Alors, pourquoi l'idée de partir avait-elle un arrière-goût amer ? Attentive à ne pas croiser le regard curieux de Suki, Margot répondit : « Tu vois bien. Je fais mes valises. Pour rentrer chez moi. »

Suki se redressa et se cogna la tête sur la couchette du haut. La main crispée sur ce qui ne tarderait pas à se transformer en bosse, elle s'écria : « Hors de question. L'été est loin d'être terminé.

— Pas la peine de feindre la surprise. Ma mère n'est pas la conservatrice d'un musée mondialement connu, comme la tienne. Et je ne descends pas non plus d'une longue lignée de prodiges de l'archéologie, comme Astrid. Et je ne parle même pas des garçons. Je suis presque sûre que Rex a une série permanente de vidéos TikTok en guise de cerveau, mais même lui, on le traite comme s'il avait sa place ici.

— Margot, tu as entendu la Dre Hunt. Tu as tout à fait ta place, toi aussi. J'ai lu ta rédaction, elle était formidable. » Là-dessus, Margot lui lança un regard incrédule, mais Suki poursuivit : « J'ai cru comprendre que Lance Kiebler n'avait pas été accepté, malgré sa tante égyptologue qui a récemment découvert un tombeau, ou un truc du genre. »

Margot se concentra sur l'organisation de ses chaussettes dans un cube de rangement rose. « Mais Pasha Manikas...

— Pasha, Pasha, Pasha, soupira Suki en gémissant à moitié. Pasha passe tous ses étés à Naples avec sa famille parce que son père est volcanologue. On s'en fout qu'elle ne soit pas là.

— Astrid ne s'en fout pas, elle, riposta Margot avec un rire sec, elle sera ravie d'apprendre qu'elle ne m'aura bientôt plus dans les pattes. »

Suki roula hors du lit, puis atterrit à côté de la valise de Margot. Elle fit la moue. « Tu ne peux pas partir. Ici, tu es la seule à t'intéresser à autre chose qu'aux vieilles pierres. Et ton petit passage à la Galleria Bianchi m'a permis d'obtenir un autre date avec Fernanda, alors je ne suis même pas vraiment jalouse que tu craques pour Chad

— Tout d'abord, rétorqua Margot, je ne craque pas pour Chad. »

Suki haussa les sourcils. « Tu vois ? Une menteuse vraiment catastrophique. »

Margot s'effondra avec emphase sur le dos, étalée en étoile à même le sol. « Astrid a peut-être raison. Je ne suis pas faite pour ça. »

Suki rit à gorge déployée, de tout son cœur. Quand elle reprit son souffle, elle dégrisa immédiatement, constatant que Margot ne riait pas avec elle. « Oh, constata-t-elle, tu étais sérieuse. Allons, Margot. Astrid se comporte comme ça avec *tout le monde*. Ça n'a rien de personnel.

— Ça y ressemble, pourtant. » Depuis le début de la semaine, elle subissait les attaques d'Astrid et ses défenses n'étaient plus très vaillantes.

Suki se mit à déballer méthodiquement ce que Margot avait mis dans sa valise. Elle saisit le pantalon que Margot venait de ranger. « D'accord, d'accord. Tu n'es pas franchement dans ton élément, mais tu n'as peur de rien, tu es prête à tout essayer. Tu fais ce que tu veux. Je trouve ça plutôt badass. »

Margot ne se sentait pourtant pas du tout badass. Elle avait plutôt l'impression de rouler sur des montagnes russes qu'elle n'avait pas choisi d'emprunter. Sans ceinture. Avec des loopings. En fait, elle avait passé tout son temps à essayer de s'accrocher, et maintenant, son corps hurlait de fatigue et de douleur.

Elle arracha le jean des mains de Suki et le remit dans la valise. « J'ai tout gâché. Avec la Dre Hunt, avec mon père, avec tout le monde.

— Tout le monde ? demanda Suki. Ou juste Chad ? »

Margot se contenta d'un petit haussement d'épaules triste. « Que dirait Alison Bechdel ? »

Suki se rapprocha. « En tout cas, je sais ce que dirait Catherine Avery Hannigan. »

Margot laissa échapper un cocktail d'émotions. Deux volumes de rire, un volume de sanglot. Elles auraient pu devenir bonnes amies, si Margot était restée tout l'été.

« Et elle dirait quoi, alors ?

— Chapitre vingt-sept, annonça Suki. Isla et Reed sont sur le bateau, juste après avoir échappé aux tunnels de Claudius. Tu te rappelles la conversation ? »

Margot avait tendance à pleurer facilement, mais après sa première lecture du chapitre vingt-sept, il lui avait fallu une bonne heure pour se remettre de ses émotions. Elle cita :

« *Mon cœur t'appartient, chaque battement, chaque souffle. Il ne reste rien en moi qui n'ait été transformé par toi.* »

Le simple fait de prononcer ces mots à voix haute fit monter les larmes aux yeux de Margot. Elle cilla, la tête penchée en arrière, comme pour les convaincre de ne pas couler.

« Je pense, dit-elle en se reprenant, que Chad et moi en sommes plutôt au chapitre vingt-neuf. »

Suki sursauta. « Oh non, pas le chapitre vingt-neuf. »

Margot voulut ajouter qu'il était plus facile de s'enfuir que de rester, de se battre, mais les vestiges de sa colère avaient mué en meurtrissure douloureuse. Elle se sentait fendue, comme si on lui avait arraché le cœur pour l'abandonner là, exsangue.

Ses doigts traînèrent distraitement le long de son bracelet. Les mêmes perles de jade au bout des doigts. Elle ne l'avait pas enlevé. Il était trop tard, maintenant.

Sa réponse sortit comme une lame, du genre à graver ses initiales à côté de celles de Van, dans l'écorce du saule de son jardin. Elle voulait tellement ce Vase qu'elle n'avait jamais pris le temps de comprendre ce qu'elle avait sous les yeux.

« Oui, murmura Margot. Il est parti parce que je l'ai abandonné. »

25

Alors que la classe sortait du bus, la tête de Margot pivota de façon autonome, scrutant les ruines, à l'affût d'une chevelure blonde familière ou d'une présence boudeuse.

Elle ignorait encore ce qu'elle dirait à Van au cas où elle le retrouverait, mais elle savait une chose : le dernier tesson se trouvait quelque part à Pompéi, et Van y serait aussi.

Au bout d'un certain temps – quelques minutes ? –, la Dre Hunt, derrière elle, se racla la gorge. La présence de la professeure la fit tressaillir, elle eut l'impression de faire un bond d'au moins dix centimètres. « Margot, j'aimerais vous parler. »

Son ton n'annonçait aucun problème particulier, mais l'estomac de Margot se retourna. « Bien sûr. »

Toute la classe se concentrait sur les parcelles de terre qui leur avaient été attribuées. Les autres avaient-ils remarqué l'absence de Van ? Alors que Margot se levait pour s'épousseter, Astrid lui lança un regard fatigué. Elle était rentrée alors que Margot dormait déjà, et elle avait manqué le petit-déjeuner, ce matin. Margot avait mal dormi, elle aussi, le visage collé aux pages des *Reliques du cœur*, comme si elle pouvait s'approprier par osmose une partie de l'ingénuité d'Isla.

La Dre Hunt se retourna puis s'éloigna du site des fouilles, laissant Margot la rattraper alors qu'elle s'engouffrait dans l'artère principale des ruines.

« Vous pouvez m'expliquer pourquoi votre père m'a envoyé un mail long comme le bras, m'expliquant une par une les étapes que je dois suivre pour vous accompagner à l'aéroport, ce soir ? » demanda sa professeure. Elle garda les yeux fixés devant elle pendant qu'elles marchaient.

« Je ne préfère pas », marmonna Margot.

La Dre Hunt se fendit d'un sourire. « Ce n'était pas vraiment une question. »

Au-dessus d'elles, aucun nuage ne troublait l'immense ciel bleu.

Le soleil brûlait avec intensité, telle une lampe d'interrogatoire solitaire. Tout en arpentant les rues antiques, Margot raconta les événements de la semaine – en omettant commodément toute trace de Van et du Vase – jusqu'à ce jour. Ses nerfs s'emmêlaient tels des nœuds marins tandis qu'elle parlait. Elle avait à peine remarqué l'endroit où elles se dirigeaient, avant d'apercevoir les tourniquets métalliques de la porte de Nola.

« Où allons-nous ? » demanda Margot. Son cerveau avait déjà conclu, sûr de lui, que la Dre Hunt l'escortait jusqu'au bus pour la conduire rapidement à l'aéroport.

Au lieu de cela, la femme lui sourit. « J'aimerais vous présenter quelqu'un. »

La Dre Hunt tourna brusquement à droite, guidant Margot vers un portique à colonnades qui donnait sur les vestiges d'un sanctuaire. Une teinte pastel colorait les murs de calcaire, décorés de fresques rurales ; plusieurs statues parsemaient la cour. La Dre Hunt s'immobilisa devant l'une d'elles – si soudainement que Margot faillit la percuter.

« Me présenter qui ? » demanda Margot. Le sanctuaire était désert, il n'y avait qu'elles. Dans un silence si total que Margot entendait son cœur battre la chamade dans sa poitrine.

La professeure désigna la sculpture. « Vénus, ici présente. »

La statue culminait à un bon mètre au-dessus de la tête de Margot, si bien qu'elle rencontrait plus le ventre de Vénus que la déesse elle-même. Cette dernière se tenait debout, le visage lisse et confiant, et ses lèvres se relevaient juste assez, comme pour dire : *Je suis la déesse de l'amour. Vous m'aimez, n'est-ce pas ?*

Margot hésita à regarder le marbre de Vénus ou la Dre Hunt. Devait-elle se présenter à son tour ? Tout cela lui paraissait un peu exagéré.

Heureusement, la Dre Hunt reprit la parole avant que Margot se ridiculise en tendant la main à une statue qui ne donnait aucun signe de vouloir s'animer. « Vous savez bien entendu à quel point Vénus était importante pour Pompéi. Oh, bien sûr, on la savait aussi effrontée, impulsive. Certains textes précisent qu'elle ressentait les choses de manière trop sauvage, trop brute. On dit même qu'un jour, furieuse d'avoir été délaissée par un amant, elle a provoqué l'éruption du mont Vésuve. »

Ça, Margot pouvait le comprendre. Ses émotions en fusion auraient fait des ravages sur leur passage.

« Les Romains n'adoraient pas Vénus malgré ses défauts, mais plutôt à cause d'eux. » La Dre Hunt n'avait pas quitté la statue des yeux, mais ses mots transpercèrent les côtes de Margot. La boue épaisse et lourde logée dans sa poitrine se ramollit, puis s'étira, comme de la pâte entre les mains expertes d'un confiseur.

L'œil rivé sur la déesse de l'amour, Margot demanda : « Si elle pouvait s'animer, que dirait-elle, à votre avis ?

— Que l'amour exige du courage. L'amour pour les autres, oui. Mais aussi l'amour pour nous-mêmes. » La Dre Hunt détourna le regard, affichant un sourire complice. « Il faut être très fort pour suivre les élans de son cœur. Vénus en sait quelque chose. »

Margot acquiesça en silence, craignant de réveiller en elle quelque chose qu'elle doutait de pouvoir affronter.

« Vous savez pourquoi je vous ai conviée à ce voyage, Margot ? » Le soudain changement de sujet faillit donner le tournis à la jeune fille.

« Votre rédaction était très prometteuse », poursuivit la Dre Hunt.

Margot ne put s'empêcher de lever les yeux au ciel. Sa tête se renversa en arrière pour mieux souligner son expression affligée. « Ne vous moquez pas de moi. J'ai compris. Je ne connais rien à l'archéologie, et honnêtement, docteure Hunt, c'est très différent de ce que je pensais. Il y a tellement de terre, beaucoup trop de toiles d'araignées, et je ne parle même pas des ossements. »

La Dre Hunt s'esclaffa, ses petites rides autour des yeux se plissèrent. « Je vous avoue ma surprise, quand j'ai découvert votre candidature, dans la mesure où je ne vous avais encore jamais vue sur mes listes, mais vos recherches étaient approfondies, et votre texte aussi engageant qu'enthousiaste. Vous avez un réel talent pour l'écriture. »

Margot devait bien admettre qu'elle avait pris beaucoup de plaisir à rédiger sa rédaction. Elle s'était perdue entre les paragraphes et les pages, ne revenant à elle que dans les heures les plus sombres de la nuit, bien après que tout le monde avait quitté la bibliothèque. Mais s'imaginer archéologue n'était pas la même chose qu'en *être* une.

« Ce n'était qu'une histoire un peu bête. »

La Dre Hunt fit claquer sa langue, désapprobatrice. « C'est grâce aux histoires qu'on se souvient de nous. Grâce à elles que nous connaissons Vénus et son Vase. À ce propos, vous l'avez trouvé ? »

Surprise, Margot bafouilla. « Euh... je...

— J'imagine que vous n'allez pas laisser tomber vos recherches comme ça, et comme vous persistez à esquiver la moitié de nos petites excursions, il y a forcément une raison à ça. » La Dre Hunt se tourna vers elle, ne lui laissant aucun endroit où se cacher.

De toute évidence, Margot n'avait pas été aussi rusée qu'elle le croyait.

« Je suis désolée », dit-elle. Encore quelqu'un à ajouter sur la liste des gens qu'elle avait déçus cette semaine.

La Dre Hunt lui répondit aussitôt : « Je ne suis pas fâchée.

— Vous n'êtes pas fâchée ?

— Vous êtes ici pour apprendre, Margot. Personne n'apprend sans faire quelques erreurs en cours de route. » La Dre Hunt posa sa main sur l'épaule de Margot et la serra.

« Mais…

— Et si vous le voulez bien, je parlerai à votre père. »

Margot cligna des yeux. « Pourquoi feriez-vous une chose pareille ? »

Quand la Dre Hunt haussa les épaules, ça ne signifiait pas *je ne sais pas,* mais plutôt *je suis une magicienne, un génie qui-sait-tout.* « Je ne vous obligerai pas à rester si vous détestez vraiment cet endroit, mais si tel était le cas, mon petit doigt me dit qu'une fille têtue comme vous aurait mis les voiles depuis longtemps. Vous avez enfin trouvé quelque chose qui vaut la peine de persévérer. »

Margot aurait dû penser au Vase, mais tout ce qui lui venait à l'esprit, c'étaient deux yeux vert clair mouchetés d'ambre, une petite fossette et une constellation de taches de rousseur sur un nez cassé.

La Dre Hunt se tourna vers la sortie, mais jeta un coup d'œil par-dessus son épaule, désignant la posture attentive de Vénus. « Je sais que vous avez ce qu'il faut pour terminer ce que vous avez commencé. »

Plus facile à dire qu'à faire. Van pouvait être n'importe où en ville. Il ne retournerait pas au temple souterrain de Vénus tant qu'il n'aurait pas les cinq tessons. Et il ne fallait pas compter sur la déesse pour lui dire où trouver la dernière épreuve.

À moins que…

Vénus pouvait *peut-être* le lui dire, en fait. Une parole de la Dre Hunt initia un fil de pensée dans le cerveau de Margot. *C'est grâce aux histoires qu'on se souvient de nous.* Quelques jours plus tôt, Van lui avait assuré qu'il avait localisé les épreuves en se servant de la légende du Vase de la Vénus Aurélia comme d'un guide.

Avec lui, il n'y avait ni métaphores ni images. Margot savait comment il pensait : de manière critique, littéralement. Elle récapitula une à une les épreuves du mythe, et il n'en resta plus qu'une : *Mors*. Dont le simple souvenir du cœur ensanglanté lui donna la chair de poule et un frisson aussi froid qu'une crypte.

« C'est ça », dit soudain Margot. Elle se remit d'aplomb d'un seul coup, quittant le sanctuaire à toute vitesse. « Oui, je… Oh, mon Dieu. Merci, docteure Hunt. Vous avez tellement raison. »

Margot courut, les bras en rythme, vers la Via del Vesuvio, jusqu'à ce que Pompéi s'éloigne d'elle et qu'elle atteigne la frontière irrégulière de la ville. Elle voyait presque le chemin qu'elle avait pris pour se faufiler dans la cité, l'autre soir, comme si la terre portait encore les traces de pneus du scooter emprunté.

Le souffle court, elle posa les mains sur ses genoux, puis scruta les ténèbres en contrebas. Les catacombes de la nécropole s'ouvraient telle l'entrée des enfers.

Chacune des épreuves des gardiens avait un élément corrélé, comme la mésaventure sous-marine d'*Aqua*, ou la façon dont la terre s'était refermée sur elle pendant l'épreuve de *Terra*. Le feu, l'eau, l'air, la terre et la mort. Si l'épreuve de *Mors* devait se dérouler quelque part, ce serait ici.

Elle avait survécu au Nymphée ; c'était *elle* – et non Van – qui avait trouvé le moyen de surmonter l'épreuve d'*Aura*. Elle pouvait y arriver. Elle s'en savait capable.

Pas pour Van. Ni pour son père. Ni pour prouver qu'Astrid avait tort. Pour elle-même.

26

La nécropole n'était pas une attraction touristique. Il n'y avait ni plaques explicatives ni LED pour éclairer le chemin de Margot dans le tunnel incliné. Ici ne régnait qu'une obscurité humide qui menaçait de s'insinuer sous sa peau pour y rester à jamais.

Elle fit un pas, puis un autre. Les murs de terre s'élevèrent autour d'elle, jusqu'à ce que le ciel soit masqué par la terre noire. Son cœur battait déjà plus fort. Elle enroula les bras autour de ses côtes pour mieux se protéger, et l'adrénaline se mêla à une anxiété grandissante.

Les catacombes s'étiraient autour d'elle, véritable dédale sous la ville. Des tunnels avaient été creusés, puis rebouchés en empilant des tas d'os ivoire. Margot éclaira chaque recoin avec sa véritable lampe de poche – alimentée par des piles AA –, alors qu'elle atteignait la première bifurcation. À gauche, un passage sombre et froid. À droite, froid et sombre. C'était franchement au petit bonheur la chance.

La vibe, *ce n'est pas le moment de me lâcher.*

Optant pour la gauche, elle conserva une respiration régulière, avec de lentes inspirations nasales, afin d'éviter toute hyperventilation accidentelle. Margot ne savait pas précisément ce qu'elle cherchait. Les tessons du Vase étaient protégés par des épreuves, toutes plus mortelles les unes que les autres. Elle n'était pas assez naïve pour espérer que ce soit différent ce coup-ci.

L'air des catacombes était poisseux, humide. Des gouttes de sueur perlaient sur son cou. À mesure qu'elle s'enfonçait dans les entrailles de la terre, des affleurements de marbre émergèrent des bords des tunnels. Des noms en lettres latines apparurent sur des mausolées.

Margot prit soudain conscience qu'autrefois, l'endroit n'avait rien de souterrain. Sa lampe de poche passa d'un monument à l'autre. Sous ses pieds, la boue cédait la place à des rues pavées, couvertes de terre d'un brun profond, comme si les ruines luttaient pour se relever d'entre les morts. Devant elle, l'une des tombes béait, certainement ouverte par des archéologues curieux qui cherchaient des réponses à un ancien mystère.

Chaque pas en avant accroissait le rythme cardiaque de la jeune fille. Au bout d'un moment, elle eut l'impression que son cœur ne tarderait pas à lâcher. C'est à ce moment-là – bien entendu – que des pas résonnèrent derrière elle.

« Van ? » chuchota-t-elle, mais sa voix résonna trop fort entre les morts.

Personne ne répondit, mais les pas se firent plus intenses, plus proches. L'un des gardes l'avait-il vue se faufiler jusqu'ici ? Elle ne pouvait pas se permettre de se faire prendre maintenant, pas avec autant de choses en jeu. Margot pivota, cherchant un abri, n'importe quoi, pour se mettre à couvert – juste au cas où.

Il n'y avait rien d'autre que des pierres tombales scellées. Sauf une.

« *Ohmondieuohmondieuohmondieuohmondieu* », se murmura-t-elle en fermant les yeux, avant de se glisser dans la tombe. Son dos s'écrasa contre un os. Sa chemise en coton n'était pas assez épaisse, laissant Margot sentir le contact tranchant d'une omoplate.

Margot éteignit sa lampe de poche, l'obscurité l'enveloppant tel un linceul. Elle lutta de toutes ses forces pour ne pas penser au type super mort collé à elle, au fait que les pas s'étaient accélérés, à ce qu'elle ferait si ce n'était pas Van qui déboulait dans le couloir – et à ce qu'elle ferait si c'était le cas. Pour l'instant, elle essayait de ne penser à rien d'autre qu'à compter.

Cent. Quatre-vingt-dix-neuf. Quatre-vingt-dix-huit.

Les catacombes s'éclairèrent d'une lueur orange et vacillante, comme si celui qui arrivait brandissait une torche ou une lanterne. Les ombres s'agitèrent dans le couloir à mesure qu'il s'approchait. Margot recula un peu plus dans son tombeau.

Quatre-vingt-dix-sept. Quatre-vingt-seize.

Un éclat jaune dépassa Margot, illuminé par la lumière. Le jaune de *son* sac à dos. Enzo. Il apparut à l'angle, s'enfonçant à toute vitesse dans les catacombes. Il courait vers quelque chose. Ou il fuyait.

Margot s'élança derrière lui, suivant la lueur ambrée dans les couloirs enténébrés. Enzo ne courrait pas indéfiniment – tôt ou tard, il finirait dans une impasse. Et là, Margot en profiterait pour le coincer. Elle récupérerait les tessons, et n'aurait plus jamais à supporter ses saillies prétentieuses pour flirter avec elle.

Du ventre des catacombes naquit un gémissement d'effort. D'ordinaire, Margot n'était pas du genre à croire aux zombies, mais vu la sidérante magie à laquelle elle avait été confrontée ces six derniers jours, elle ne pouvait pas l'exclure complètement. Puis, quelque chose tomba, et la lumière d'Enzo s'éteignit.

C'était une façon comme une autre de localiser l'épreuve.

Margot se concentrait trop sur le vacarme en cours, pas assez sur le sol irrégulier des catacombes. Elle trébucha. Ses fesses heurtèrent la terre avec un bruit sourd et pathétique.

Tout en glissant, elle passa sous une arche constituée de crânes, dont les orbites vides la regardèrent dégringoler.

Elle atterrit à côté de la lanterne, dont le verre était fissuré. Après avoir allumé sa propre lampe, elle balaya l'espace ; le faisceau tomba sur le visage d'Enzo. Il leva la main pour se protéger les yeux.

« Joli sac à dos. Vous l'avez trouvé où ? » Elle aurait voulu y mettre un peu plus de sarcasme, le genre d'insolence qui lui valait souvent d'être assignée à résidence pendant toute une semaine, mais elle n'était pas très convaincante. Pas facile d'intimider les autres quand on vient de mordre la poussière.

« Qu'est-ce que *vous* faites ici ? demanda-t-il.

— À peu près la même chose que vous. » Margot déplaça le faisceau de sa lampe, le ventre tordu par la peur.

Comme elle se trouvait *à l'intérieur* des catacombes, Margot n'aurait pas dû s'étonner des squelettes. Mais il y avait quand même *beaucoup* de squelettes. Tous jonchaient un espace en demi-cercle formé par six coupes de pierre.

Au sommet, le nez d'un bateau émergeait d'une formation rocheuse, et sur sa proue trônait la statue en calcaire d'un vieil homme aux joues tirées, blafardes, vêtu d'un lourd vêtement. Son poing serrait la perche d'un passeur.

Blême, Margot se redressa, puis recula de quelques pas. La façon dont les yeux du passeur la regardaient… Elle savait que ce n'était pas un effet d'ombres. La magie des tessons opérait.

« Vous n'avez rien à faire ici, dit Enzo. Partez. » Soit il n'avait pas encore remarqué l'immense – et sans doute malveillante – statue derrière lui, soit il avait décidé de l'ignorer.

« Je dois d'abord faire quelque chose », répondit Margot d'une voix chevrotante. Qui pouvait l'en blâmer, franchement ?

Enzo s'avança. « Vous n'aurez pas les tessons, espèce de voleuse ! »

Répondant à la place de Margot, la statue fit claquer sa perche au sol. La bouche d'Enzo se referma. Il osa jeter un coup d'œil derrière lui, puis tressaillit en découvrant la chose qui les écoutait, juste là.

Margot reconnut alors la sculpture. Charon. Le passeur des morts. Suki avait centré son dossier de candidature sur lui. Elle fouilla dans sa mémoire, tâchant de se souvenir de ce qu'elle avait retenu de la rédaction de Suki. Quel titre, déjà ? *L'obo de Charon ? L'oolong de Charon* ? Tout en réfléchissant, elle sortit son rouge à lèvres de sa poche, puis tripota le couvercle. Elle l'ouvrit, le referma. Il cliqua, encore et encore.

Enzo la reluquait comme une artiste de cirque. « Du rouge à lèvres ? Maintenant ? »

Margot fronça les sourcils, puis se passa rapidement le tube sur les lèvres pour dissimuler sa nervosité. « Alors, est-ce qu'on… boit dans ces verres ? » demanda-t-elle en désignant les calices.

Tout en se dirigeant vers la coupe du milieu, elle s'efforça de ne pas trop prêter attention à la statue géante de la mort qui observait chacun de ses gestes. Des deux mains, elle porta la coupe à ses lèvres. Un peu de liquide s'agita au fond. Basculant le gobelet en arrière, elle en vida la lie, pour la recracher tout aussi rapidement.

Non, non, non.

« Oh, mon Dieu, dit-elle en tirant la langue. Tant pis. » Ça avait un goût d'eau sale. Probablement de l'eau croupie, de la condensation accumulée sous terre pendant trois milliards d'années.

Était-ce le fruit de son imagination, ou Charon paraissait-il vraiment agacé quand Margot reposa le calice ? La paume de la statue s'ouvrit ; il lança une rondelle argentée dans les airs, dont la surface scintilla dans le faisceau de la lampe. L'objet atterrit avec un bruit métallique, tourbillonna quelques instants, puis se posa bien à plat.

L'obole de Charon. Margot était presque sûre qu'il s'agissait d'une pièce romaine très chic, avec laquelle on enterrait les gens pour payer le passeur qui leur ferait traverser le Styx jusqu'au royaume souterrain.

Elle espérait vraiment connaître un autre sort, ce soir. Mourir ne faisait pas partie de sa liste de trucs à faire, cet été.

Enzo se remit du choc, puis s'agenouilla tel un écuyer avant d'être adoubé. « S'il vous plaît, jugez-moi digne du tesson. »

Margot éclata de rire. « Bien essayé, mais ça ne fonctionne pas comme ça.

— Et comment le savez-vous ? » s'agaça Enzo d'un ton meurtrier.

Margot lui offrit un sourire tout aussi tranchant. « Oh, juste un pressentiment. »

Avec un peu de chance, il échouerait lamentablement ; Margot profiterait alors de sa déception pour récupérer son sac à dos avant de résoudre le problème *elle-même.*

Elle posa la lampe de poche sur un rebord rocheux. Sa lumière trop blanche se répandit dans l'alcôve. Charon saisit la coupe la plus proche, la retourna, puis la posa sur l'obole. Ensuite, il retourna les autres coupes vides.

Plantant sa perche dans la terre battue, Charon poussa les calices sur une piste invisible, tout en les faisant tourner les uns autour des autres.

Ils passèrent d'avant en arrière, quittant et retrouvant leurs trajectoires respectives, dans une danse complexe et vertigineuse. Enfin, Charon les immobilisa de nouveau en demi-cercle.

Margot en avait le vertige. Elle avait déjà pratiqué ce genre de jeu. Il fallait deviner sous quelle coupe se trouvait l'obole. Mais quand elle y avait joué, il n'y avait eu que trois possibilités, pas six. Et là, avec autant d'éléments, elle n'avait aucune idée du calice sous lequel l'obole se cachait – le dernier à gauche, peut-être ?

En guise de réponse, Charon souleva la deuxième coupe sur la droite, révélant l'obole juste en dessous. Un nœud se forma dans la poitrine de Margot. Elle s'était bien trompée. Charon leur adressa ensuite un signe de la tête, et Margot comprit. À leur tour.

Mieux valait ne pas penser à ce qui se passerait si elle échouait.

Ses pensées s'égarèrent, sans qu'elle le veuille, vers Van. Cent ans plus tôt, il avait forcément trouvé un moyen d'accomplir cette épreuve. Un moyen de déjouer la mort elle-même. Margot avait 83 % de chance de désigner la mauvaise coupe. Pas très rassurant. Mais si elle trouvait le moyen d'identifier clairement chaque calice...

Alors que Charon attendait qu'ils choisissent la coupe sous laquelle placer l'obole, les yeux de Margot s'attardèrent sur une légère trace rouge sur le rebord de l'une d'elles. Le rouge parfait qu'elle avait cherché pendant des mois. La coupe dans laquelle elle avait tenté de boire.

« Placez-la ici », dit-elle en fixant les yeux de pierre du passeur.

Surpris, Enzo bêla un « Quoi ?

— Tu dors, tu sors. » *Littéralement,* espérait-elle.

Une fois de plus, Charon abattit sa perche de passeur sur la terre. Margot fixa la coupe contenant l'obole, luttant pour ne pas la perdre de vue, alors que toutes prenaient de la vitesse. Ça n'avait pas d'importance. Quand elles s'immobiliseraient, Margot saurait identifier la bonne.

Enzo était trop occupé à agiter la tête d'avant en arrière pour prêter attention à la petite trace de rouge à lèvres. Étourdi, désemparé, on aurait dit qu'il avait tenté un triple salto arrière sans y parvenir.

Quand les coupes ralentirent, il se tourna vers Margot, comme pour lire dans ses pensées. C'était le moment de tenter son meilleur bluff à la Van. Margot resta impassible, les yeux mi-clos, comme si elle avait une centaine de trucs plus intéressants à faire, tout en se mordant l'intérieur de la joue pour ne pas dire quelque chose qu'elle regretterait.

Charon tapota ses doigts de pierre sur son menton, impatient, même s'il n'avait pas grand-chose d'autre chose à faire.

Enzo s'avança d'un pas mal assuré. Dans un premier temps, il privilégia le calice le plus à droite. Puis, il revint vers le milieu.

Il jeta un coup d'œil à Margot, mais elle refusa de regarder le calice de gauche, maculé de rouge.

Après au moins une éternité de tergiversations, Enzo s'arrêta devant la coupe située en deuxième position, à droite. C'est alors que Margot fit son choix. Elle posa sa main sur la base de la coupe tachée de rouge, puis redressa les épaules. Pas la peine d'hésiter.

« Vous choisissez *celui-là* ? » s'étonna Enzo.

Margot fronça un sourcil.

Charon prit note de leurs décisions en avançant sa perche, avant de renverser le calice d'Enzo. Comme on pouvait s'y attendre, il n'y avait rien en dessous. L'incrédulité se transforma rapidement en déception, puis en rage, quand il comprit que son erreur signifiait peut-être que Margot avait raison.

Charon tendit de nouveau la main, puis inclina la coupe de Margot. Un éclair doré scintilla – pas l'obole, mais le tesson. Tel un soleil liquide, un sentiment de triomphe se répandit dans les veines de la jeune fille quand elle le souleva entre ses mains.

Avant qu'elle ait le temps de savourer sa victoire, Charon abattit sa perche, poussant Enzo vers le monticule d'ossements pour le punir, mais il manqua son coup – Enzo plongea sur Margot. Le jeune homme la heurta de plein fouet, lui coupant le souffle. Ses bras s'enroulèrent autour d'elle alors qu'il la plaquait au sol.

Les doigts de Margot se resserrèrent sur le tesson, même si elle avait oublié comment respirer. Au lieu d'*inspirer, expirer, inspirer, expirer,* ses poumons se limitaient à *inspirer, inspirer, expirer, expirer.* Frénétiquement, elle frappa Enzo à coups de poing, partout où elle pouvait. Épaules, bras, dos.

Cela ne le découragea guère. Il la repoussa comme une poupée de chiffon. À la seconde où elle reprit pied, Margot crocheta sa jambe derrière celle d'Enzo, posa ses mains sur sa poitrine et le repoussa.

Enzo perdit l'équilibre et se retrouva dos au mur. Il heurta la lampe de poche, qui s'écrasa au sol. L'ampoule s'éteignit, les plongeant de nouveau dans l'obscurité.

Tout était noir comme de l'encre. Trop pour distinguer autre chose que des ombres. Margot s'élança tout de même dans la direction de la lampe de poche. L'un des membres d'Enzo la fit trébucher, elle atterrit la tête la première dans la terre. Les pierres rugueuses et les gravillons lui mordirent les avant-bras.

« Vous êtes vraiment *lamentable,* personne ne vous l'a jamais dit ? » cracha Margot.

Tout en bafouillant, elle roula sur elle-même, pile au moment où le poing d'Enzo s'abattait sur son omoplate. L'impact lui vrilla les tendons, et elle lâcha le tesson – qui se planta au sol. Même en tendant le bras au maximum, il était hors de portée.

Margot se redressa tant bien que mal, des ecchymoses partout. Dans l'ombre, Enzo se préparait – à la frapper, sans aucun doute.

D'accord. D'abord la lumière, ensuite le tesson.

Margot plongea sur la droite, puis attrapa la lampe de poche. Dans l'obscurité, ses doigts sentirent le froid du manche métallique. Avec un *clic*, l'ampoule se ralluma.

Enzo en profita pour repérer la sortie.

Margot plongea vers l'une des coupes. La brandissant telle une massue, elle frappa Enzo alors qu'il tentait de s'enfuir.

Le jeune homme vacilla, puis s'écroula, les mains crispées sur le ventre.

Margot grimaça – la bagarre n'avait jamais été son fort. Elle sentait presque la douleur de son adversaire irradier en elle, comme si elle avait elle aussi encaissé le coup. Mais bon, une fille fait ce qu'elle doit faire.

Des deux mains, Margot saisit son sac à dos, le tirant vers elle, mais il s'accrocha au coude d'Enzo. « Rendez-moi ça », siffla-t-elle, les dents serrées.

Elle tira de nouveau, puis arracha le sac à dos du bras d'Enzo. Des doigts désespérés s'accrochèrent à son poignet. Trop vite, le jeune homme se remit debout et la poussa vers Charon. Margot sentit sa colonne vertébrale heurter la proue pointue du bateau.

Le passeur de pierre n'était pas totalement immobile, la magie des tessons bourdonnant toujours dans l'alcôve.

Son regard vide se concentrait sur Enzo – l'air presque déterminé. Il attendait d'agir de nouveau. Ce qui donna une idée à Margot. Oui, ça pouvait fonctionner.

Enzo se cabra, tel un taureau dans l'arène face au matador.

Cette fois, Margot se campa sur ses pieds. Elle inspira à pleins poumons. Ses veines palpitaient d'émotion, mais elle se maîtrisait. Elle laissa Enzo agir le premier. Des pieds, il souleva un panache de poussière, puis chargea.

Margot attendit le dernier moment pour esquiver. Un craquement écœurant retentit dans les catacombes alors que l'épaule du jeune homme heurtait le navire de pierre – Enzo poussa un gémissement. Le passeur des morts se déplaça. Sa perche frappa la terre, emprisonnant Enzo près de son bateau.

Margot se précipita vers l'extrémité de l'alcôve. Enzo avait beau se débattre, Charon ne bougeait plus. Les tessons et leur magie étaient hors de portée, désormais.

Mais quand Margot ouvrit son sac à dos pour y glisser le nouveau fragment du Vase, ses doigts trouvèrent du tissu – rien d'autre.

Le sac était vide.

Pas de stylos gel, pas de chaussettes supplémentaires au cas où quelqu'un proposerait un bowling, pas de carnet de soutien émotionnel, et surtout pas de tessons. *Où sont les autres ?*

Elle passa en revue les poches extérieures – rien.

Puis, ouvrant la poche avant, elle soupira de soulagement. Dieu merci. Trois morceaux noirs reposaient au fond.

« Mais ce n'est pas… » Margot s'interrompit.

Très lisses, les fragments qu'elle tenait entre ses mains luisaient. Leurs bords ébréchés étaient blancs comme de la porcelaine. Margot sortit de sa poche le tesson de l'épreuve pour le comparer. Les textures et les couleurs étaient totalement différentes. En retournant un fragment, elle découvrit les mots Hôtel Vil estampillés sur l'autre face.

Hôtel Villa Minerva ?

Dans son cerveau, les pièces s'emboîtèrent de plus en plus vite.

La tasse à café brisée sur la commode. Les tessons – qui manquaient à l'appel. La porcelaine noire dans le sac à dos d'Enzo. Pourquoi aurait-il une tasse à café brisée provenant de l'hôtel de Margot ? Trop occupée à réfléchir, elle ne fit pas attention où elle mettait les pieds. Ses jambes se dérobèrent sous elle. Son crâne heurta le sol, et les tessons, vrais et faux, s'éparpillèrent au loin.

Elle se précipita vers les fragments, les mains tendues. Ses doigts s'accrochèrent au tesson, se repliant autour de ses angles aigus. Une paire de bottes apparut sous ses yeux.

27

Torche à la main, Van portait ses habituelles bottes en cuir, une ceinture d'outils autour de la taille, ainsi qu'un T-shirt peu flatteur portant l'inscription *From Naples with Love*.

Van était là. Van était *là* ?

Un brûlant embarras réchauffa le cou de Margot – elle avait beaucoup songé à leurs retrouvailles, sans imaginer qu'elle se retrouverait étalée sur le sol de la nécropole. Elle était à peu près sûre que son crâne n'avait pas trop souffert. Bien, cela signifiait que Van n'était probablement pas une hallucination, mais son apparition soudaine la plongea dans un tel état de choc qu'elle oublia presque son visage souillé de terre et sa totale absence de dignité. Enfin, presque.

Vu comment Van se tenait – posture rigide, yeux plissés –, Margot savait qu'il restait sur ses gardes.

Derrière elle, Enzo gémit : « Un peu d'aide, *per favore* ? »

Margot leva les yeux vers Van, laissant son regard s'aiguiser. Étaient-ils… Travaillaient-ils ensemble ?

En guise de réponse, Van inclina la tête, presque imperceptiblement. Pas un signe de tête, non, un simple geste. Sa main glissa dans sa poche, récupérant le tesson de l'épreuve de *Terra*. Sa prise se resserra – presque protectrice.

Peut-être, pensa Margot avec une pointe de malaise, *qu'il comptait transformer Enzo en pierre, et pas moi.*

Sauf qu'Enzo ne s'adressait pas à Van.

Astrid émergea des ténèbres, sa truelle plaquée or à la main, sac à dos sur ses épaules. « Pourquoi t'aiderais-je ? siffla-t-elle à l'intention d'Enzo. Tu n'es même pas capable de gérer une épreuve toute simple. »

De toute évidence, Margot avait loupé un épisode. Astrid connaissait Enzo ?

Enfin, le déclic se produisit. Astrid qui rentrait bien après le couvre-feu. La débâcle du fard à paupières bleu. Les morceaux de tasse à café au fond du sac à dos volé de Margot. Astrid avait convolé avec Enzo toute la semaine. Il avait dû lui demander d'utiliser les morceaux de tasse à café comme leurre – bon sang, elle les lui avait probablement donnés elle-même.

« Astrid, gémit Margot, tu choisis vraiment mal tes admirateurs secrets.

— Tu te prends pour qui, ma marraine la bonne fée ? » Le rire d'Astrid résonna, clair et aérien. Elle agita sa pelle comme une baguette magique. « Je ne suis pas là pour entendre tes conseils sur l'amour, petite futée. »

Le mouvement déclencha un signal d'alarme dans le cerveau de Margot. Ses yeux se portèrent sur la boussole de Van, autour de son cou, et sa poitrine se serra, compliquant un peu plus sa respiration. L'emblème sur la boussole correspondait à celui qui ornait le sweat à capuche d'Enzo, mais il était aussi identique à la gravure sur la truelle d'Astrid. Margot en distinguait les contours dans la lumière orange et vacillante de la torche de Van – un globe décalé entouré d'un ruban de satin.

Le logo de l'Atlas Exploration Company. Voilà où elle l'avait déjà vu.

Une vague nauséeuse submergea Margot. Elle pria pour ne pas déjà connaître la réponse à la question qu'elle devait poser. « Van, vous m'avez dit que c'était quoi, déjà, le nom de famille d'Atlas ? »

Ses lèvres se rétrécirent. « Je ne l'ai pas dit.

— Et si vous l'aviez fait ? »

Van n'eut pas le temps de répondre.

« Il aurait dit Ashby. » Astrid rayonnait comme dans une publicité pour dentifrice. Elle sortit une pochette en lin de son sac à dos. Son contenu s'entrechoqua : argile contre argile. Les autres tessons. Astrid les avait récupérés. « Atlas Oswald Ashby. Mon arrière-grand-père. »

Margot en eut le souffle coupé, comme si elle avait reçu un coup de poing en pleine poitrine. C'était un coup monté. Elle aurait dû voir venir la toile qu'ils avaient tissée depuis le début. Elle aurait dû se rendre compte qu'Astrid connaissait l'inscription sur le Vase avant même que les tessons soient réunis. Elle aurait dû remarquer la ressemblance d'Astrid avec Atlas sur la photo de Van, dans son journal – ce dernier l'avait tant fasciné qu'elle avait à peine regardé Atlas.

Mais elle en prenait conscience, maintenant. Les cheveux blond-blanc d'Astrid, ses traits fins, même la façon pompeuse dont elle se comportait, comme si le Vase lui revenait de droit – et pourquoi pas, après tout ? Elle avait élaboré son propre plan pour obtenir ce qu'elle estimait lui appartenir. Comme n'importe quel Ashby.

Margot s'adossa contre un affleurement rocheux, avant de constater que sa main reposait entièrement sur le crâne de quelqu'un. Elle retira ses doigts de l'os rêche et ravala une soudaine giclée de bile. C'en était trop. Chauffée à blanc, Margot se concentra sur Astrid et lui lança : « Je t'ai aidée à te préparer pour un *rendez-vous*, mais toi, tu étais juste…

— En train de recueillir des informations sur les tessons avant le rendez-vous ? » l'interrompit Astrid, trop heureuse de terminer la phrase de Margot. Elle soupesa le fragment de poterie dans sa paume et Margot visualisa très bien à quoi le Vase ressemblerait une fois ses pièces emboîtées sur l'autel, une couture dorée scellant les morceaux dans un ajustement parfait. « Oh, tu t'en remettras. Parce que ce Vase est *mon* héritage, pas le tien. Si seulement tu avais entendu toutes les histoires qu'on m'a racontées quand j'étais petite. La façon dont Van Keane a privé ma famille de ce qui lui revenait *de droit*. C'est mon arrière-grand-père qui a placé Pompéi sur la carte. Il a financé toutes les fouilles. C'est uniquement grâce à lui si Van a débarqué ici. Et tout le monde se souvient de Van, alors qu'il ne s'est même pas transformé en pierre au bon moment.

— Au bon mo... Il savait ? » s'étonna Margot, saisie d'un frisson. Atlas avait prévu de sacrifier Van ?

« Bien sûr qu'il savait ! siffla Astrid, avant d'éclater de rire. Les Ashby font le *véritable* travail. Traduire, faire des recherches. Atlas a vite compris qu'un sacrifice était nécessaire. Il a toujours dit que Van ferait parfaitement l'affaire. De gros bras et une tête bien dure. Le marbre lui convenait très bien. »

Margot sursauta, les yeux en feu. « Est-ce que tu t'entends parler ?

— C'est lui qui a un cœur de pierre, avec ou sans malédiction. C'est un voleur, un tricheur, un moins que rien qui ne mérite pas d'être ici. Il est...

— Juste là », intervint Van, chaque mot suintant la colère.

Astrid ne lui accorda même pas un regard. « Il a volé l'héritage de notre famille. Et maintenant, il va se rattraper en me donnant le trésor et en se débarrassant de toi. »

Margot avait été complètement manipulée, sans jamais s'en rendre compte. Elle avait brandi un rameau d'olivier, elle avait essayé de s'attirer les bonnes grâces d'Astrid, de gagner son approbation. Tout cela en pure perte. Astrid était aussi mauvaise et manipulatrice que son ancêtre. Elle tirait les ficelles de sa marionnette – Enzo – depuis le début. Pour qu'à la fin, tout le monde se retrouve ici.

« C'est drôle, reprit Astrid. Au début, j'avais prévu de sacrifier Enzo, alors remercie Van : c'est lui qui a eu l'idée de t'envoyer cette lettre. » Elle sourit quand Margot tressaillit, comme si on venait de la gifler. « Il m'avait bien dit que tu débarquerais ventre à terre, et il n'avait pas tort. Sinon, ça aurait été beaucoup plus compliqué. »

Margot se tourna vers Van – Van, qui devait être là où se trouvait le Vase. Au lieu de chercher Enzo, il avait trouvé la marionnettiste, sans se soucier du fait que Margot était empêtrée dans ses ficelles.

« Comment avez-vous pu faire une chose pareille ? » demanda Margot à Van. La fureur lui saisit les poumons. Elle était prête à frapper, telle une vipère repliée dans un panier.

« Tu goûteras la salive de ton amant un peu plus tard », intervint Astrid. Elle se déplaça sous la voûte de l'alcôve, bloquant toute issue. « Allons-y.

— Et moi ? » hésita Enzo. Sans la proximité des tessons pour le réanimer, Charon paraissait disposé à… ne jamais le laisser partir.

Astrid se pinça l'arête du nez. « Après avoir échoué dans ton seul et unique travail ? Pitié.

— Quelqu'un doit encore se transformer en pierre », lança Margot.

Enzo pâlit. « Moi, ça ira. Non, merci. »

Margot ouvrit la bouche pour répliquer, mais Astrid leva le doigt. « Van, dit-elle, il est temps de me conduire au temple. »

La mâchoire du jeune homme se crispa, il serra les dents.

« Oh, mon Dieu, souffla Margot. Vous allez vraiment l'aider ? Sérieusement ?

— Je n'ai pas le choix. » Chaque mot était dentelé. Il secoua la tête, un bref mouvement pour signifier son abdication. Le cœur de Margot plongea comme une pierre plate, après un dernier ricochet.

Astrid afficha un sourire suffisant. « Effectivement, il n'a pas le choix. Je sais que j'avais raison pour l'inscription : *Aureus, amor aeternus et cor lapideum.* L'or, l'amour éternel avec un cœur de pierre. Mais tu as fini par comprendre, pas vrai ? »

Margot jeta un coup d'œil vers Van, qui serrait de toutes ses forces son unique tesson. Un seul morceau du Vase l'empêcherait de succomber à la malédiction. Il pouvait s'enfuir tout de suite, sans jamais se retourner.

L'espace d'une fraction de seconde, Margot se laissa aller à imaginer à quoi ça pourrait ressembler – quitter les ruines ensemble, lui s'installant à ses côtés, dans l'avion qui les ramenait en Géorgie, pour un vol d'au moins dix mille heures. Lui qui portait ses valises sur les marches du porche. Lui qui rentrait à la maison avec elle, intégré à sa vie comme une pièce qui lui manquait depuis toujours.

Tant qu'il détenait ce morceau d'argile, il pouvait être là, avec elle, n'importe où. Entier, humain et sien. Mais la malédiction que Vénus avait jetée sur le Vase ne s'évaporerait pas comme ça. Elle les hanterait à jamais. Margot serait toujours inquiète, vérifierait constamment derrière elle que Van ne s'était pas pétrifié. S'ils reconstituaient le Vase dans le temple, Van pourrait peut-être se libérer de la malédiction pour de bon.

Et même s'ils n'y parvenaient pas, même si un autre Ashby le transformait en pierre pour s'emparer du trésor, même s'il avait vraiment une chance de tout recommencer, Margot savait qu'il agirait de la même façon.

S'enfuir n'était pas envisageable pour lui.

« Suivez-moi », lâcha Van en grimaçant.

Margot l'avait déjà abandonné une fois. Pas question de réitérer cet exploit. La Dre Hunt avait raison : il fallait finir ce qu'elle avait commencé.

« Si vous y tenez vraiment, dit Margot, je viens avec vous. »

Van – et non Astrid – s'y opposa. « Non, vous ne venez pas. C'est trop dangereux. »

Très mignonne, la façon dont il essayait toujours de la protéger. Très mignonne, et totalement inutile. Il avait perdu tout droit à la mignonnerie en travaillant avec Astrid.

C'était comme l'une des épreuves, un puzzle qu'elle serait capable de résoudre. Astrid ne lâcherait pas le sac en lin contenant les trois premiers tessons, la faire entrer dans le temple était le seul moyen de les récupérer. Pourtant, les négociations avec cette fille avaient des allures de pacte avec le diable. Un diable blond.

« J'ai le dernier tesson, informa Margot. Et je viens avec. »

Astrid fronça les sourcils, considérant la proposition. Puis, elle ouvrit son sac de lin et répondit : « Seulement si tu me le donnes. Maintenant. » Elle jeta un coup d'œil à Van. « Et toi aussi.

— Quoi ? » croassa Van. En guise de réponse, il resserra sa prise sur le tesson.

« Je ne vous laisserai pas saboter mon plan, vous l'avez déjà assez fait. » Astrid secoua le sac, les morceaux d'argile s'agitèrent à l'intérieur. « Donc, soit vous me donnez vos tessons, soit je libère Enzo et je laisse Charon vous ajouter à sa collection. »

Enzo poussa un gémissement : « Vous ne pouvez pas me libérer ? »

Il avait suffi d'un tube de rouge à lèvres Mac pour déjouer les plans d'Enzo, mais Margot n'avait pas l'intention de l'expliquer à voix haute. Elle avait surtout besoin de réunir les cinq tessons au même endroit, et si les remettre à Astrid était le seul moyen d'y parvenir, elle était prête à prendre le risque.

Margot déposa son tesson la première, tâchant d'ignorer la façon dont Van observait chacun de ses mouvements. Sa peau était comme électrisée. Astrid lui tendit le sac ouvert. Attentive. Margot soupira, ses épaules s'affaissèrent. Ses doigts réticents libérèrent le tesson, qui rejoignit les autres.

Astrid leva les yeux au ciel. « Je déteste les travaux de groupe. Finissons-en. »

Elle se tourna vers la sortie, et Margot lui emboîta le pas, se demandant vaguement si Van avait raison de dire que c'était dangereux – avec les cinq tessons dans le temple, les gardiens s'en donneraient-ils à cœur joie ? Sans compter le risque que sa charmante camarade de classe la transforme en pierre.

« Margot, attendez. *Attendez.* » Van la rattrapa par le bras, laissant Astrid prendre de l'avance. « Fraterniser avec un Ashby ? Ce n'est jamais une bonne idée. Croyez-moi. »

Elle se retourna pour s'adresser à son torse. « Moi ? Et vous ? »

Sa mâchoire se resserra. « Je ne fais que ce que je dois faire, et rien d'autre. Vous le savez. »

Margot se campa sur ses pieds, bien décidée à ne pas reculer. « Si vous l'accompagnez, moi aussi. N'essayez pas de me convaincre de ne pas m'en mêler, ça ne fonctionnera pas. Nous sommes partenaires, et les partenaires ne se laissent pas tomber. »

Un éclair de peur traversa le regard de Van. Margot savait à quel point c'était une tâche herculéenne pour lui. La confiance, voilà un langage qu'il n'avait pas pratiqué depuis longtemps.

Il se passa la main dans les cheveux, les yeux plantés dans ceux de Margot. « Je ne peux pas te laisser faire ça.

— Tu n'as pas à choisir pour moi », rétorqua-t-elle.

Un million de non-dits furent prononcés au cours de ce bref affrontement visuel. Des choses comme *J'ai renoncé à beaucoup de choses, mais pas à toi* (elle), et *Tu es la fille la plus incroyable et la plus troublante que j'aie jamais rencontrée* (lui).

Enfin, Van céda. Son regard se voila.

Il desserra les doigts sur le bras de Margot. « D'accord. D'accord, très bien. » La main de Van trouva la sienne, leurs doigts s'entremêlèrent – bonne idée ou pas. « Honnêtement, je ne sais pas pourquoi ça m'a surpris de te retrouver ici. »

Pour la première fois, Margot appréciait la pénombre dans ces catacombes, elle lui permettait de mieux dissimuler son rougissement au contact de Van. Être vue, appréciée, il fallait encore qu'elle s'y habitue. « J'ai lu ta lettre. Celle qu'Astrid a remise. Il y a quelque chose de vrai, là-dedans ? Ou tu m'as simplement utilisée comme appât ?

— Les deux. » Il se rapprocha, ajoutant à voix basse : « Tu as raison. Je t'ai menti, je n'aurais pas dû. J'aurais dû te parler de la malédiction, d'Astrid, de tout ce qui s'est passé ce soir-là, sur le toit. J'avais besoin qu'Astrid croie que je fomentais un piège pour qu'elle puisse te transformer en statue. Mais les mots que j'ai écrits sont vrais, Margot. C'était égoïste de te mettre en danger, mais j'avais besoin que tu saches ce que je ressentais. Au cas où ça tournerait mal. »

Margot expira lentement par le nez. Au souvenir de son écriture soignée, un tourbillon d'émotions la traversa, un courant qu'elle ne pouvait ni ne voulait combattre. L'obscurité la rendait plus courageuse. « Moi aussi, je suis désolée. Je n'aurais pas dû t'abandonner. »

Van releva le menton. « Mais tu es revenue. J'espérais vraiment – en partie, du moins – que tu ne reviendrais pas. Que tu serais à des milliers de kilomètres d'ici, loin de toute cette histoire. En sécurité. Mais quand je t'ai vue... »

Son pouce s'attarda sur sa joue. *Oh, mon Dieu.* Van Keane allait-il l'embrasser ?

Inutile d'essayer de retenir ce qu'elle ressentait. L'adrénaline submergeait Margot, bien plus que lors des épreuves précédentes. Elle ressentait tout en même temps. Un feu de forêt, un effluve de fumée, quelque chose d'à la fois chaud et piquant, si brillant qu'elle craignait de s'y brûler.

Van posa les doigts sur sa nuque, il colla son front au sien. Tout sentait le sel et le cyprès, le bois de santal et la cendre. Une lueur orange dansait autour d'eux, vacillante et flamboyante. C'était ça. *Voilà* ce que racontaient les romans d'amour, ce qu'Isla et Reed avaient dû ressentir au fond des ruines, ce dont Margot avait rêvé...

Astrid se racla la gorge, un peu plus loin. « Ça devient gênant, là, dit-elle. J'ai l'Histoire à écrire, moi. »

28

Dans le temple souterrain, tout n'était que pierre et poussière, avec une légère odeur de fumée froide qui persistait dans l'atmosphère raréfiée. La lampe torche de Margot fendit l'obscurité devant Van et Astrid, jusqu'à la fresque murale de Vénus. Les yeux attentifs de la déesse semblaient les avertir : *savez-vous dans quoi vous vous engagez ?*

Ils avaient laissé Charon garder Enzo, mais Margot avait prévenu un garde en sortant. Pendant que la sécurité se concentrait sur cette mission de recherche et de sauvetage, il était d'autant plus facile de se glisser dans le sanctuaire de Vénus sans être vu. Le pouls de Margot s'était accéléré dès que la porte secrète du temple s'était refermée derrière eux.

Les cinq pièces du Vase étaient de retour pour la première fois depuis près d'un siècle.

Après avoir fouillé dans sa ceinture à outils pour y trouver une boîte d'allumettes, Van posa la petite flamme sur le rebord, à mi-hauteur du mur du temple. Le feu ceintura rapidement la nef, faisant ruisseler les pierres d'une lumière flamboyante. Tout était silencieux, ici, comme la première fois que Margot y était entrée, mais elle savait que ça n'allait pas durer.

Les gardiens veillaient sur la porte, telles des sentinelles, figés dans diverses attitudes de combat – *Terra* tendait son arc, *Aqua* visait avec soin, *Ignis* brandissait une flèche comme une lance, *Aura* se penchait, prêt à frapper. Les orbites vides de *Mors* se fixèrent sur Margot, comme s'il attendait leur retour.

Astrid la poussa et s'enfonça seule dans le temple. Elle affichait un air radieux, émerveillé, et Margot savait bien qu'elle avait fait de même, la première fois. Comment ne pas se délecter de ce temple érigé en l'honneur de la déesse de la beauté ?

Des fresques dansaient au-dessus de sa tête : des nymphes dissimulées dans la verdure, des soldats brandissant leurs épées, des poètes écrivant sur des tablettes, ainsi qu'une veuve éplorée. Margot suivit les peintures comme un atlas, les laissant la guider plus profondément dans le temple. Elle fit de son mieux pour apprécier ce qu'elle voyait. Quand tout serait terminé, jamais plus elle ne reviendrait dans cet endroit.

S'élançant vers l'avant, Astrid leur cria : « Décidez entre vous qui finira en statue, parce que franchement, ça ne m'intéresse pas du tout.

— Astrid, doucement, se renfrogna Margot.

— Oh, soupira Astrid, ne fais pas comme si *quelqu'un* n'allait pas être sacrifié. Et comme on a laissé Enzo là-bas… »

Margot rit pour ne pas pleurer.

« Oui, c'est vrai que ce n'est pas génial de sacrifier l'autre au troisième rendez-vous.

— Comme tu voudras », entendit-elle Astrid grommeler.

Tout en se dirigeant vers l'autel, Astrid ne remarqua pas la façon dont les ombres se déplaçaient dans l'angle du temple, mais Margot, si. Les os de marbre grincèrent derrière elle. Elle n'avait pas besoin d'y regarder à deux fois pour savoir que les flèches affûtées la visaient directement au cœur.

Van se figea à côté de Margot. « Ashby, ne bougez plus. »

Cette dernière tourna les talons, visiblement agacée. « Si vous avez la trouille, c'est votre problème, moi, je… »

Terra décocha sa flèche, qui fendit l'air juste à côté d'Astrid. Soudain très pâle, elle laissa échapper un couinement de souris.

Le corps de pierre des gardiens s'était animé plus vite que la dernière fois. Avec les cinq tessons présents, la magie s'avérait plus puissante, plus dangereuse.

« Ils ne veulent pas de toi, Astrid, dit Margot aussi calmement qu'une personne sur le point de se faire Boromiriser. Ils veulent les tessons.

— D'accord, et ? Tu veux que je fasse quoi ? Les combattre ? Je ne suis pas débile. » Astrid fonça vers l'escalier conduisant au balcon du premier étage. Elle gravit les marches deux à deux, mais cela ne suffisait pas. *Terra* décocha une autre flèche, qui se planta dans le mur derrière elle, manquant de peu sa cuisse.

La statue s'élança à son tour, droit sur Astrid. *Ignis* la rejoignit dans les escaliers, coupant la route à Margot et à Van. Leurs corps de pierre bougeaient de façon anormale, trop raides au niveau des genoux, trop rigides au niveau des coudes.

Margot pressa son dos contre celui de Van. Elle saisit l'un des outils à la ceinture de l'archéologue, une pelle pointue. Pas sûr que ça suffise à repousser les gardiens. Ils pivotèrent, tout en gardant les autres statues à l'œil.

Aqua, *Aura* et *Mors* les encerclaient. Pas pour les affronter, comprit Margot. Les gardiens les repoussaient, loin d'Astrid et des tessons.

« Elle a raison, souffla Margot. On ne peut pas gagner contre eux. » Un plan se forma dans sa tête – quelque chose qu'Astrid avait dit la fit réfléchir. « Mais ils peuvent se battre entre eux. On se sépare, on fait en sorte qu'ils se visent les uns les autres, et on les laisse se détruire.

— C'est brillant », dit Van entre deux halètements.

Margot compta à rebours à partir de trois – en commençant par trois, bien sûr – puis Van et elle s'élancèrent dans des directions opposées. *Mors* le suivit, *Aqua* la talonna, tandis qu'*Aura* se positionnait au centre du temple, libérant ses flèches de pierre en tous sens.

Plus loin, Astrid contourna le balcon, puis fila entre les piliers pour tenter de semer les gardiens. Margot se rapprocha pour se positionner dans l'axe d'*Ignis*. *Aqua* visa, et Margot s'immobilisa. Le cœur battant, elle attendit, attendit, attendit.

Au moment où les doigts sculptés lâchèrent la corde de l'arc, la jeune fille se baissa. La flèche siffla au-dessus de sa tête. Elle heurta la pierre avec un craquement sec. Margot regarda par-dessus son épaule. La pointe s'était fichée dans le bras d'*Ignis*.

Des crevasses se formèrent à la surface de la peau du gardien, comme un nappage au chocolat sur un esquimau vanille. Son bras tomba en morceaux, formant un tas de débris à ses pieds.

« Oui ! » lança Margot, mais sa joie fut de courte durée. *Terra* se concentra de nouveau sur Margot, la prenant littéralement en sandwich entre le marteau et l'enclume. « OK, c'était trop tôt. »

De l'autre côté du temple, *Mors* se précipitait vers Van. Il saisit une flèche dans son carquois et banda son arc. Van esquiva sur la gauche, et la flèche traversa le temple, frôlant la jambe d'*Aqua*.

Margot plongea vers le pilier le plus proche. *Terra* et *Aqua* s'approchèrent d'elle de part et d'autre. Une flèche se planta dans la colonne, ébréchant la pierre, et Margot se recroquevilla un peu plus. La panique lui tordit la poitrine, mais elle la maîtrisa en soufflant lentement par le nez. *Tu peux le faire.*

Un cri interrompit le discours autopersuasif de Margot.

De l'autre côté du balcon, *Ignis*, désormais manchot, avait coincé Astrid. Margot ne pouvait pas rester les bras croisés, elle n'était pas comme sa rivale. Elle ne parviendrait plus jamais à dormir si elle abandonnait quelqu'un dans une situation dangereuse. Même si ce quelqu'un était Astrid Ashby.

« S'il te plaît, marmonna Margot, fais en sorte que je ne regrette pas cette décision. »

Elle se précipita vers Astrid, puis glissa entre les jambes de *Terra* comme une joueuse de softball. Par-dessus son épaule, elle vit que les gardiens ne parvenaient pas à corriger leur trajectoire assez vite – *Aqua* percuta *Terra* de plein fouet. Ils ricochèrent l'un contre l'autre, *Terra* s'écrasant contre le mur et *Aqua* sur l'un des piliers.

Devant, *Ignis* brandissait une flèche au-dessus de son épaule. Tout se passa trop vite, comme dans un film : *Ignis* abattit sa main, Astrid se déporta sur la gauche, et la pointe de la flèche frôla sa joue, faisant perler une goutte de sang. La jeune fille serra le sac de lin contenant les tessons contre sa poitrine, puis se recroquevilla dans l'angle. Elle n'avait nulle part où aller.

En jetant un coup d'œil par-dessus son épaule, Margot confirma que Van était toujours aux prises avec *Mors* – et d'après ce qu'elle voyait, il n'avait pas l'avantage. Sa chemise blanche était souillée de traînées rouges, sa peau luisait de sueur et de crasse. Ils ne pourraient pas les contenir plus longtemps.

Il fallait faire quelque chose.

Seigneur, Margot espéra très fort que ça fonctionnerait. Au sol, *Aura* suivit la trajectoire de Margot, une flèche encochée. Parfait. Margot courut encore plus vite, son sac à dos rebondissant à chaque pas, ses articulations douloureuses autour du manche de sa truelle. Elle n'avait qu'une seule chance.

Elle entendit d'abord le claquement de la corde de l'arc d'*Aura*, puis le *ziiip* de sa flèche alors qu'elle se baissait, roulant sur elle-même. La flèche s'enfonça dans le sac de lin d'Astrid, lacérant le tissu. Les tessons s'éparpillèrent sur le sol de pierre. Une perte nécessaire.

« Non ! » cria Astrid, ce qui était une drôle de façon de dire *Merci beaucoup d'avoir veillé à ce que je ne finisse pas embrochée !*

Poussant Astrid derrière elle, Margot se cala entre sa partenaire de fouille et *Ignis*, brandissant son outil comme une épée.

Astrid se renfrogna. « Tu crois qu'une simple bêche va l'arrêter ?

— Pas une bêche, cria Margot, une truelle ! »

Elle mit toutes ses forces dans son lancer, et la truelle – ou la bêche – s'écrasa sur la poitrine d'*Ignis*. Déséquilibrée par son geste, Margot bascula en arrière. Sa tête heurta le sol. Le noir envahit sa vision. Chaque inspiration lui paraissait lourde, douloureuse.

Ignis n'était guère en meilleur état. La pelle s'était logée dans sa poitrine, et maintenant, de minuscules fissures sillonnaient sa peau de marbre. Il tituba en arrière contre un pilier, et l'impact fendit la colonne de pierre. De part en part. Elle se brisa en son milieu, la moitié supérieure glissant sur la partie inférieure. Le pilier bascula du balcon, atterrissant avec fracas sur *Aura*.

Margot regarda, à plat ventre, les débris s'éparpiller dans les confins du temple. Quatre gardiens en moins. Il ne restait plus que *Mors*.

Elle tourna la tête vers le centre de la salle en clignant des yeux. Est-ce que…

Le plafond se brisa. Des fissures sillonnèrent sa surface. De toute évidence, le pilier effondré jouait un rôle essentiel dans l'intégrité structurelle du temple. Il était même porteur.

« Oh non », murmura Margot.

Les fissures s'étendirent, un morceau de pierre se détacha.

Margot roula sur elle-même, évitant de justesse la commotion cérébrale alors que le plafond s'écroulait autour d'elle. *Un effondrement sur un chantier de fouilles.* Voilà ce qui était censé avoir tué Van. Elle espéra très fort qu'il ne s'agissait pas d'une prophétie autoréalisatrice.

À côté d'elle, Astrid toussa, puis cracha. Elle n'avait pas été aussi rapide, une couche de poussière blanche la recouvrait de la tête aux pieds. À quatre pattes, elle fouilla les gravats pour retrouver les tessons.

« Où sont-ils ? » couina Astrid en cherchant dans les décombres.

Vu l'état du temple, ils ne pouvaient pas rester ici plus longtemps, et Margot ne comptait pas laisser Astrid tirer à la courte paille pour savoir lequel d'entre eux serait sacrifié.

Margot se leva, rajustant les bretelles de son sac à dos.

Sa tête l'élançait à l'endroit où elle avait heurté les dalles de calcaire, mais elle aida Astrid à fouiller les débris. Cinq éclats d'argile d'un noir brillant, voilà tout ce dont ils avaient besoin. Ensuite, elle se débrouillerait pour que Van et elle survivent à tout ça.

Sous ses pieds, le sol ne cessait de trembler – soudain mises en péril, les fondations avaient bien du mal à résister à la pression des siècles de terre accumulée au-dessus d'elles. Margot creusa plus vite. Lorsque sa main se referma sur un fragment noir, elle ne put s'empêcher de tressaillir.

Astrid se précipita vers elle, lui arrachant le tesson des mains. « Donne-moi ça. » Elle rassembla le reste des tessons dans ses bras, féroce comme un raton laveur qui accumule des raisins. Ensuite, Astrid redescendit en trombe, sautant par-dessus le corps d'*Ignis* qui s'était écroulé.

Margot se faufila entre *Aura* et *Terra*, poursuivant Astrid et les tessons. « Astrid, prévint-elle, quoi que tu fasses, tu l'auras sur la conscience jusqu'à la fin de tes jours. »

Astrid aboya un rire froid, dévalant toujours les escaliers comme si elle ne s'apprêtait pas à condamner quelqu'un au purgatoire éternel, via une roche métamorphique. Ou alors, ça ne lui faisait ni chaud ni froid. « Épargne-moi tes conseils, merci bien. »

Sur le balcon, Van poussa un cri de guerre. Margot leva les yeux à temps pour le voir séparer le crâne de *Mors* de son squelette à l'aide d'un ciseau. Il laissa tomber son arme de fortune et s'agenouilla, attirant l'attention de Margot.

Ils avaient réussi. Ils avaient vaincu les gardiens.

Les lèvres de Van se retroussèrent en un sourire qui scintilla dans la lumière fauve du temple. Il se pencha sur le rebord du balcon, poussant un cri de triomphe. Avec ses cheveux ébouriffés et sa chemise tachée de sang, Margot en resta bouche bée. Un fil invisible l'attirait vers lui.

Mais ce n'était pas fini.

Deux mains poussèrent Margot. Astrid la conduisait à l'endroit où elle avait trouvé Van le premier soir, entouré de myrtes fanés. Tout se passa trop vite. Stupéfaite, Margot laissa Astrid faire glisser les cinq tessons sur l'autel d'albâtre.

Leurs bords brisés s'alignèrent. Enfin réunis.

Un cri étranglé quitta la bouche de Van, un son que Margot n'oublierait jamais, elle en était certaine. Elle ferma les yeux, se demandant ce qu'il avait ressenti, des années plus tôt, quand la pierre avait saisi ses jambes, traversé sa poitrine et pénétré son cœur.

Il n'y eut aucune vague de froid sur sa peau, comme si le marbre l'envahissait. Aucune magie cruelle dans ses os. Sa gorge ne se pétrifia pas, ses poumons n'expulsèrent pas leur dernier souffle.

Elle ouvrit un œil. « Ça a fonctionné ?

— Non, ça n'a pas fonctionné, gémit Astrid, sinon tu ne poserais pas la question, bouffonne. »

Van descendit les escaliers trois par trois, puis sauta du rebord avant d'arriver sur la plate-forme. Une expression que Margot ne lui avait jamais vue déforma son visage alors qu'il se jetait sur elle. Ses mains passèrent en revue Margot, allant des joues à ses épaules, puis à ses hanches, avant de remonter de nouveau.

« Tu vas bien », dit-il. C'était moins une question qu'une affirmation dont il essayait de se convaincre.

Le plafond trembla. Margot pencha la tête et son visage perdit toute couleur. Pas besoin d'avoir fait des études d'architecture pour savoir que la structure ne tiendrait plus très longtemps.

Astrid semblait l'avoir compris, elle aussi. « Laisse tomber », murmura-t-elle, plus pour elle-même qu'aux autres. Elle rassembla les fragments d'argile dans son sac à dos. « Pas question de mourir ici ! Les tessons, c'est mieux que rien ! »

Van s'approcha pour l'arrêter. La voix rauque, il dit : « Nous avions un accord. »

Margot savait à quoi il pensait. Il avait donné son tesson, son seul lien avec l'humanité – à Astrid, à une Ashby. À la seconde où Astrid disparaîtrait de son champ de vision, la pierre lui figerait de nouveau le cœur.

Mais tout cela n'avait pas d'importance, car il était trop tard. Le plafond fissuré s'effondra sous le poids de la terre qui l'avait enseveli au fil des siècles. Astrid fonça vers la sortie, mais quand Van tenta de la suivre, Margot lui attrapa la main et l'entraîna sous l'autel, s'accrochant à lui alors que le monde s'écroulait autour d'eux.

29

Tout ce que Margot percevait, et percevrait sans doute à jamais, c'était de la poussière. Épaisse, sombre, étouffante. Des plaques rocheuses s'écrasèrent au centre du temple – des centaines, voire des milliers d'années d'Histoire glissèrent en même temps. Un mur de sédiments séparait Margot et Van de l'escalier qui pouvait les ramener à la surface. Les bras de Van s'étaient repliés autour des épaules et de la tête de Margot, pour mieux la protéger.

Elle recula, juste assez pour voir le visage de Van. Ce dernier ouvrit les yeux, des restes de terre et de débris divers accrochés à ses cils. Une, deux inspirations. Ils étaient nez à nez, poitrine contre poitrine. Ensemble.

« Ça va, murmura-t-elle. Tout va bien. »

Van se redressa si vite qu'il se cogna le crâne sur l'autel en marbre sous lequel ils s'étaient réfugiés. Il ne prit même pas la peine de frotter la zone douloureuse. « Non, tout ne va pas bien. Astrid est partie. »

Sa voix avait pris ce timbre robotique qu'il avait toujours quand il était stressé, égal, mais haché. Margot avait envie d'adoucir le pli qui lui séparait les sourcils.

« Astrid est partie, répéta Margot. *Et* tout va bien. »

Van se redressa complètement pour mieux faire les cent pas devant l'autel. Ses yeux s'attardèrent sur sa surface lisse, comme s'il pouvait encore y voir les tessons. « Elle les a emportés. »

Les coins de la bouche de Margot se soulevèrent. « Ah bon ? »

Van posa ses deux mains sur son front.

« Oui, tu l'as vue. Elle a pris les tessons et s'est enfuie, et maintenant, nous sommes coincés ici avec...

— Avec les tessons ? » Margot ouvrit son sac à dos et fouilla jusqu'au fond. Elle en extirpa cinq fragments noir et or. Le Vase de la Vénus Aurélia était bel et bien là.

Cette vision pétrifia Van. « Qu'est-ce que tu as fait ? »

Un sourire s'afficha sur son visage, impossible à réprimer.

« Ce que tout bon partenaire aurait fait. J'ai fait en sorte qu'elle regarde ailleurs. »

Bon, les gardiens l'avaient peut-être un peu aidée, qu'ils le sachent ou non. Ils avaient lacéré le sac d'Astrid, laissant les tessons s'éparpiller au sol. Astrid n'avait même pas remarqué que les fragments d'argile qu'elle avait ramassés étaient les morceaux d'une tasse à café, alors que les vrais avaient retrouvé le fond du sac à dos à une seule lanière de Margot. Trop occupée à jubiler en les offrant à Vénus, elle n'avait pas prêté attention aux petites lettres blanches du logo de l'hôtel Villa Minerva.

C'était grisant, la façon dont Van la regardait. L'estomac de Margot se souleva, mais pas dans le mauvais sens du terme.

Van saisit Margot dans ses bras. Ses pieds décollèrent du sol alors qu'il la faisait tournoyer. Elle passa les bras autour de ses épaules et enfouit son visage au creux de son cou.

Murmurant dans ses mèches bouclées, il lui dit : « Tu es unique, Margot Rhodes. »

Elle rit, en apesanteur. Quand elle retrouva enfin la terre ferme, elle se sentait comme une canette de soda secouée. Son cœur faisait son possible pour sortir de sa poitrine. Un reflet d'argent ourlait ses yeux, brouillant les contours de Van. « Il ne nous reste plus qu'à trouver un moyen de sortir, maintenant. »

Sa main descendit le long du bras de Van jusqu'à ce qu'elle s'accroche à ses doigts et les serre. Il ne lui rendit pas la pareille, les yeux concentrés sur quelque chose, au-dessus de sa tête.

Margot se hissa sur la pointe des pieds pour avoir le même champ de vision. « Qu'est-ce que c'est ?

— Il n'y a qu'un seul chemin. » Quand il ramena enfin son regard vers le sien, il s'était durci.

La forme de sa mâchoire. La fermeté de son regard. Quoi qu'il dise, Margot n'allait pas aimer.

« Quand j'ai posé les tessons sur l'autel, je me souviens qu'une porte s'est ouverte. Sans doute vers la salle du trésor. Je n'ai pas pu voir l'intérieur, mais quand ils ont construit ce temple, ils ont dû s'assurer qu'il existait une seconde sortie. » Sa paume était chaude contre sa joue, mais cela ne changeait rien à la froide précision de son ton. Sa voix les maintenait à distance, tel un scalpel.

Margot secoua la tête. « Mais nous ne pouvons pas ouvrir cette porte sans reconstituer le Vase. »

Les lèvres de Van se serrèrent. Il sourit, même si ce n'était guère le moment.

« Je sais.

— Je ne peux pas, protesta-t-elle. Et je *refuse* de le faire. »

Van passa ses bras autour de ses épaules, la serrant contre lui. Suffisamment bas pour croire qu'elle l'avait peut-être imaginé, elle l'entendit dire : « Tu gardes le Vase, et moi, le trésor, tu te souviens ?

— Si on fait ça, tu n'auras même pas le trésor. » Margot recula – comment pouvait-elle être la plus rationnelle en cet instant précis ?

Van caressa une mèche bouclée, derrière l'oreille de la jeune fille. Cela ne contribua nullement à apaiser la peur qui pesait sur elle, la douleur qui l'envahissait jusqu'aux os. « Mais tu le feras quand même, et tu sais ce dont la Dre Hunt parle toujours ? L'entraide, le binôme. Une victoire pour toi est une victoire pour moi. »

L'émotion fissura la voix de Margot. « C'est toi qui dis qu'il existe toujours un autre moyen. On doit pouvoir faire autrement. »

Tous les muscles de Van se tendirent. Ses épaules se soulevèrent, puis s'affaissèrent. Il la regarda droit dans les yeux, avant de se redresser. « Pas cette fois.

— Mais je... » Le plafond trembla, menaçant de les recouvrir de terre.

« Margot, tu ne peux pas rester ici. C'est trop dangereux. » Il ralentit son débit pour mieux se maîtriser, tel un barrage sur une rivière. « Tout ce que tu as à faire, c'est placer les tessons sur le piédestal. Quand la porte s'ouvrira, cherche l'escalier. Et inscris ton nom sur cette découverte. Tout ça, c'est grâce à toi. Tu l'as mérité.

— Et toi ? demanda-t-elle. C'est tout autant ta découverte. »

Il scruta son visage. Pour mieux se souvenir. Mais il ne faiblit pas. « Je n'étais pas censé quitter ce temple. Tu es ma dernière aventure. Pars. Avant qu'il soit trop tard. »

Van recula dans le cercle de myrtes fanés, mais la détermination de Margot la cloua au sol. Son bras se tendit, accroché à sa main aussi longtemps que possible. Jusqu'à ce que, finalement, les bouts de leurs doigts s'effleurent.

Non. *Non.*

Le cœur de Margot se brisa en cinq morceaux irréguliers qu'elle enterrerait au fond d'elle-même. Comme le Vase. Elle savait, même si elle refusait d'y croire, que Van avait raison, et ce que cela impliquait pour lui.

La malédiction avait un prix. Il était temps de le payer.

Un à un, elle déposa les tessons sur l'autel, jusqu'à ce que l'inscription latine la défie du regard. *Aureus, amor aeternus et cor lapideum.* Tout ce qu'elle avait cru désirer. Cela lui était inutile, désormais.

Derrière elle, Van lui lança : « Tu n'as jamais eu besoin du Vase, tu sais. N'importe qui serait idiot de ne pas t'aimer. »

Un sanglot secoua Margot, mais Van lui adressa un signe de tête rassurant. D'une main tremblante, elle déposa le dernier tesson sur l'autel.

Dans un ultime souffle désespéré, Van lui dit : « Je suis tellement amoureux de toi, Margot Rhodes. »

Elle n'eut même pas le temps de lui répondre.

Sur l'autel, des mains invisibles soulevèrent les tessons. Suspendu dans les airs, le Vase fut reconstitué par un fil de lumière dorée. Au moment où les bords irréguliers s'emboîtaient, une lumière chaude et brillante inonda le temple. Margot grimaça en se couvrant les yeux.

Quand elle les rouvrit, Van était toujours là, les restes d'un sourire gravés sur ses lèvres. Mais il était totalement immobile. Du marbre blanc coulait le long de sa mâchoire, de son cou, de ses épaules. La pierre dévorait ses bras, affamée. L'ivoire l'enveloppa avant que Margot puisse l'effleurer de la main.

Elle posa les doigts sur la joue blanchie de Van. Toute chaleur l'avait déserté. Margot colla ses lèvres à l'inclinaison de son sourire pétrifié, laissant une tache rouge derrière elle. Rien à voir avec ce qu'aurait dû être leur premier baiser.

« Moi aussi, je t'aime, sanglota Margot. N'est-ce pas suffisant ? »

Dans le silence qui suivit, des flots furieux se déversèrent de ses yeux. Assez puissants pour creuser des canyons. Un véritable glissement de terrain auquel rien ne pouvait résister.

S'il te plaît, s'il te plaît, supplia son cœur, lourd dans ses côtes. *Reviens.*

Rien n'y fit. Van n'était plus là.

Comment la déesse de l'amour avait-elle pu lui faire un coup pareil ?

Dans le silence du temple désert, elle cria d'une voix rauque : « Vous êtes contente, maintenant ? » Elle espérait que sa voix monte jusqu'à l'Olympe. Elle voulait que Vénus l'entende. « Parce que je ne comprends pas. J'ai fait tout ce que vous m'avez demandé. *Tout* ! »

Margot n'avait peut-être pas reçu le Prix Pline Junior de la réussite linguistique en langue latine, mais elle avait saisi l'inscription. Au fond d'elle, elle comprenait que jamais le Vase ne lui aurait accordé le pouvoir mystique de Vénus. La seule façon d'être vénérée et adorée à jamais, c'était de s'abandonner aux mains d'un sculpteur. Figée dans le marbre pour être admirée de loin, sans vie. Une toile vierge sur laquelle chacun pouvait peindre. Être ce que les autres voulaient voir.

Mais comment faire pour être véritablement aimé, pour se laisser connaître, pour avouer ses doutes et ses frayeurs ? Aucune interprétation cinématographique ne suffisait, aucune photographie pittoresque – il fallait de la chair et du sang, des cicatrices et des taches. Un nez autrefois cassé, une fossette asymétrique. Un cœur brisé, puis guéri.

Le Vase, étincelant et complet, redescendit vers l'autel. Comme s'il pouvait remplacer le garçon auquel elle avait tourné le dos. De l'autre côté du temple, une arche se souleva.

Une lueur jaillit de l'intérieur, projetant des traînées d'or sur les murs du temple. Le trésor. Margot le remarqua à peine. La scène lui tordit l'estomac de culpabilité.

« Gardez votre trésor, je n'en veux pas ! », cria-t-elle.

Margot n'était presque plus une fille. Elle était tempête, désormais. Quarante-sept émotions différentes se bousculaient en elle. Toutes palpitaient autour de son torse avec la force d'un ouragan. Ses oreilles la brûlaient, son sang bouillonnait. Un cri lui déchira la gorge.

Elle ne réfléchit pas, elle agit. Ses mains s'emparèrent du Vase, dont l'argile avait refroidi. Margot entendit à peine la porte de la salle du trésor se refermer. Son hurlement déchirant emporta tout. Quelle importance, de toute façon ? La poterie bourdonnait d'une magie intérieure – une magie qui aurait dû arranger les choses pour Margot, pas les aggraver.

D'un seul geste, elle fracassa le Vase au sol.

30

Le temple fut alors plongé dans un silence de mort. Qu'avait-elle fait ?

Margot tomba à genoux. Elle ne pouvait plus pleurer, sa colère lui avait mis la gorge à vif. Elle était comme vidée de sa substance, entièrement creuse. Simple enveloppe de ce qu'elle était jadis.

La porte du trésor avait disparu. Elle s'était impitoyablement refermée, heurtant le sol avec fracas. Margot était enfermée dans le temple, dans son propre mausolée.

Une sueur froide perla sur son front. L'arrière-goût amer d'une crise de nerfs lui obstruait la bouche. Elle n'arrivait pas à déglutir. Derrière elle, Van était toujours aussi immobile. Elle avait gâché sa seule chance de s'échapper – la chance pour laquelle il s'était sacrifié. Une fois de plus, Margot s'était laissé submerger par ses émotions.

Elle s'empara d'un des fragments éparpillés par terre – les tessons s'étaient fracturés, il y en avait maintenant une bonne cinquantaine. Celui-ci portait les restes du mot *aeternus*. Pour mieux la ridiculiser. L'or scintilla.

Non, tout le fragment scintillait. D'abord d'un jaune pâle, puis plus vif, et bientôt en fusion.

Margot laissa tomber l'éclat brûlant, puis souffla sur sa paume. Une arête s'écailla quand le morceau rebondit au sol. À côté, un autre tesson d'argile se mit à luire. L'un après l'autre, tous s'enflammèrent, jusqu'à faire briller les dalles de pierre. Chaque grain de poussière formait une carte étoilée sur un ciel noir.

Puis, une lumière perçante traversa le temple enténébré.

S'échappant d'un des éclats, un rayon d'or fendit les ombres. Un autre jaillit d'un deuxième morceau ébréché.

Un autre, un autre et encore un. La lumière emplit la pièce jusqu'à saturation. Margot dut presque se couvrir les yeux tant elle était intense. Une lumière blanche comme le soleil.

Une lance lumineuse acérée se posa directement sur la poitrine de Van. Le rayon s'enfonça dans sa carapace de marbre. Margot bondit, son corps réagissant par pur instinct. Elle se jeta devant le rayon, mais il était trop tard.

La lumière disparut. Une bourrasque s'engouffra dans le temple, étonnamment vive. Elle souffla les flammes des torches, et les ombres engloutirent de nouveau la salle.

Quand le vent s'apaisa, la pièce s'assombrit encore, ne laissant subsister qu'un seul ruban de lumière.

Le fil scintillant s'enroula autour des carreaux de la mosaïque, serpentant à travers les délicates peintures. Il suivit les fleurs qui s'épanouissaient puis se fanaient, jusqu'à remonter le long des jambes de Van. Margot se rapprocha de lui, alors que la goutte de soleil s'élargissait. Des rivières d'or s'écoulèrent sur son enveloppe de marbre, envahissant chaque sillon.

L'espoir résonna en Margot, telle la première note d'une symphonie, quand le fil d'or s'enroula autour de la poitrine, des bras et des mains de Van. L'atmosphère changea, dégageant une douce odeur de bois de santal, de cyprès et d'écume salée.

Le marbre se fissura, les plaques se déplacèrent sur la peau de Van. Puis la pierre se brisa.

Comme détachés d'un moule en plâtre, des morceaux se répandirent au sol. Le masque d'un blanc immaculé fit place au visage bronzé et couvert de taches de rousseur de Van. Margot lui saisit la main, sa paume de marbre froid se réchauffa dans la sienne. Ses yeux s'ouvrirent. Vivant, vivant, vivant.

« Margot ? » balbutia Van, hébété, comme s'il émergeait d'un rêve.

Elle se hissa sur la pointe des pieds, ses bras s'accrochèrent à son cou. Ses lèvres rencontrèrent les siennes.

La surprise le fit tressaillir – momentanément seulement –, puis sa main se posa sur la nuque de Margot, ses doigts plongèrent dans ses cheveux bouclés. Il se pencha vers elle. Ferme, mais patient. Comme s'il attendait ce moment depuis longtemps et qu'il ne voulait rien précipiter.

Le reste de l'univers s'estompa autour d'eux. Margot oublia même de se préoccuper de son rouge à lèvres.

Elle attira Van encore plus près ; les mains du jeune homme descendirent le long de ses flancs pour s'arrêter sur ses hanches. Les étoiles tourbillonnèrent sous les paupières closes de Margot, alors que Van jouait avec l'ourlet de sa chemise, posant les doigts sur la peau lisse de sa taille.

Quand elle finit par s'écarter, essoufflée, rayonnante, Margot prit le visage de Van des deux mains. Elle murmura : « Moi aussi, je t'aime. Tu ne m'as pas laissé le temps de te répondre. »

Ses lèvres se posèrent sur son front. Un rire s'échappa d'eux – le genre de son dont Margot souhaitait ne jamais manquer. « Mais Margot, qu'as-tu fait ?

— Oh, je, euh... » Une bouffée d'embarras brûlante lui saisit les bras. Cette piqûre familière d'émotion résiduelle grésilla sur sa peau. Elle baissa la tête. Elle ne pouvait même pas regarder Van. « Je l'ai cassé. »

Van haussa tellement les sourcils qu'ils manquèrent de se perdre sous la racine de ses cheveux. « Quand j'ai dit que tu pouvais faire ce que tu voulais du Vase, je ne pensais pas vraiment à ça.

— Je n'en voulais plus, dit-elle. Je ne désirais que toi. »

Autour d'eux, les tessons éparpillés au sol s'étaient dissous en grains de poussière et se dispersaient dans l'air. Toute trace du Vase de la Vénus Aurélia avait disparu. Margot se prépara au pire, mais Van ne la regardait pas comme si elle avait réagi de façon excessive. Il ne poussa aucun soupir de reproche, ne se pinça pas l'arête du nez.

Il étira les doigts, leva les coudes au-dessus de sa tête pour vérifier la fluidité de ses articulations. Un lent sourire se dessina sur son visage. « Tu m'as eu. »

Il la prit de nouveau dans ses bras, la soulevant délicatement, tandis que ses lèvres se collaient aux siennes.

Quand ses pieds touchèrent de nouveau le sol, Margot soupira : « Je ne comprends pas. » Mais si cela impliquait qu'il continue à l'embrasser, pas question de s'en plaindre.

« Tu n'as pas saisi ? demanda-t-il, les yeux brillants. Sans le Vase, pas de malédiction. »

C'était comme si, à cet instant précis, la lueur des tessons rayonnait dans la poitrine de Margot, illuminant les parties les plus profondes d'elle-même. Ses émotions n'avaient rien gâché, au contraire, elles l'avaient sauvé.

Ne restait qu'un seul problème. « Je pense aussi que s'il n'y a plus de Vase, il n'y a plus de trésor. Dès que je l'ai pris, la porte s'est refermée. Nous sommes super-piégés. »

Les yeux de Van pivotèrent vers la porte. Il réfléchit à cette nouvelle information tout en secouant la poussière de ses cheveux blonds. « Il doit y avoir un moyen de sortir. Vois ça comme une épreuve supplémentaire. »

Au-dessus d'eux, le plafond trembla de nouveau. S'ils ne trouvaient pas rapidement une issue, ils n'en auraient peut-être jamais l'occasion.

Van arpenta la pièce, ses paumes caressèrent les pierres à la recherche d'une quelconque trappe, mais Margot ne pouvait se résoudre à bouger. Quoi qu'il cherche, elle était presque certaine qu'il ne le trouverait pas. Vénus n'avait pas fabriqué le Vase pour rien – c'était la clé du trésor, et il avait disparu. L'inscription mentionnait de l'or *et* un cœur de pierre. Pas *ou*. Le choix n'existait pas.

Elle s'affaissa sur l'autel, la main posée au milieu du piédestal de pierre, et poussa un jappement de surprise. Plus sa main s'enfonçait, plus le mur d'en face se déplaçait, laissant apparaître un passage voûté.

« Qu'est-ce que… ? » Van s'interrompit, incrédule.

La porte de la salle du trésor – une plaque de pierre qui coulissait sous une frise sculptée de marées, de lunes et de fleurs de myrte – était grande ouverte. Margot leva lentement la paume de sa main, puis s'arrêta à mi-chemin. La porte suivit son geste, s'abaissant, mais refusant de se fermer.

Encore et encore, la jeune fille testa la réaction de la porte. Une idée s'imposa à elle, prête à éclore, à mesure que la dalle de pierre s'élevait, puis s'abaissait. Sans le Vase, c'était comme si le lien magique qui protégeait le trésor était rompu. Désormais, il ne restait plus qu'un simple système de poulies.

Van et Margot pivotèrent l'un vers l'autre et dirent à l'unisson : « La Maison d'Olea ! » La porte fonctionnait là aussi avec une plaque de pression – ils n'avaient plus le Vase de la Vénus Aurélia, mais tout ce dont ils avaient besoin, c'était de *quelque chose* pour la maintenir enclenchée. Comme pour les boules de la Maison d'Olea, qui actionnaient les pendules.

Margot vit pratiquement l'ampoule s'allumer dans la tête de Van.

« Attends ici ! » lui lança-t-il.

Mais quand il s'élança vers l'escalier, à moitié englouti par un bon millier de tonnes de terre, la porte du trésor se referma avec une telle force qu'elle souleva un nuage de poussière.

« C'était toi ? demanda Van.

— Certainement pas. » Même en pesant de tout son poids sur l'autel, la porte ne bougeait plus. Margot s'affaissa sur la pierre froide en poussant un gémissement. Jamais ils ne sortiraient d'ici vivants.

Van revint vers elle. À mi-chemin, la porte bougea de nouveau.

Margot se redressa sur son coude. Son regard passa de Van à la porte, puis inversement. Cela n'avait aucun sens.

Était-ce *lui* qui contrôlait la salle du trésor ? Un pas de plus, et la porte se referma, laissant Van errer avec méfiance au centre du temple, les bras tendus.

Margot comprit enfin. Il était entré dans l'anneau de myrtes en mosaïque, à l'endroit même où il s'était transformé en pierre. Bien sûr. Il ne suffisait pas d'avoir le Vase de la Vénus Aurélia, comme le promettait l'inscription.

« Je dois me tenir ici, n'est-ce pas ? demanda Van. Nous ne pouvons pas nous enfuir tous les deux. »

Il devait y avoir une statue ici même, *en plus* d'un poids sur l'autel pour déclencher la porte. Ce qui signifiait que l'un d'eux resterait ici. À moins que…

« Non, dit Margot. Laisse-moi faire. » Son visage prit une expression douloureuse, mais avant que Van cherche à jouer les héros en se sacrifiant, elle ajouta : « Tu l'as dit toi-même. C'est comme la Maison d'Olea. Si nous plaçons quelque chose sur l'autel et que je reste là, la porte s'ouvre. Ensuite, je fonce et tu la maintiens ouverte jusqu'à ce que je sois passée.

— Je sais ce qu'il nous faut. » Van se hissa sur l'escalier, puis gagna l'endroit où gisaient les morceaux du squelette de *Mors*. Il souleva le crâne du gardien avant de rejoindre l'autel.

Même – ou peut-être surtout – décapité, *Mors* donnait la chair de poule à Margot.

Le crâne de pierre faisait presque la taille de la poitrine de Van, et ce dernier négocia les marches en vacillant, tenant son trophée à bout de bras. Avec le fracas d'une colonne qui se brise, le temple trembla. Une couche de débris s'effondra derrière Van.

Un cri saisit la gorge de Margot alors que Van oscillait sur ses pieds. Le poids de la tête de *Mors* l'entraînait vers le bas, au moment où une plaque de sédiments bloquait la moitié supérieure de l'escalier.

« Vite ! » hurla Margot.

Van se redressa en grimaçant, puis poussa un gémissement. Alors qu'il plaçait la tête du gardien sur l'autel, Margot se mit en position. Comme elle l'avait espéré, la porte de l'autre côté du couloir s'ouvrit.

Elle savait ce que cela signifiait de rester ici – Van pouvait lui tourner le dos, décider qu'elle valait moins que le trésor, et l'abandonner dans le temple. L'amour consistait peut-être à faire confiance à l'autre, et réciproquement.

Alors que Van s'approchait de la porte, Margot se demanda ce qu'il voyait. À quoi ressemblait ce premier aperçu du trésor, cette première promesse de notoriété pour un garçon qui n'avait rien à perdre.

Puis, il se décala, se retournant pour lui faire face. Il n'y avait aucune hésitation dans son regard, seulement de la détermination. Il campa ses pieds au sol, les talons bien calés. Les bras prêts à retenir la porte, il demanda : « Prête ? »

Margot inspira un grand coup pour se calmer. Elle n'aurait pas de seconde chance. « Je peux avoir un compte à rebours ? »

Le front de Van se plissa. « Cent, quatre-vingt-dix-neuf, quatre-vingt-dix-huit...

— Trois, deux, un, c'est parti ! » Margot fonça vers l'arche, et le mur de pierre s'abaissa.

Tel Sisyphe avec son rocher, Van trembla sous l'effort immédiat. Margot courut, les bras levés bien haut. Plus elle s'approchait, plus elle voyait à quel point Van luttait – la veine saillante de son front, le tendon de ses biceps.

Van tomba à genoux, les épaules collées au mur. Il tendit la main vers elle. « Plus vite ! »

Margot plongea vers la brèche et glissa sur le ventre, tout en espérant sincèrement ne pas finir coupée en deux comme l'assistante d'un magicien maladroit. Les bras tendus, Van l'attrapa par le bracelet, et ses doigts s'accrochèrent à la bande de perles de jade.

Le cordon se brisa, les perles s'éparpillèrent, mais cela lui permit de mieux saisir le poignet de la jeune fille. Il la fit passer de l'autre côté quelques millisecondes avant que la porte se referme sur les dalles. Pour de bon, cette fois.

Hors d'haleine, Margot se redressa. Van passa le bras autour de ses épaules, la ramenant à lui. Il murmura une seule syllabe : « Waouh. »

Ce n'était pas tant une salle du trésor qu'une aile entière. Des monticules d'or bordaient un couloir si long que Margot n'en voyait pas la fin. Des rayonnages longeaient les murs, garnis de parchemins roulés, le genre de textes antiques qui auraient fait saliver des archéologues officiels comme Isla et Reed. Des bustes impériaux et des statues de la déesse patronne de Pompéi étaient entourés d'armes ouvragées et d'étincelantes pierres précieuses.

Mais le regard de Margot s'attarda sur le plus beau des trésors.

« Je sais, souffla-t-elle en posant la joue sur la poitrine de Van. Un escalier. »

31

Les marches les conduisirent à une trappe qui s'ouvrait sur une ruelle banale, un endroit où personne n'envisagerait de soulever les pavés pour découvrir ce qui se cachait en dessous.

Quand ils refirent surface, le sol trembla sous les pieds de Margot, comme si les lourds pas des gardiens les poursuivaient.

Van referma la trappe derrière eux. « Qu'est-ce que c'était ? »

Le sol gronda encore, faisant vibrer les articulations de Margot. Ils se trouvaient à un pâté de maisons de la butte herbeuse, et les gardiens... les gardiens avaient tous été enterrés, toute magie avait abandonné leurs os éparpillés.

C'est alors qu'une cavalcade se produisit sur la route principale, en direction du temple.

« Où vont-ils tous ? » demanda Margot à une femme qui passait, un crayon planté dans son chignon.

La femme sourit. « Vous n'êtes pas au courant ? Quelqu'un a découvert le Vase de la Vénus Aurélia ! »

Margot saisit la main de Van et ils rejoignirent le flot de touristes en baskets blanches et d'archéologues vêtus de tissus amples et de pantalons cargo kaki. Devant eux, la moitié de la pelouse s'était effondrée.

Le temple englouti était à peine visible, quelques colonnes de marbre jaillissaient de la terre, exhibant leur blancheur d'os. Une foule se rassemblait au sommet de la colline : des équipes de télévision, des journalistes à lunettes, des photographes avec leurs flashs incessants. Au-dessus d'eux, un hélicoptère bourdonnait, et si Margot plissait les yeux, elle distinguait le reporter aéroporté au regard d'aigle, observant la ville en contrebas.

Tout le monde voulait jeter un œil au trésor.

Margot et Van se faufilèrent entre les coudes et les épaules, sans se lâcher la main. Qui aurait cru qu'un trésor mythologique ferait l'objet d'une telle couverture médiatique ?

Bien sûr, Astrid se tenait à l'épicentre, rougeaude et morveuse. Mais saine et sauve, à part quelques bleus violacés et autres égratignures. On avait passé une couverture de survie sur ses épaules, elle la tenait tout en s'adressant à un autre groupe d'étudiants de Radcliffe, pérorant à tout-va.

À côté d'elle, Enzo discutait avec un journaliste, un micro incliné sous sa mâchoire. Il n'était pas le seul à être interviewé. Il y avait au moins quatre ou cinq chaînes d'informations différentes. Tous espéraient révéler le nom de la personne qui avait découvert le plus vieux mystère de Pompéi.

« Les voilà ! » cria Suki en bondissant, avant de les montrer du doigt.

La Dre Hunt se précipita vers eux. Elle posa des mains protectrices sur leurs épaules. « Margot, Chad, est-ce vrai ? Vous avez trouvé le Vase ? »

Le sourire de Margot rayonna, aussi lumineux qu'un flash. « C'est vrai. »

Soudain, environ six hommes différents, vêtus de blazers d'allure guindée, surgirent de nulle part, des enregistreurs vocaux à portée de main. Une pluie de questions s'abattit sur eux avec la force d'une tempête tropicale. Comment s'appelaient-ils, comment avaient-ils découvert ce trésor, où se trouvait-il, de quel type de trésor s'agissait-il ? Van s'avança d'un pas traînant, glissant une main dans sa poche. Margot l'entendit répondre : « Chad n'est qu'un surnom. D'habitude, on m'appelle Van. Van Keane. »

La Dre Hunt s'installa à côté de lui pour répondre aux questions, mais Margot recula. Elle laissa la marée des gens s'écouler autour d'elle. Une mer de visages se retourna. Des yeux fiers et brillants les observaient, les admiraient.

Elle s'était attendue à une vague d'émotion, à l'éclat ensoleillé de la réussite. Après tout, elle avait retrouvé le Vase de la Vénus Aurélia, découvert son trésor, et soudain, voilà que le monde entier l'adulait. Alors, pourquoi avait-elle l'impression qu'il lui manquait quelque chose ? Son téléphone sonna dans sa poche. Elle le sortit, effleurant la notification. Un message de son père.

> Ton forfait international fonctionne-t-il ?
> Regarde à gauche.

Regarde à gauche ? Avait-il envoyé son texto avant de l'avoir fini ? Comme s'il avait voulu dire : *Regarde à gauche et à droite, tu as dû perdre ton téléphone ou le laisser en mode silencieux, tu as raté la nouvelle carte d'embarquement que je t'ai envoyée.*

C'est alors qu'elle aperçut un visage familier dans la mêlée.

« Papa ? » fit Margot, la voix teintée d'incrédulité.

La place de Rupert Rhodes était sous les magnolias de Main Street, passant des appels avec ses AirPods, un attaché-case rempli de documents hypothécaires dans une main, un triple café au lait dans l'autre. Pas ici, à peine sorti de l'avion, au milieu de ruines antiques, vêtu d'un polo froissé couleur saumon.

Margot entendait vaguement Van expliquer comment ils avaient résolu les épreuves à des journalistes de la BBC et d'AP News, mais son père était ici. *Ici même.* Son cerveau refusa d'y croire jusqu'à ce que ses bras la serrent contre lui, dans l'étreinte la plus serrée qu'elle ait jamais endurée.

« Oh, Dieu merci, souffla-t-il, tu es saine et sauve. »

Tous les muscles du corps de Margot se contractèrent. N'était-il pas censé la punir jusqu'à la fin de ses jours ? Elle se força à poser la question : « Mais qu'est-ce que tu fais ici ? »

Son père la maintenait à bout de bras, l'examinant de la tête aux pieds, à l'affût de la moindre bosse, de la plus petite ecchymose. Soyons honnêtes, le corps de Margot lui donnait l'impression d'avoir été passé dans un laminoir à pâtes pendant toute une semaine, alors elle ne savait pas trop ce que découvrirait son père. Elle s'attendait au froncement de sourcils habituel qu'il arborait toujours quand elle sautait la tête la première dans une nouvelle activité, avant d'atterrir en catastrophe ; mais non, son visage n'exprimait que le soulagement.

« Tu as raté ton vol, dit-il. Tu n'as plus répondu à mes appels. J'ai cru que tu étais tombée dans la Méditerranée, ou quelque chose comme ça. »

Encore abasourdie, Margot secoua la tête comme pour se remettre les idées en place. « La Dre Hunt t'a parlé ?

— Seulement quand j'ai atterri, répondit-il. Après notre conversation, j'ai acheté un billet d'avion – pour moi, pas pour toi. Je me disais qu'il valait mieux venir te chercher et te ramener à la maison moi-même. Mais, quelque part au-dessus de l'Atlantique, j'ai commencé à réfléchir. Je sais qu'on ne s'est pas très bien compris, la semaine dernière.

— Alors, je ne suis pas punie ? demanda Margot en se mettant sur la pointe des pieds et en battant innocemment des cils.

— Oh si. Couvre-feu à 20 heures pendant tout l'été, ne crois pas une seconde que tu vas t'en sortir comme ça. » Bon, ça valait le coup d'essayer. « Mais je t'aime. Je t'ai toujours aimé et je t'aimerai toujours. »

Quelque chose s'ouvrit dans la poitrine de Margot. Elle s'étrangla : « Mais tu as dit que j'étais comme maman, et qu'elle n'était pas assez bien.

— J'aime ta mère, dit-il tendrement, un son comme du miel tout droit sorti du rayon d'une ruche. Je l'aimerais toujours si elle était là et si elle m'y autorisait. Mais c'est ça le problème, Gogo. Parfois, aimer quelqu'un implique de le laisser partir et... »

Sa voix s'érailla sur la fin, comme la glace dans un verre de limonade un jour de canicule, le tintement nostalgique des étés avant que sa mère s'en aille. Avant que Margot perde des jours, des semaines, des mois à essayer de gagner l'attention et l'approbation de son père.

« Je suis venue ici sans te prévenir parce que je savais que tu serais trop occupé par ton travail pour m'écouter, enchaîna Margot, que tu dirais non et qu'on finirait par se disputer. » Sa lèvre inférieure trembla.

Son père écarta ses mèches bouclées de son visage, avec douceur et bienveillance. « Tu as raison, je n'ai pas toujours été là pour toi, et j'aurais dû l'être. Je me suis trop accroché alors qu'il fallait te laisser voler de tes propres ailes. » Il rit alors, un son humide, comme s'il allait pleurer lui aussi. « J'ai toujours su qu'un jour, tu deviendrais cette jeune femme brillante et aventureuse, et que j'allais aussi te perdre.

— Papaaaaaa », gémit Margot. Elle essuya les larmes qui embuaient ses yeux, menaçant son mascara. « Et moi, j'ai cru que je te perdais parce que... Parfois, j'avais l'impression qu'il fallait que j'arrête d'être moi-même pour te rendre heureux. »

Il secoua la tête. « Je suis désolé. Je veux que tu fasses ce qui te rend heureuse, *toi*. Pas ce qui rend les autres heureux. »

Eh bien, elle avait suivi son cœur, et il l'avait conduit ici.

Et ce n'était... pas exactement comme elle l'avait imaginé. D'une certaine façon, c'était mieux.

De l'autre côté de la prairie, Margot retrouva Van, toujours en grande conversation avec des journalistes enthousiastes (et Suki, qui avait décidé de sortir un bloc-notes et un stylo fantaisie, et qui posait maintenant les questions les plus pointues). Son menton se leva, comme s'il sentait le regard de

Margot, et quand son regard rencontra le sien, elle lui adressa un clin d'œil.

« Margot ! lui dit un journaliste avec un gros reflex numérique autour de la poitrine. Venez avec moi. Laissez-moi vous prendre en photo avec Van. »

Elle se laissa entraîner dans la foule jusqu'à ce que Van soit de nouveau à ses côtés, son bras s'enroulant confortablement autour de sa taille. Le journaliste colla son œil au viseur de son appareil photo, puis fit tourner l'objectif pour faire la mise au point.

« Qu'est-ce que ça vous a fait ? demanda le journaliste. De découvrir le trésor de Vénus ?

— Je ne le laisserai jamais partir », répondit Van.

Margot se rapprocha, un sourire béat sur le visage, puis Van inclina le menton de la jeune femme vers lui. Sous les flashs de l'appareil, il l'embrassa, comme s'ils étaient seuls au monde. Un baiser qui rivalisait avec celui d'Isla et de Reed. Balayé par le vent, baigné de soleil et taché de rouge à lèvres.

32

L'aventurière fictive Wren Cahill venait tout juste de neutraliser le voleur de bijoux quand Van déposa une truelle-bêche crasseuse aux pieds de Margot.

Cette dernière quitta des yeux l'écran de son ordinateur portable, détournant son attention du document Word pour revenir à la réalité, alors que Van s'essuyait le front du dos de la main, étalant une traînée de saleté mêlée de sueur. « Comment ça se passe en bas ? »

Ils avaient abandonné leur ancien site de fouilles, migrant vers la butte herbeuse et ses monticules de terre fraîchement retournée pour excaver le temple de Vénus. Ce qui convenait parfaitement à Margot. L'idée de ne plus jamais croiser la parcelle D ne lui faisait ni chaud ni froid.

« Topher et Rex viennent de déterrer une *spatha* du premier siècle, dit Van. Suki se demande qui s'éborgnera en premier. Elle prend les paris. » Il se laissa tomber dans la chaise pliante couleur pastel à côté de Margot, sous la tente blanche de la Dre Hunt.

Margot s'esclaffa. « Je mise sur Rex. »

Les commentaires sournois des garçons concernant la chance du débutant de Margot avaient cessé dès qu'ils avaient pris conscience que son nom s'ajouterait un jour à leurs manuels.

Même Astrid l'avait surprise avec sa tiédeur délicieuse, trop excitée par la perspective de nouveaux documents à traduire pour continuer à faire semblant d'être agacée. Ni l'un ni l'autre ne l'admettrait jamais, mais maintenant qu'ils étaient binômes, Van et Astrid parvenaient à s'entendre – ses prouesses académiques s'alliaient bien au savoir-faire pratique de Van, et la vieille querelle du siècle dernier s'éteignait un peu plus à chaque parchemin.

Le soleil de la Campanie avait semé de nouvelles taches de rousseur sur les joues de Van, et son visage affichait une teinte rose, régulièrement brûlé par le soleil. Son pas s'allégeait chaque jour depuis que la malédiction avait été levée. Son unique fossette apparut quand il ajouta : « Moi aussi, j'ai quelque chose à te montrer.

— Ce n'est pas l'œil de Rex, j'espère ? » demanda-t-elle.

Van lui lança un regard.

« OK, super, enchaîna Margot, parce que dès que Wren aura fini de mettre ce type hors d'état de nuire, elle va se rendre compte qu'elle est complètement perdue. » Ses ongles pianotèrent sur le clavier de son ordinateur portable, puis elle sauvegarda son travail avant de fermer la fenêtre affichant son manuscrit à moitié écrit.

Wren était l'archéologue que Margot aurait voulu être. Elle ne craignait pas de se salir les ongles, les ossements ne lui faisaient pas peur, et elle n'aimait pas beaucoup qu'on lui dise non, même si ça impliquait de quitter sa zone de confort. Et alors que Wren était coincée dans le labyrinthe d'Ariane, essayant d'arracher la couronne du roi Minos des mains d'un mystérieux voleur (super sexy, bien entendu, et qui ne tarderait pas à s'allier avec elle), Margot n'avait jamais été aussi sûre d'elle.

Sur une page blanche, Margot pouvait devenir n'importe qui, et pourtant, les mots semblaient la rapprocher d'elle-même. Il y avait quelque chose de magique dans chaque phrase, chaque chapitre achevé. L'écriture était le seul endroit où elle n'avait pas besoin de se restreindre, de ne pas se laisser emporter en plongeant trop profond, trop tôt, trop vite. Ses rêves et ses idées les plus folles n'étaient pas seulement autorisés, mais encouragés.

Alors que le reste des élèves déterrait puis analysait chaque artefact en or dans les vestiges du temple, Margot avait passé les dernières semaines à imaginer l'histoire de Wren, travaillant l'arc émotionnel et les rebondissements de l'intrigue. Van l'avait aidée à résoudre les problèmes de *world building* croisés en cours de route.

Margot avait du mal à le croire, mais la Dre Hunt était parvenue à convaincre son père de la laisser passer le reste de l'été ici, sous l'argument fallacieux qu'elle devait assister aux fouilles. Au prochain semestre, elle s'inscrirait à un cours facultatif d'écriture créative. Un cours, elle n'en doutait pas, qu'elle ne laisserait pas tomber.

« J'imagine que tu n'es pas tombé sur une carte au trésor crétoise, n'est-ce pas ? » s'enquit Margot, toujours en train de ruminer son intrigue.

À ce moment-là, un trio d'autres élèves s'approcha, chacun chargé de grands bacs en plastique remplis de découvertes soigneusement triées. Ils se turent en remarquant leur présence. L'un des garçons murmura quelque chose qui en fit rire un autre. Van se raidit, se leva, puis tendit la main à Margot.

Elle la prit, glissa son ordinateur sur sa chaise, et se leva à son tour. Sans un mot, Van l'entraîna de l'autre côté de la tente, derrière les caisses empilées qui les protégeaient des regards indiscrets de leurs camarades de classe.

« Pas la peine de nous cacher, gloussa Margot. Tout le monde sait qu'on sort ensemble, Van. Ce n'est pas un secret. »

Il fouilla dans sa poche. « Non, mais ça, ça l'est. »

Elle s'attendait à tout – un authentique objet crétois en or ayant appartenu à Minos en personne ? – sauf à un délicat bouquet de myrtes blancs. Au milieu des fleurs se trouvait une enveloppe scellée à la cire portant l'emblème familier de l'école.

« Qu'est-ce que c'est ? » L'enveloppe cartonnée était lourde, d'un ivoire épais. Margot reconnut le sceau marron qui avait orné sa propre lettre quand on l'avait acceptée à Radcliffe. « *Comment* est-ce possible ? »

Van dansa d'un pied sur l'autre. Presque nerveux. « La Dre Hunt m'a écrit une sacrée lettre de recommandation puisque je n'ai jamais terminé le lycée. Et les frais de scolarité sont couverts, tout compte fait. »

Margot lui passa les bras autour du cou, se hissant sur la pointe des pieds pour l'atteindre. « Tu viens vraiment, alors ? » Quand il acquiesça, elle poussa un cri et resserra son étreinte.

« Oh, ajouta-t-il en sortant un parchemin, avant de s'avancer dans une allée entre les ruines. Il y a aussi ceci. »

Margot courut derrière lui en agitant ses fleurs.

« Tu avais une carte au trésor et tu n'as pas commencé par ça ? s'exclama-t-elle.

— Quoi ? fit Van, et elle entendit le sourire sur ses lèvres. Je croyais que les filles aimaient les fleurs.

— Les filles ne sont pas monolithiques ! protesta-t-elle en battant le pavé.

— Je suis sûr que tu continueras à me surprendre. » Van accéléra le pas, même s'il gardait la main dans sa poche, comme si de rien n'était. Mais quand il jeta un coup d'œil par-dessus son épaule, Margot vit qu'il souriait.

Encadrée par la lumière vaporeuse du soleil de l'après-midi, la poitrine secouée d'éclats de rire alors qu'elle poursuivait Van dans les ruines, un sentiment de bonheur prit Margot par surprise, lui coupant le souffle – et ce n'était pas seulement dû à l'activité physique. Désormais, elle était assez bien pour être aimée, exactement telle qu'elle était.

Et quand Van lui attrapa la main et la fit tournoyer dans ses bras, déposant un baiser sur ses lèvres, elle sut que cette fin heureuse n'était qu'un début.

REMERCIEMENTS

J'aimerais d'abord remercier Brendan Fraser. Évidemment. La toute première idée de ce livre mêlait *Encino Man* et *La Momie*. Merci d'avoir aidé Margot et Van à trouver leurs marques.

Merci à mon éditrice, Sara Schonfeld, ma guide, sans qui je serais perdue. Merci pour la confiance que tu m'accordes, et pour ton impressionnante capacité à comprendre ce que j'essaie de dire avant que je trouve les bons mots. Merci à toute l'équipe de HarperTeen, merci d'avoir encore une fois opéré votre magie. Transformer des phrases en livre est un tour de force qui m'émerveillera toujours.

Merci à Claire Friedman, agente superstar et voix de la raison ; je suis si reconnaissante de t'avoir eue à mes côtés à chaque étape du processus. Merci à toute l'équipe d'InkWell Management ; vous avez fait en sorte que mes rêves deviennent réalité, encore et encore. Je ne vous en remercierai jamais assez.

Merci à mes partenaires de critiques devenues mes meilleures amies. Kara Kennedy, merci d'écouter chacun de mes rêves éveillés et d'être si connectée que je n'ai pas toujours besoin de les raconter à voix haute. Mackenzie Reed, il n'y a personne d'autre avec qui j'aimerais naviguer dans l'édition. De la première présentation au manuscrit définitif, je suis si reconnaissante que nous ayons fait ce voyage ensemble. Kahlan Strop, merci d'avoir toujours été une paire d'yeux supplémentaire et une épaule sur laquelle pleurer (parfois littéralement). Je suis une meilleure autrice et une meilleure amie depuis que je te connais.

Merci à Abby, Alex, Barb, Brit, Cassie, Crystal, Darcy, Helena, Holly, Juju, Kalla, Kat, Lindsey, Maria, Marina, Morgan, Olivia, Phœbe, Sam, Shay, Skyla et Wajudah. Merci, merci, merci. Je n'avais jamais espéré que l'atelier d'écriture que nous avons créé en 2020 deviendrait ma maison, mais je suis si heureuse que ce soit le cas.

Merci à Olivia Nash. Ce livre n'aurait peut-être pas dépassé le stade de la première version sans tes encouragements incessants et ta conviction inébranlable que l'histoire de Margot valait la peine d'être écrite. Merci de l'avoir creusée avec moi. Quant à Abbey, Liz, Sarah et Taylor, ce livre n'aurait pas été terminé ou n'aurait pas été aussi amusant sans vous (et sans les pommes de terre Fido). Je suis à jamais reconnaissante d'avoir bénéficié de votre amitié, pile au moment où j'en avais le plus besoin.

Merci à Kaleigh d'avoir aimé chaque version de moi au cours des vingt dernières années. Ton amitié est une source de joie qui ne se tarit jamais.

Merci à Tyler et Alex, merci d'être mes frères. Je sais que nous n'avons pas vraiment eu le choix, mais si c'était à refaire, je vous choisirais à coup sûr.

Merci à mes parents, Trey et Linda, d'avoir laissé libre cours à mon imagination, d'avoir séché mes larmes, d'avoir blagué sans arrêt. Merci pour les fous rires, de m'avoir fait découvrir mes films préférés. Merci d'avoir chanté pendant ces longues heures de route, merci d'avoir fait de moi ce que je suis.

Et merci à Christopher. Je suis reconnaissante de pouvoir vivre cette aventure avec toi. Merci d'avoir toujours cru en moi et d'avoir écouté (et d'une certaine manière, toujours résolu) toutes les failles de l'intrigue. Je t'aime *particulièrement quand*. Tu es ma fin heureuse à moi.